当代作家精品

主编 凌翔

水浒人物漫谈

孙廷儒 著

郑雪梅 整理

北京燕山出版社

图书在版编目（CIP）数据

　　水浒人物漫谈 / 孙廷儒著；郑雪梅整理 . — 北京：
北京燕山出版社 , 2023.4
　　ISBN 978-7-5402-6378-2

　　Ⅰ . ①水… Ⅱ . ①孙… ②郑… Ⅲ . ①《水浒》研究
—人物研究 Ⅳ . ① I207.412

　　中国版本图书馆 CIP 数据核字（2021）第 280970 号

水浒人物漫谈

SHUIHU RENWU MANTAN

著　　者：孙廷儒
责任编辑：杨春光
装帧设计：邓小林
出版发行：北京燕山出版社有限公司
社　　址：北京市西城区琉璃厂西街 20 号
邮　　编：100052
电话传真：86-10-65240430（总编室）
印　　刷：北京军迪印刷有限责任公司
开　　本：710mm × 1000mm　　1/16
字　　数：220 千字
印　　张：17
版　　次：2023 年 4 月第 1 版
印　　次：2023 年 4 月第 1 次印刷
ISBN 978-7-5402-6378-2
定　　价：78.00 元

文学会使人永生

——《水浒人物漫谈》序

我和孙廷儒相识，是在黑龙江金融作家协会成立之后，虽然短短接触两三次，但对他这个我眼里的年轻人，打心里刮目相看。这不仅缘于他出身书香门第，受过良好的高等教育，对《水浒传》的人物研究颇有建树，也因为我在我国古典四大名著里，最早接触最喜欢的当属《水浒传》。依稀记得读初中时白雪皑皑的冬日，学校放寒假，一个人躲进屋子里，阳光照进窗棂，痴迷地投入到施耐庵为我这个茅庐少年，所演绎的梁山一百单八将的"云山雾海"之中。作者不仅为我们描绘了一个绮丽壮观、荡气回肠的故事，字里行间还散发着丰腴的文字芳香、细腻的情感回转，潜移默化地滋润着我尚未形成的文学梦想的根芽。除了《岳飞传》，《水浒传》可以说是我初中阶段比较完整地读过的一部古典著作。再后来，在湖州农总行组织的一次文学培训班上，聆听《人民文学》原副主编崔道怡先生倒背林冲风雪山神庙——"林冲花枪挑着酒葫芦，出了篱笆门，看那雪，到晚越下得紧了……"，直至它拍成电视剧，水泊梁山里的英雄好汉"路见不平一声吼，该出手时就出手"，都使我心潮起伏，激发了斗志。但我没有想到的是，黑龙江金融作协会员里，会有人在写"水浒人物漫谈"，以系列的形式呈现，作者较高的概括能力和文字功夫，深邃的思想，循循善诱的艺术本领，引导读者重温经典的同时，历久弥新，联系当下，通过对人物性格入木三分的分析，使我们耳目一新，带来了不一样的阅读享受和人生感悟。我原以为作者是一位学富五车、穷经皓首的长者，当得知廷儒刚刚而立之年，是哈尔滨银行的青年才俊，我顿然为黑土金融作家中有如此的翘楚、大才，深感自豪和欣慰。后来得知廷儒一边与病魔作斗争，一边坚持续写"水浒漫谈"，还自演自播，录制成了听书节目，闲暇听上一段，每次都为他拿腔作调、不是专家胜似专家、富有感染力的播讲暗暗击掌。

黑龙江金融作协是一个年轻的协会，大家工作在全省各地金融机构，成立之初绝大多数互不相识。五年前我负责筹建时的任务就是坐在办公桌前，拿着会员简历表"相面"，反复斟酌，综合考虑，划分几个层次，然后逐一联系。通过入会简历发现廷儒是人民大学的高材生，底蕴深厚，我求贤若渴，主动给他打电话了解情况，方知他出生地在齐齐哈尔市，是老乡，考学毕业后到金融部门工作。我建议他业余可以为协会做点事情，争取在创作上有更大造就，他在电话那端爽朗地笑出了声，表示愿意并且表现得很开心。后来因为工作繁忙，孩子幼小，他又患上了病，只是邀请他在哈尔滨列席了一次协会理事会议。前年春节返乡，他约我见面，我赠他"乐耕园三部曲"，请他小酌，对饮谈文，畅叙"水浒人物"，憧憬金融文学美好明天的场景，至今难忘。

如今，辛丑年的新春已经开启。想到因为新冠肺炎疫情，廷儒的病无法得到及时治疗，去冬离世，念兹与我约定，春暖花开拜访乐耕园，我的心头不禁隐隐作痛。人生无常，天妒英才。令人欣慰的是，廷儒的爱人郑雪梅女士是一位可敬的女子，为实现廷儒的生前夙愿，联系我帮助出版遗著，为女儿留下一个父亲的"家书遗训"，同时为《水浒传》研究、传播，留下了一笔宝贵的财富。

此刻，我站立乐耕园的窗前，望着李园即将迎来的往复轮回、争奇斗艳的又一个春天，心里想，这部书的面世，如同"开示长劫之苦因，悟入永生之乐果"，廷儒年轻的生命将因此得到存续，文学的灵魂将因此得到永生。

中国金融作家协会理事

黑龙江省作家协会全委会委员　祁海涛

黑龙江金融作家协会主席

2021 年 2 月 28 日

目　录

水浒人物漫谈

1. 番外篇：人物　人生　人性

《水浒传》是中国古典四大名著之一，里面的人物和故事在中国可以说是家喻户晓。我接触《水浒传》很早，当时听田连元先生的长篇评书《水浒传》十分入迷，其中的精彩情节风雪山神庙、醉打蒋门神、闹江州劫法场、三打祝家庄等等给我留下了很深的印象。宋江、吴用、林冲、鲁智深等人物更是如闻其声，如见其人。当时觉得每天半个小时的评书不过瘾，就买了原著来读，那时的我还在上小学，阅读功底和生活阅历几乎等于零，对于其中的人物和情节其实并不理解。只是囫囵吞枣地把一大本半文半白的文字吞了下去。随着年龄不断增长，读的书经的事越来越多，当年吞下去的文字开始慢慢消化，对于一些人物和情节开始慢慢产生了个人的一些理解。我把这些理解记录了下来，就形成水浒人物漫谈这一系列作品。

人，决定不了自己的出身，出身不同的人，生存环境是不同的，每个人的人生面临的问题与机遇自然也不同。不同格局的人选择不同的人生，最终会形成不同的命运。施耐庵先生的人物塑造功力称得上巧夺天工。在《水浒传》中刻画了一百多个生动形象有血有肉的人物，这一百多个人物就是一百多个人生。有官，有民，有富，有贫，有儒，有侠，有僧，有道，一部《水浒传》就像一幅波澜壮阔的人生画卷，上面都是形形色色的人生图景。尤其是梁山上的一百零八个好汉，他们各自上应天星，各有代表自己的外号，各有各自的出身和经历，共同聚义在水泊梁山，一起落草为寇却各有各不同的结局。他们最后有的人阵前惨死，如解珍、解宝、李忠、张顺；有的人被害死，如宋江、卢俊义；有的人自杀而死，如吴用、花荣；有的人还乡为民，如阮小七、蒋敬；有的人重为富豪，如李应、柴进；有的人升了大官，如朱仝、安道全；有的人还朝为官，如关胜、呼延灼；有的人在国外做了国王——混江龙李俊；有的人成了自在散仙——入云龙公孙胜；有的人成了佛——花和尚鲁智深。同样是美女，潘金莲身败名裂，扈三娘成为牺牲品，而李师师却得伴君王之侧。是什么造成了每个人结局的不同呢？是出身造成的吗？是能力造成的吗？是性格造成的吗？是人品造成的吗？是机遇造成的吗？还是这些因素共同造成的呢？这个问题，施耐庵先生并没有直接回答，只是摆出了这些人物各自的人生故事，供我们读者思考。

施耐庵先生给我们立了一面镜子，看别人，归根结底还是看自己。每个人看人物、读人生、品人性，都能求解自己人生修养问题的答案。人类文明数千年，发展至今，人们的生产方式和生活习惯早已发生了翻天覆地的巨变，但其实人性没变多少。品透了人性，你就看透了这个世界。中国古代有百家争鸣，核心问题有两个：一个是如何治理国家，一个就是如何提高个人修养。治理国家这个问题离我们普通人很远，但个人发展这个问题上至帝王将相，下至平民百姓，谁也绕不过去，是不得不面对的问题。人入世应该怎样发展，出世应有怎样的心态，顺境中怎样清醒，逆境中怎样励志，恶劣的环境下怎样自保，这些问题借助水浒中的人物，某一介书生，也要勉强答一答，因此写了这部水浒人物漫谈系列，都是个人粗浅的理解，博方家一笑。

原著中一百多个人物，有的详写有的略写。对于详写的人物，我尽量还原人物一生的经历，从出身直到结局，探究他的出身与经历如何影响他的性格，他的性格又如何影响他的命运，导致他的结局。提炼出成功人物的人生智慧，总结悲惨人物的人生教训。对于略写的人物则试着分析这个人物代表了哪一类人，作者为何塑造这个人物，给了我们什么警醒与启示。对于引起各路评论者热议的一些问题，诸如病尉迟孙立为何没有排进天罡，李忠没打过虎为何叫打虎将，扑天雕李应为何排名如此之高等等，我也试着答一答，说说我个人的见解。

目前这个系列已经推出了十几篇，有人支持，有人称赞，也有人提出了各自不同的见解。比如有人跟我说丑郡马宣赞投靠梁山的一个重要原因是想和花荣学习箭术，两人后来箭术都有了明显的提升；也有人跟我说扈三娘对林冲是有感情的，林冲对扈三娘无意，所以扈三娘自暴自弃，嫁给了王英。这些观点都有一定的道理。中华文化具有留白性，说白了，就是给观众足够想象的空间，可以从不同的角度去理解去思考。对于大家提出的不同意见，我非常乐意接受。

最后简单说个小问题，关于《水浒传》的版本。《水浒传》是有很多版本传世的，常见的就有70回本，100回本和120回本三个版本。此外还有104回本，110回本，115回本，124回本等比较少见的版本。这些版本内容的主要区别在于梁山招安以后的情节，120回本中，梁山招安后先后征辽、征田虎、征王庆、征方腊。100回本中则只有征辽和征方腊，并没有征田虎和王庆的情节。而70回本则是金圣叹先生改动的仅保留了梁山聚义前情节的版本。我个人倾向认为100回本是施耐庵先生的原著，征辽征方腊各有表现意义，而征田虎征王庆却有狗尾续貂的嫌疑。因此我所评的水浒人物，是以100回本为基础的，对于人物在征田虎和征王庆情节中的表现则略去不计。

以上就是水浒人物漫谈系列作品的写作背景、写作目的和主要内容，希望各位朋友多多关注，多多支持，多提宝贵意见。

2. 老好人的福与祸

——地察星青眼虎李云

在社会上有这么一种人，性格温柔、随和厚道，从来不得罪人，甚至不会拒绝别人，别人说什么他都说好。这样的人我们往往称为老好人。这样的人，现代有，古代也有，在水泊梁山上就有一位，是谁呢？他就是我们今天要说的——地察星青眼虎李云。

李云外号青眼虎，有个虎字，说明此人本事不小、武艺高强。用朱富的话说，李云一身好本事，三五十人近他不得。后文中，李云与黑旋风李逵战了数个回合不分上下。可见李云的武艺是不错的，即便不及黑旋风也相差不远。为什么叫青眼虎呢？青眼与白眼正相反，表示亲近与喜欢。如果喜欢某个人，我们常常说对某人青眼有加。如果对某人翻白眼，那必是讨厌这个人。李云外号青眼虎，说明这个人对身边的人都是青眼有加，性格特好，对谁都喜欢，跟谁都亲近，这就是典型的老好人了。李云本事大，性格好，又做了沂水县的都头，在沂水县中想必深受知县器重和群众爱戴。

这一天，政府通缉的要犯黑旋风李逵在沂岭村被乡绅曹大户灌醉捉住了，准备解往沂水县。恐怕途中有失，密报沂水知县，知县派来了几十个士兵押解李逵，带队的就是青眼虎李云。李逵这次下山是接自己母亲上山的，结果母亲在半道被老虎吃了，这个情节大有深意，我们讲李逵的时候细讲。总之是李逵为母报仇，连杀四虎，轰动当地，结果被乡绅曹大户盯上了，骗到庄里灌醉捉了起来。宋江早就知道李逵是个祸头子，下山肯定要惹祸，因此派了旱地忽律朱贵暗中跟随。朱贵听说李逵被捉，十分着急，跟自己的弟弟朱富商量，准备解救李逵。朱富说出了自己的观点：青眼虎李云不能等闲视之，凭咱哥俩连人家的身都近不了，绝不是人家的对手。怎么办呢？不用急，这个李云是老好人，对于这样的人不能力敌，但可智取。

后面李都头坐在马上。看看来到前面，朱富便向前拦住，叫道："师父且喜，小弟将来接力。"桶内舀一酒来，斟一大盅，上劝李云。朱贵托着肉来，火家捧过果盒。李云见了，慌忙下马，跳向前来，说道："贤弟，何劳如此远接！"朱富道："聊表徒弟孝顺之心。"李云接过酒来，到口不吃。朱富跪下道："小弟已知师不饮酒，今日这个喜酒也饮半盏儿，见徒弟的孝顺之心。"李云推却不过，略呷了两口。朱富便道："师父不饮酒须请些肉。"李云道："夜间已饱，吃不得了。"朱富道："师父行了许多路，肚里也空了。虽不中，胡乱请些，以免小弟之羞。"拣两块好的递将过来。李云见他如此，只得勉意吃了两块。

……

李云看着士兵，喝叫快走，只见一个个都面觑，走动不得，口颤脚麻，都跌倒了。李云急叫："中了计了！"恰待向前，不觉自家也头重脚轻晕倒了，软做一堆，睡在地下。当时朱贵、朱富各夺了一条朴刀，喝声："孩儿们休走！"两个挺起朴刀来赶这伙不曾吃酒肉的庄客并那看的人。走得快的走了，走得迟的就搠死在地。李逵大叫一声，把那绑缚的麻绳都挣断；便夺过一条朴刀来杀李云。朱富慌忙拦住，叫道："不要无礼！他是我的师父，为人最好。你只顾先走。"

朱富设计李云的计谋很简单，就是骗李云吃蒙汗药。骗人吃蒙汗药这个情节在《水浒传》中很常见，在很多武侠小说里也很常见，但所有被骗吃蒙汗药的人中，李云是最好骗的。吴用智取生辰纲也是骗杨志吃蒙汗药，但是骗杨志费劲得多，一伙人卖枣，一个人卖酒，当着杨志的面两桶酒各喝一瓢，杨志这才放心。骗李云可简单了，朱富过来说，师傅喝杯酒吧。李云说我不喝酒。朱富说你就喝一杯吧。李云说好吧，我就喝点吧。朱富又说，师傅吃两块肉吧。李云说我吃饱了，不想吃了。朱富说你就吃两块吧。李云说好吧，那我就吃点吧。一个小小的情节，体现出李云这个人的特点，不会拒绝别人，以至于到了毫无原则的地步，想让这样的人上钩还不容易吗？酒肉中掺了蒙汗药，不一会儿李云和众军士就被麻翻了。

朱贵朱富救了李逵，李逵抄起一把刀就要来杀李云，却被朱富拦住了，这是我师傅，他可是个好人呀，千万别伤他。当老好人的好处在这里体现出来了。老好人往往在人们的心目中是好人，是老实人。有人说好人容易受欺负，这个观点大错特错。好人平时可能会被人占一点小便宜，但谁敢欺负老实人，谁敢伤害老实人，谁就要成为人民公敌。就在不久前，某男星的妻子出轨了，在国内掀起轩然大波，人民群众众口一词，痛斥出轨行为。想想看，在娱乐界，婚内出轨现象太普遍了，每隔一阵就得曝出一例，为什么唯独这次广大群众这么气愤？很简单，就因为被出轨的男星在人们心目中是个老实的老好人形象。谁敢欺负老实人，谁就是自绝于人民。李逵一时兴起要杀李云，朱富朱贵却很冷静，李云不能杀。以替天行道自居的梁山好汉能把好人杀了吗？

李逵虽然没杀李云，但是李云此时的处境已经很不利了，自己带来的士兵被杀了不少，自己负责押解的人犯被劫走了，如果就这么回县里，李云至少得丢官，说不定还得判刑。所以醒来后的李云赶紧来追，想把李逵抓回去。

李逵挺着朴刀来斗李云。两个就官路旁边斗了五七合，不分胜败。朱富便把朴刀去中间隔开，叫道："且不要。都听我说。"二人都住了手。朱富道："师父听说：小弟多蒙错爱，指教枪棒，非不感恩；只是我哥哥朱贵现在梁山泊做了头领，今奉及时雨宋公明将令，着他来照管李大哥。不争被你拿了解官，教我哥哥如何回去见得宋公明？因此做下这场手段。李大哥乘势要坏师父，是小弟不肯容他下手，只杀了这些士兵。我们本待去得远了，猜道师父回去不得，必来赶我；小弟又想师父日常恩念，特地在此相等。师父，你是个精细的人，有甚不省得？如今杀害了多少人生命，又走了黑旋风，你怎生回去见得知县？你若回去时，定官司，又无人来相救；不如今日和我们一同上山，投奔宋公明入了伙。未知尊意如何？"

李云寻思了半晌便道："贤弟，只怕他那里不肯收留我。"朱富笑道："师父，你如何不知山东及时雨大名，专一招贤纳士，结识天下好汉？"李云听了，叹口气，道："闪得我有家难奔，有国难投！只喜得我并无妻小，不怕官司拿了。只得随你们去休！"

李云武艺高强，李逵也不是庸手，两人一交手，一时不分胜负。这时朱富又来劝了，师傅呀，你现在这处境可不利呀，为今之计，只有跟我上梁山入伙这一条路了。李云本来就不会拒绝别人，朱富这么一说，半推半就之下，上梁山落草为寇了。

按说李云武艺不错，起码跟李逵差不多，那么他上梁山会受到重用吗？不会。梁山排座次，青眼虎李云排在第九十七位，负责起造修葺房舍，说白了，就是个建筑队长，没有什么上阵立功的机会。为什么宋江安排李云干这个呢？想想也简单，宋江也知道李云是个老好人，没什么原则，这样的人派出去，说不定哪天经人一劝又投敌了。所以你还是老老实实在山上盖房子吧。

那么李云会心甘情愿在山上当建筑队长吗？大胆推测李云的心思，不会。毕竟一身武艺，怎么会甘于天天盖房子呢？但是李云是老好人，即便心里不满，也不会说出来，更不可能找宋江闹情绪。唯一升迁的途径就是上阵立功。征方腊时，李云跟随卢俊义攻打歙州，尚书王寅突围而出，李云立马迎上去，准备擒住王寅，立个大功，却不料不但没擒住王寅，自己反被王寅纵马踏死。

李云的死很耐人寻味，当了一辈子老好人，不会拒绝人，不想得罪人。不会拒绝酒肉，结果重要的公务办砸了；不会拒绝邀请，结果沦落成为了贼寇。虽然保住了身家性命，一身武艺却只落个建筑队长的身份。不甘于自己的地位，不想当老好人了，结果唯一的一次挺身而上把自己的性命给送了。

施耐庵先生通过李云这个人物告诉我们，当老好人是可以的，在乱世之中不失为一条自保之计。但是要注意两点：第一，老好人一定要警惕身边那些要把你引上邪路的人，不愿意得罪他们可以敬而远之；第二，如果你当了老好人，你就一辈子当老好人吧，当所有人都觉得你好说话的时候，你一旦不好说话了，后果不堪设想。

3. 我很丑　可我也不温柔

——地杰星丑郡马宣赞

人们常说，当今社会是个看脸的社会。颜值高的人无论工作还是生活都要比普通人顺利得多，时间长了，会自然而然形成一种自信。而颜值低的人呢？往往事事受阻，自然也会因相貌而自卑。

其实不但今人是这样，古人更是这样。《世说新语》记载了这样一个故事：三国时曹操的相貌就比较丑，以至于接见匈奴来的使节时，曹操觉得自己相貌不佳，让崔季扮成自己去接见，自己则扮成带刀侍卫，站在座位旁边。大家想一想，曹操是何等人物，一代领袖级的伟人。这样的人尚且因自己的相貌而自卑，普通人自惭形秽不是很正常的事吗？可见相貌对一个人的重要。水泊梁山上就有一位以相貌丑陋著称的人，他就是我们今天要说的——地杰星丑郡马宣赞。

只见那步军太尉背后，转出一人，乃衙门防御保义使，姓宣，名赞，掌管兵马。此人生得面如锅底，鼻孔朝天，卷发赤须，彪形八尺，使口钢刀，武艺出众；先前在王府曾做郡马，人呼为"丑郡马"；因对连珠箭赢了番将，郡王爱他武艺，招做女婿；谁想郡主嫌他丑陋，怀恨而亡，因此不得重用，只做得个兵马保义使。

宣赞这个人，是有本事的。连珠箭这门技术，连号称小李广的花荣也不会，宣赞却十分擅长，并且在作战中用连珠箭赢了番将，可见他的箭术高强。一位郡王因此看上了宣赞，把自己的女儿嫁给了他。一个年轻的军官，受到高层领导的垂青，并且娶了高层领导的女儿，官封保义使，在重臣枢密使童贯手下为官。这种机遇是千载难逢的。林冲、杨志这些人能力都在宣赞之上，但都没有宣赞运气好。假如林冲是郡王的女婿，高俅还能引林冲误入白虎堂吗？假如杨志是郡王的女婿，会因为丢了花石纲而罢官吗？显然不会。不要怪现实残酷，这些都是大实话。绝大多数人都没有宣赞的好运气，可是这么好的机遇，宣赞却没把握好。因为宣赞长得太丑了，用书中的话说是面如锅底，鼻孔朝天，卷发赤须。丑到什么程度呢？丑到郡王的女儿嫁给宣赞之后，居然因为嫌宣赞长得太丑，而憋屈死了。宣赞之丑，简直可以说是丑成了人间奇观。自己的女儿含恨而死，郡王自然对这个女婿十分恼恨，所以宣赞的官做到保义使就再也升不上去了。

但是，话说回来，没能把握好机遇，不能怪宣赞。因为长相太丑这种缺点，宣赞本人是没有责任的。要说有责任，最多只能说宣赞的父母有点责任，还不是全部责任。况且丑这个缺点跟性格上的缺点不同，是无法改正的。即便是在整形技术发达的今天，也并不是任何人都能变美。面对面如锅底，鼻孔朝天的宣赞，估计今天的整形医生也束手无策，何况是在宋朝呢？所以，相貌丑陋、吓死郡主、得罪郡王，宣赞很无奈，谁让自己这么丑呢？那么本领高强却相貌丑陋的宣赞会甘心自己官运不通吗？不会。当年宣赞赢得郡王的垂青，靠的是一身武艺，疆场立功。现在宣赞还是想靠自己的本事为自己挣回面子，赢得升迁。很快，机会来了。

大名府被梁山贼寇围攻告急，太师蔡京召集枢密院召开紧急会议，选取精兵良将解大名府之围。宣赞奋然而出，推荐自己的旧相识大刀关胜前去征剿梁山。此时的宣赞为什么不自荐前往呢？想象一下，一个在枢密院不受重用，枢密使童贯也看不上的小小保义使请兵出战，太师蔡京会同意吗？显然不会。宣赞的这个举动是有智慧的，不自荐前往，而是推荐自己的旧相识大刀关胜带兵。关胜是什么人，我们分析过，忠义招牌。这样的人，不但太师蔡京，就是当朝万岁也肯定喜欢。所以推荐关胜，蔡京必然同意。而宣赞是关胜的旧相识，搬请关胜的任务自然会落在宣赞的身上，借这个机会，宣赞就有机会随军一起出征，既能脱离不喜欢自己的领导童贯，又能给自己争取到疆场杀敌、立功受赏的机会，可以说是一举两得。果然，太师蔡京批准，关胜为领兵指挥使，宣赞、郝思文为副将，率兵一万五千征剿梁山。

这里插几句题外话，我们翻看历史或小说，通常会看到一种现象。当国家遇到战争危险时，往往文官主和，武将主战。为什么会这样呢？如果议和，就要谈判，文官的价值就体现出来了，文官立功的机会也就来了。而主战呢？武将的价值就体现出来了，武将杀敌立功的机会也就来了。无论是文官还是武将，没有背景和门路的人想要获得升迁，只有通过立功。尤其是武将，文官太平时节也能通过经邦济世、造福一方而立功，而武将如果不能上阵临敌，那么升迁之门多半是关闭的。所以对于武将来说，每一次出征都是一次升迁的好机会。

此时随关胜出征的宣赞想必也憋着一口气，一定要借这次机会杀敌立功，让那些看不起我的人都瞧瞧，我丑怎么了，照样高官得坐，骏马得骑。关胜与梁山交战第一阵就是宣赞出战，不想却遇上了比自己厉害的神射手小李广花荣：

　　小李广花荣持枪，直取宣赞。宣赞舞刀来迎。一来一往，一上一下，斗到十合，花荣卖个破绽，回马便走。宣赞赶来，花荣就了事环带住钢枪，拈弓取箭，射在刀面上。花荣见箭不中，再取出第二支箭，看得较近，望宣赞胸膛上射来。宣赞镫里藏身，又射个空。宣赞见他弓箭高强，不敢追赶，霍地勒回马跑回本阵。花荣见不赶，连忙勒转马头，望宣赞赶来；又取第三支箭，望得宣赞后心较近，再射一箭。只听铛地一声响，正射在背後护心镜上。

花荣虽然不会连珠箭，但是单箭射术比宣赞高得多，甚至连摘弓抽箭，韧扣搭弦的机会都没给他留。宣赞连避开两箭，终究没避开第三箭，幸亏有护心镜保护，否则丑郡马就变成死郡马了。宣赞不敢再战，败回本阵。此时的宣赞，想必心情是低落的。原以为可以杀敌立功，结果被敌人打败了，原本对自己的本事大有信心，结果第一个对手就比自己强得多。宣赞因此消沉了吗？没有。他做出了一个决定，跟梁山的人拼了。第二阵作战，宣赞遇上了更厉害的对手，梁山五虎之一——霹雳火秦明。宣赞拍马大骂：草贼匹夫！当吾者死，避我者生！如果常看战争片的人会有经验，一般喊出这类狠话的人，都是要拼命了。结果最终被秦明搠于马下，生擒活拿。这一战，不但宣赞被拿了，关胜和郝思文也被拿了，征剿梁山全面失败。

关胜降了，宣赞也跟着降了。落草为寇的丑郡马仍然每战必先。攻打凌州，宣赞即为先锋，首战失利，失手被擒，后来又与李逵、鲍旭、焦挺等人偷袭夺取凌州。攻打东昌府时，宣赞迎战劲敌没羽箭张清，结果被飞石打脸。梁山排座次时，宣赞排在第四十位，号地杰星。梁山招安以后，宣赞随宋江南征北战，立下了不少战功，最后攻打苏州时，与方腊手下大将郭世广鏖战，最终在饮马桥下同归于尽。

纵观宣赞一生的征战，用东北话形容，非常虎，打不过也硬往上冲，遇见比自己厉害的，不是被活捉就是被打脸。可是根据前面的分析，宣赞这个人是有点智慧的，在推荐关胜时就体现出来了，为什么一上战场就虎了呢？想一想其实也好理解，就是因为长得丑。有人可能会问，长得丑跟打仗虎有关系吗？有。因为长相丑，所以自卑，因为自卑所以自尊心太强，因为自尊心太强所以太想在人前露脸。宣赞这个人在郡主怀恨而死之后，受岳父郡王记恨，受领导童贯排挤，估计平时受同僚们的冷嘲热讽也不少，这跟初出茅庐就被高层领导垂青形成了太鲜明的落差。这一切是因为自己丑造成的，可是丑这个缺点是改变不了的，那就只有在其他方面加倍努力，给自己挣面子，让别人看得起自己。在哪方面呢？作为武将，只有在战场立功了，所以宣赞到了战场上就猛冲硬打，遇见厉害对手也愣往上冲的心理也就很好理解了。

其实，世界上有缺陷的人很多，有的人长得丑，有的人身体残疾，有的人某方面能力很差，有的人很穷苦，这些缺点多半是不好弥补的。很多人因此而自卑，而自卑的人往往特别敏感，太害怕别人看不起自己，太害怕别人揭自己的短，这是人之常情。说实话，施耐庵先生给了宣赞地杰星的称号，说明他对宣赞还是比较肯定的。靠自己的努力在其他方面取得成就来弥补自己的缺陷这是一条正路，比那些破罐子破摔的人要好得多。

然而宣赞终究只是普通人，他的武艺高强是在普通人群中显得高强，与花荣、秦明等英杰人物相比，还是有一定差距的。更不要说跟关胜、林冲这些武艺逆天的顶尖人物相比了。天赋与能力不及，何必硬要跟顶尖人物比肩，不但自己累，而且常被打脸。自尊心强原本是好事，可是如果一个人自尊心过强，太过敏感，那么必然自己受累，周围人受苦，多半一生要活在苦恼之中。

人，还是应该有平常心。

4. 魔王修成真神仙

——地然星混世魔王樊瑞

在中国，有一座名山，叫芒砀山，很多历史人物与这座山有关。中国历史上第一位农民起义领袖陈胜就埋葬在这座山。汉高祖刘邦曾在此地斩蛇起义，孔夫子也曾在这座山上避雨讲学。在《水浒传》中也有一个人物，曾在这座山上落草，后来聚义水泊梁山，拜师入云龙公孙胜，最后修成全真先生，成为梁山好汉中少数幸存者之一，他是谁呢？就是我们今天要说的混世魔王樊瑞。

我们曾经说过，《水浒传》中涉及的绿林好汉啸聚山林的山头名，如清风山、桃花山、二龙山、枯树山等等，多数是作者在创作过程中自己起的，这些名字都有相应的意义。比如吕方、郭盛是一对偶像的影子，他们落草的地方就叫对影山。那么作者把樊瑞安排在芒砀山，就说明樊瑞这个人物形象的塑造跟芒砀山是有一定联系的，深入点说，是跟与芒砀山有关的历史人物有一定联系的。

"燕雀安知鸿鹄之志哉！"这是陈胜年轻时的一句豪言壮语。数千年来这句话不知鼓舞了多少有远大志向的青年。当很多年轻人的想法和行为不被人理解的时候，往往会用这句话来鼓舞自己。尤其是很多年纪轻轻就有点本事而自命不凡的人，往往把这句话奉为真言，彰显自己的与众不同，看不起身边的人，觉得别人都是燕雀，只有自己是鸿鹄。年轻时的樊瑞应该就是有这样的想法的：

> 酒席间，晁盖说道：我有一事，为是公明贤弟连日不在山寨，只得权且搁起；昨日又是四位兄弟新到，不好便说出来。三日前，有朱贵上山报说：徐州沛县芒砀山中，新有一伙强人，聚集着三千人马。为头一个先生，姓樊，名瑞，绰号"混世魔王"；能呼风唤雨，用兵如神。手下两个副将：一个姓项，名充，绰号"八臂哪吒"，能仗一面团牌，牌上插飞刀二十四把，百步取人，无有不中，手中仗一条铁标枪；又有一个姓李，名衮，绰号"飞天大圣"，也使一面团牌，牌上插标枪二十四根，亦能百步取人，无有不中，手中使一口宝剑。这三个结为兄弟，占住芒砀山，打家劫舍。三个商量了，要来吞并我梁山泊大寨。

芒砀山上三个弟兄，混世魔王樊瑞，八臂哪吒项充，飞天大圣李衮。一个魔王，一个哪吒，一个大圣，单看这几个人的外号，就有一股"中二"少年的气息。他们有本事吗？还是有点本事的。樊瑞会一些法术，能呼风唤雨。项充、李衮惯使团牌，另有飞刀标枪，能攻能守，武艺非凡。三个人占据了芒砀山，聚集了三千人马，势力可谓不小。虽然比水泊梁山还是有差距，但是跟对影山、清风山、少华山甚至二龙山这些山寨相比，还是要强得多的。这些山寨的首领虽也不乏武艺高强之人，但是没有会法术的，与修过道术的樊瑞相斗，必然要吃亏。年轻又有本事，尤其是会法术，芒砀山上的三兄弟是很自负的，一时有了吞并梁山的念头。

梁山岂是好惹的？很快，梁山的征讨队伍到了，带队的是九纹龙史进，带来的是史进少华山的旧部，这一小股力量自然敌不过芒砀山的攻势，樊瑞还未使法术，史进就被打得大败。估计此时三兄弟的心理跟喊出"王侯将相宁有种乎"的陈胜心里是差不多的，梁山的兵力也不过如此吗，我们哥仨已经是天下第一了，吞并梁山，纵横天下，实现远大抱负指日可待了。可他们没想到，九纹龙被打败，梁山的主力也就到了，这次，来了一条真龙。谁？入云龙公孙胜：

> 公孙胜在高处看了，已先拔出那松文古定剑来，口中念动咒语，喝声道："疾！"便借着那风，尽随着项充，李衮脚边乱卷。两个在阵中，只见天昏地暗，日色无光，四边并不见一个军马，一望都是黑气，后面跟的都不见。项充、李衮心慌起来，只要夺路出阵，百般地寻归路处。正走之间，忽然雷震一声，两个在阵叫苦不迭，一齐了双足，翻筋斗颠陷马坑里去。两边挠钩手，早把两个将起来，便把麻绳绑缚了，解上山坡请功。

入云龙是真龙，可不是九纹龙。公孙胜是个非常重要的人物，是《水浒传》中道家思想的重要代表，这个我们说公孙胜的时候再慢慢细说。这里只简单说一点，公孙胜的道术十分高强，是梁山上的大法师，法力远在樊瑞这个混世魔王之上。樊瑞施展法术，一时狂风四起，飞沙走石，可这在公孙胜看来，不过是雕虫小技，略施手段就天昏地暗，日月无光，一声雷震就破了樊瑞的法术。芒砀山兵马大败，项充和李衮都被生擒活捉，二人都归顺了梁山，宋江派项、李二人来劝降樊瑞：

> 樊瑞问两个来意如何。项充、李衮道："我等逆天之人，合该万死！"樊瑞道："兄弟，如何说话？"两个便把宋江如此义气说了一遍。樊瑞道："既然宋公明如此大义，我等不可逆天，来早都下山投拜。"两个道："我们也为如此而来。"
>
> 当夜把寨内收拾已了，次日天晓，三个一齐下山，直到宋江寨前，拜伏在地。宋江扶起三人，请入帐中坐定。三个见了宋江，没

半点相疑，彼此倾心吐胆，诉说平生之事。三人拜请众头领都到芒砀山寨中，杀牛宰马，管待宋公明等众多头领，一面赏劳三军。饮宴已罢，樊瑞就拜公孙胜为师。宋江立主教公孙胜传授"五雷天心正法"与樊瑞。樊瑞大喜，数日之间，牵牛拽马，卷了山寨钱粮，驮了行李，收聚人马，烧毁了寨栅，跟宋江等班师回梁山泊，於路无话。

　　被梁山的兵马打败，之后投靠梁山，这样的情节在《水浒传》中非常常见。但芒砀山投降情况略有不同，樊瑞不但降了，而且提出拜公孙胜为师。一个"中二"少年，主动提出拜一个人为师，这个心理转变非常不容易。所谓"燕雀焉知鸿鹄之志"，是把自己比作鸿鹄，反对自己的人都是燕雀，这个时候突然让他承认之前他反对的人比他强就不容易，让他主动提出拜他反对的人为师可就更加的不容易了。宣赞败给花荣，并未拜花荣为师，扈三娘败给林冲，并未拜林冲为师，周通败给鲁智深，也未拜鲁智深为师，而自称混世魔王的樊瑞败给公孙胜，却主动要拜公孙胜为师，这种精神很了不起。可见，樊瑞在芒砀山不只受陈胜的影响，有"王侯将相宁有种乎"的远大抱负，也受在山上避雨讲学的万世师表孔圣人的影响，有三人行必有我师的好学精神，虚心向比自己更强的人学习。魔王拜师云中龙，从此走上了修真的正道。（这里宋江为何力主公孙胜收樊瑞为徒，大家可以思考思考，我们到讲宋江的时候细说）

　　芒砀山三兄弟上了梁山，樊瑞拜了公孙胜为师，不但学习了道术"五雷天心正法"，更学习了公孙胜超然物外的人生态度，除了迫不得已时施展一下师传的法术外，其他时候都是低调做人，默默无闻。这也从一个侧面说明樊瑞是发自内心的钦佩自己的师父，诚心诚意向师父学习。而他的两个兄弟则不然，八臂哪吒项充、飞天大圣李衮上山后，跟天杀星李逵和丧门神鲍旭混在了一起，两面团牌，飞刀标枪，再加上一对板斧，有攻有守有暗器，成为了梁山上一支厉害的战斗小分队，逢战必先，大杀大砍，在"中二"的路上越走越远。

施耐庵先生给了樊瑞"地然星"的称号，说明他对樊瑞的行为深以为"然"，而项充和李衮呢？一个是地飞星，一个是地走星，一个飞，一个跑，当了一辈子的"中二"少年。最后，这两个"中二"少年在征方腊的过程中一个被乱箭射死，一个被剁成肉泥，都是下场最惨的人之一。他们自以为是哪吒，自以为是大圣，结果遇见了真正的强敌，连命都保不住了。而樊瑞呢？法力大有进境，在征方腊战争中，大败方腊手下的大法师包道乙，得胜还朝，后来又辞官不做，追随自己的师父公孙胜而去，成为全真先生。此时的樊瑞，已经不是当年的混世魔王，而是人间的自在散仙。

古往今来，人年轻的时候，多半有点自傲，别人反对自己的时候，多半会拿出"燕雀焉知鸿鹄之志"的名言来鼓舞自己，贬低别人。自己实力强就炫耀实力，实力比不过别人就追求情怀，情怀也比不过别人就强调自由。这样的人，自我感觉很良好，但在别人的眼中却不过是个跳梁小丑。而承认别人确实比自己强，虚心向人学习的人不但不失面子，反而能获得发展的机遇。芒砀山三兄弟，项充、李衮一生自负，最终惨死，樊瑞虚心拜师，最终成仙。施耐庵先生用这三个人物，为一代又一代的"中二"少年指明了道路。

魔王还是真仙，其实只在一念之间。

5. 望子成龙多悲剧
——天暗星青面兽杨志

传统的相术认为，如果一个人面色呈青黑色，那么这个人一定在走霉运。如果一个人一生面色都是青色，那估计这个人一辈子都不好过。在梁山上，有这么一个人，脸上有一块青色的胎记，脸上有青，说明这个人很悲催，而这块青又是一块胎记恰恰说明造成他悲催的不是别人，正是他的父母。这个人是谁呢？就是我们今天要说的——天暗星青面兽杨志。

杨志的出身可以说是既好又不好。说他出身好，因为他是将门之后，世代簪缨。为金刀杨令公之后，也就是我们熟知的杨家将之后，杨继业、杨延昭、杨宗保、杨文广等等都是杨志的先人了。说他出身不好，因为到了他这一代，天波府杨家早已衰落，不复当年的荣光。或许有人会说，即便家道中衰，毕竟还是名门之后，从出身的角度讲比平民老百姓还是强多了，更不用说跟赤贫之家相比了。这个观点对，也不对。作为贵族阶层跌落到中产阶级的家庭，物质条件确实比底层老百姓强多了，但精神层面上压力比老百姓大得多。底层老百姓追求的是温饱小康，而中产阶级呢？追求的是怎么挤到贵族阶层去，这个目标实现难度大得多。中产阶级焦虑症，多半都是这么得的。望子成龙心最切的往往就是中产阶级。贵族阶层的孩子无论努不努力，将来都可以继承家族的事业，只要教育孩子远离吃喝嫖赌，别败家就好。底层老百姓呢？往往也不指望孩子能出人头地，别招灾惹祸过一辈子安稳日子就好。而中产阶级就不同了，他们离贵族阶层较近，往往不甘于自己现在的地位，当眼见自己晋级贵族无望，往往会把宝押在自己孩子身上。尤其是封建时代那些从贵族跌落下来的，复兴家族的重任会把孩子压得喘不过气来，想想《天龙八部》中的慕容复，最后不就被逼疯了吗？青面兽杨志就是在类似这样的家庭背景下出生的。杨志小的时候，想必他父母对他的学习和发展督责甚严。

杨志年轻时还是比较争气的。中过武举，用现在的话说学历很高。职位也不低，做到了殿帅府制使官，比豹子头林冲那个有职无权的教头权力大得多。而且发展平台也好，在殿帅府任职，受当朝权臣太尉高俅的直接领导。可以说，杨志的发展起点很高，前景还是很不错的。

> 那汉道："洒家是三代将门之后，五侯杨令公之孙，姓杨名志。流落在此关西。年纪小时曾应过武举，做到殿司制使官。道君因盖万岁山，差一般十个制使去太湖边搬运"花石纲"赴京交纳。不想洒家时乖运蹇，押着那花石纲来到黄河里，遭风打翻了船，失陷了花石纲，不能回京走任，逃去他处避难。如今赦了俺们罪犯。洒家今来收的一担儿钱物，待回东京去枢密院使用，再理会本身的勾当。

这一年，徽宗皇帝要修万岁山，缺少花木奇石，这类东西北方是不产的，需要从苏杭一带往回运。因此，殿帅府派出十支押运队伍到太湖搬运花木石头，也就是所谓的花石纲。杨志就是这十支押运队伍其中一支的负责人。结果花石纲押运至黄河遇上了大风，把船打翻了，花石自然也被大水冲走了。杨志知道，自己是押运负责人，花石纲丢了，自己摊上事了，畏罪潜逃。其实想想看，花石纲丢了，这个罪说小不小，说大其实也不算大。花木石头毕竟不是金银珠宝，也不是珍玩古董，能有多高的价值。北方是没有，但南方可以说遍地都是。丢了一船，再征一船也就是了，何况遇上的是天灾，押运的人只能落个抢救不力的罪名，应该说责任不大。不久之后，皇帝就赦免了他的罪过。听说自己没罪了，杨志想必很高兴，变卖家产，准备回京找关系官复原职。

可是走到梁山脚下，遇上了一个劫道的，变卖家产所得的财宝都被劫了。谁劫的？豹子头林冲。此时的林冲刚刚投梁山入伙，受到当时梁山的首领白衣秀士王伦的刁难，要纳投名状，也就是下山杀个人，正好碰上杨志了。两个人，两口朴刀，大战了一场，打成了平手。这里虽然是打成平手，但杨志本身就擅长使刀，祖上号称金刀杨无敌，而林冲却擅长使枪，担任过枪棒教头。两个人拿刀打成平手，应该说杨志的功夫跟林冲还是有差距的，倘若林冲换一条枪来打，杨志恐怕要输。但输给林冲，好比体育比赛输给世界冠军，可以说是虽败犹荣，毕竟林冲是武艺冒尖的人物。跟林冲比略有差距的人，也是了不起的高手了。白衣秀士王伦就看出了这一点，力劝杨志入伙。

王伦心里想道："若留林冲，实形容得我们不济，不如我做个人情，并留了杨志，与他作敌。"因指着林冲对杨志道："这个兄弟，他是东京八十万禁军教头，唤做豹子头林冲；因这高太尉那厮安不得好人，把他寻事刺配沧州。那里又犯了事。如今也新到这里。却才制使上东京勾当，不是王伦纠合制使：小可兀自弃文就武，来此落草，制使又是有罪的人，虽经赦宥，难复前职；亦且高俅那厮见掌军权，他如何肯容你？不如只就小寨歇马，大秤分金银，大碗吃酒肉，同做好汉。不知制使心下主意若何？"

杨志答道："承蒙众头领如此带携，只是洒家有个亲眷，见在东京居住。前者官事连累了他，不曾酬谢得他，今日欲要投那里走一遭，望众头领还了洒家行李。如不肯还，杨志空手也去了。"

王伦笑道："既是制使不肯在此，如何敢勒逼入伙。且请宽心住一宵，明日早行。"杨志大喜。

王伦劝杨志入伙给出的理由很简单，您是有罪之身，即便是把你的罪免了，这也是你仕途的一个污点，在官场上恐怕没什么大的发展了。再说你的领导是谁？太尉高俅，那可是个心胸狭窄不能容人的人，你去找他多半要碰壁。林冲不就是受了高俅的迫害吗？你还是不要回京了，就在我这山上坐一把交椅吧。王伦这一番话很实在，可以说是一针见血，把杨志的处境分析的很透。

但是，杨志当然是不愿意落草为寇的。他自幼就有光耀门庭，复兴天波府的理想，肩负家族重任，自然是想高官得做，骏马得骑。怎么可能会愿意落草当强盗呢？岂不是辱没了祖宗。杨志是执意不肯入伙的，但杨志并没有直接反驳王伦的观点，而是找了个借口，有一个亲眷需要酬谢，所以必须回东京一趟，你要不还我行李，我空手也要走。应该说，这个时候的杨志对自己的前景还是抱有希望的。罪过已经赦免了，回京找找人花点钱，应该能官复原职，即便不能官复原职，起码也能得个职位，将来有机会疆场立功，还是可以再升官的。

王伦见杨志去意坚决，便不再苦劝杨志，留他住了一夜，便送他上路了。杨志挑着变卖家产所得的一担财宝，抱着官复原职的希望，回到了京城。那么他的京城求官之行顺利吗？不顺利。

过数日，央人来枢密院打点，理会本等的勾当，将出那担儿金银物买上告下，再要补殿帅府制使职役。把许多东西都使尽了，方才得申文书，去见殿帅高太尉，来到厅前。

那高俅把从前历事文书都看了，大怒道："既是你等十个制使去运花石纲，九个回到京师交纳了，偏你这厮把花石纲失陷了！又不来首告，倒又在逃，许多时捉拿不着！今日再要勾当，虽经赦宥所犯罪名，难以委用！"把文书一笔都批了，将杨志赶出殿帅府来。

杨志闷闷不已，只到客店中，思量："王伦劝俺，也见得是，只是洒家清白姓字，不肯将父母遗礼来玷污了，指望把一身本事，边庭上一枪一刀，博个封妻荫子，也与祖宗争口气；不想又吃这一闪！——高太尉你忒毒害，怎地刻薄！"心中烦恼了一回。

王伦分析的一点不错，高俅并没有宽宥杨志，虽然赦免了杨志之罪，但是把杨志的官职罢免了，不再录用。那么丢了官的杨志会回梁山入伙吗？不会，此时的杨志仍然想的是把一身本事，边庭上一枪一刀，博个封妻荫子，与祖宗争口气。当强盗这种事情，杨志是不会干的。可此时的杨志被削官为民，连生计都成了问题，最后沦落到了变卖祖产的地步。这就是《水浒传》经典情节——杨志卖刀。

杨志在东京城最繁华的商业街上变卖自己祖传的宝刀，结果遇见了一个地痞——牛二，纠缠住杨志，要强占杨志的宝刀。地痞无赖这类人，古往今来都有，对付这种人报官是没用的，因为他们虽然经常祸害人，但杀人放火的大罪是不犯的，今天偷人家一颗白菜，明天抢人两个苹果，后天跟谁打一架，报到官府不至于判刑，最多拘留几天，他就又出来了。对付这类人唯一的办法就是有个比他厉害的人揍他一顿，他就老实了。鲁智深看菜园子的时候，也有一伙泼皮无赖要明抢暗偷菜园子里的菜，结果让鲁智深给他们揍了一顿，扔粪坑里了，后来这些泼皮都拜鲁智深为师，从此改邪归正了。杨志倘若这时候揍牛二一顿，这事也就了了，何况以杨志的本事，来十个牛二他也一起收拾了。可是杨志做事情比较简单粗暴，拔出刀来直接把牛二给劈了，背上了人命官司。杨志的本事或许不在鲁智深之下，但做人的格局跟鲁智深差得太远了。

出了人命，杨志心里明白，这回全完了，杀了人是要偿命的。什么光耀门庭，什么为祖宗争气，全成了泡影。杨志干脆到官府自首，一命抵一命算了。但事情的发展比杨志预想的要好，或许是考虑到杨志为民除害，或许是考虑其他的因素，官府并没有判杨志的死罪，只定了个斗殴杀伤，误伤人命，判了个刺配大名府。那口祖传的宝刀呢？没官入库了。（很难说是不是这把祖传的宝刀关键时刻救了杨志一命）

杨志从殿帅府制使官，到削官为民，再到沦为罪犯，可谓命途坎坷。光耀门楣，复兴家族的理想似乎越来越遥远。然而，或许连杨志自己都想不到，刺配到大名府之后，杨志这匹千里马，遇见伯乐了。谁？大名府留守司梁中书。

梁中书这个人，如果有机会，我们可以单独讲一次，是非常有才干的地方官，能识人，也会用人。后来梁山兵马打破了大名府，李成、闻达两员大将浑身被伤，仍然拼命保护梁中书杀出重围，可见梁中书这个人平素对手下人颇有恩义，危急时刻属下能舍命相报。有人说《水浒传》里描写的官场黑暗透顶，我想说那是你的误解，水浒中德才兼备的官员有的是，梁中书就是其中之一，这里不细说了，总之，有本事的杨志能够来到梁中书这样好领导的治下，真可谓祖上积德。果然，杨志一来到大名府，梁中书就发现了杨志这个可用之才。想重用杨志，但又怕直接提拔一个罪犯不能服众，特地安排了一场教军场演武，让杨志显露一下武艺，果然技惊四座，比枪比箭大败副牌军周瑾，又战平一流高手急先锋索超。梁中书很高兴，提拔杨志做了提辖官。这里梁中书的作为令人钦佩，梁中书是大名府留守司，在大名府上马管军，下马管民，他想提拔谁，就能提拔谁，手下谁也不会有什么异议。但是把一个罪犯直接提拔成军官，手下难免会口服心不服，而安排一场教军场演武，让提拔杨志显得理所应当。可见梁中书平素的领导风格，是让手下心服口服，而不是用官威压服。杨志从军官到平民，又从平民到罪犯，到了梁中书手下，又从罪犯变回军官，官虽然不大，但是对于已经是罪犯的杨志来说已经是天大的恩典。而且梁中书是个识才之人，有机会肯定会进一步提拔重用杨志，杨志博个封妻荫子，与祖宗争口气的理想仿佛又近了。果然，不久之后，梁中书给杨志安排了一件重要的任务——押运生辰纲。

生辰纲是什么？就是给太师蔡京送的寿礼。梁中书是太师蔡京的女婿，蔡京办寿，梁中书采买了十万贯价值的寿礼准备送往京城太师府。当时的大宋朝是不太平的，遍地是强盗，去年给太师送的寿礼半路就被强盗劫了。因此今年再送，梁中书准备选派一个武艺高强的人押送，派谁去呢？梁中书想到了杨志。有评论者说，让杨志押运生辰纲是大材小用，我不这样认为。让杨志押运生辰纲体现了梁中书对杨志的倚重，也体现了梁中书的用人智慧。首先，杨志之前丢官就是因为押运花石纲失败，所谓在哪跌倒在哪爬起来，这次押运生辰纲正是杨志洗耻扬威的好机会；其次，去年生辰纲半路被劫了，如果今年能押运成功，正好能体现出今年押运人的过人才干；再次，押运生辰纲既是给梁中书办事，也是给蔡太师办事，如果事办得漂亮，说不定将来梁中书把杨志这个人才推荐给蔡太师，那杨志的发展平台可就又上一个档次了。可见，这次押运生辰纲，是杨志的非常好的发展机遇。那么押运生辰纲的过程如何呢？

次日，叫杨志来厅前伺候，梁中书出厅来问道："杨志，你几时起身？"杨志禀道："告覆恩相，只在明早准行，就委领状。"梁中书道："夫人也有一担礼物，另送与府中宝眷，也要你领。怕你不知头路，特地再教公谢都管并两个虞候和你一同去。"杨志告道："恩相，杨志去不得了。"梁中书道："礼物都已拴缚完备，如何又去不得？"杨志禀道："此十担礼物都在小人身上，和他众人都由杨志，要早行便早行，要晚行便晚行，要住便住，要歇便歇，亦依杨志提调；如今又叫老都管并虞候和小人去，他是夫人行的人，又是太师府门下公，倘或路上与小人别拗起来，杨志如何敢和他争执得？若误了大事时，杨志那其间如何分说？"梁中书道："这个也容易，我叫他三个都听你提调便了。"杨志答道："若是如此禀过，小人情愿便委领状。倘有疏失，甘当重罪。"梁中书大喜道："我也不枉了抬举你！真有见识！"

随即唤老谢都管并两个虞候出来，当厅分付，道："杨志提辖情愿委了一纸领状监押生辰纲——十一担金珠宝贝——赴京太师府交割。这干系都在他身上，你三人和他做伴去，一路上，早起，晚行，住，歇，都要听他言语，不可和他别拗。夫人处分付的勾当，你三人自理会。小心在意，早去早回，休教有失。"老都管一一都应了。

临行前，梁中书以怕杨志不认路为理由，派了三个人跟杨志同行，一个谢老都管，两个虞候。连派三人绝不会是因为怕杨志不认路这么简单，如果怕杨志不认路，派一个向导就够了，何必连派三个。因此，给运送生辰纲队伍配备一个老都管，两个虞候，梁中书还有其他用意。派老都管是什么用意呢？我们后面再说。派两个虞候是什么用意，很简单，就是当杨志的助手。虞候是武官，都是身怀武艺的。前面已经说过，梁中书会识人，会用人，他派出的这两个虞候想必武艺不低，不敢说跟杨志相当，也得说跟杨志差不了太多。按说，中书大人给你安排了一项重要的任务，又给你配备了几个助手，这时候杨志就应该向中书大人表示感谢，或者当场表示跟大家和衷共济，完成任务才对。那么杨志是什么反应呢？

杨志说："领导啊，你要是派人来，那这活干不了了。他们几个不听我指挥咋整，我说不听他们，肯定要坏事。"在杨志心目中，派来的几个人就是来捣乱的。说句实在话，杨志刚到大名府不久，跟两个虞候和老都管没有过什么接触，就在梁中书面前妄言这几个人不行。往小了说，杨志这是看不起同僚，没有容人之量；往中了说，杨志这是没有团队精神，他与人协作必须别人完全服从于他；往大了说，这就是在质疑梁中书的用人安排，你给我安排的助手是饭桶，恐怕要坏事。这也就是梁中书，假如杨志此时的领导是高俅，听了杨志这几句话说不定当场就翻脸了，"杨志你什么意思，干不了你就不要去了。"大名府有的是高手，赛天王李成、大刀闻达、急先锋索超，各个本事不在你杨志之下，何必非派你去。但梁中书毕竟不是高俅，有容人之量，临阵换将于军不利，所以还是答应了杨志的条件，给老都管等人下了命令，一路上一切行动都听杨志的指挥，不可与他争执。杨志如愿以偿当上了生辰纲团队的"一把手"，那么杨志这个"一把手"当的怎么样呢？押运生辰纲顺利吗？

那十一个厢禁军，担子又重，无有一个稍轻，天气热了，行不得；见着林子便要去歇息。杨志赶着催促要行，如若停住，轻则痛骂，重则藤条便打，逼赶要行。

两个虞候虽只背些包裹行李，也气喘了行不上。杨志便嗔道："你两个好不晓事！这干系须是俺的！你们不替洒家打这夫子，却在背后也慢慢地挨！这路上不是耍处！"那虞候道："不是我两个要慢走，其实热了行不动，因此落后。前日只是趁早凉走，如今恁地正热里要行，正是好歹不均匀！"杨志道："你这般说话，却似放屁！前日行的须是好地面；如今正是尴尬去处，若不日里赶过去，谁敢五更半夜走？"

……

两个虞候坐在柳阴树下等得老都管来；两个虞候告诉道："杨家那厮强杀只是我相公门下一个提辖！直这般会做大！"老都管道：

"须是相公当面分付，道休要和他别拗，因此我不做声。这两日也看他不得。权且耐他。"

……

那十一个厢禁军雨汗通流，都叹气吹嘘，对老都管说道："我们不幸做了军健！情知道被差出来。这般火似热的天气，又挑着重担；这两日又不拣早凉行，动不动老大藤条打来；都是一般父母皮肉，我们直恁地苦！"老都管道："你们不要怨怅，巴到东京时，我自赏你。"那众军汉道："若是似都管看待我们时，并不敢怨怅。"又过了一夜。

……

老都管道："权且教他们众人歇一歇，略过日中行，如何？"杨志道："你也没分晓了！如何使得？……"

……

老都管喝道："杨提辖！且住！你听我说。我在东京太师府里做奶公时，门下军官见了无千无万，都向着我喏喏连声。不是我口浅，量你是个遭死的军人，相公可怜，抬举你做个提辖，比得芥菜子大小的官职，直得地逞能！休说我是相公家都管，便是村庄一个老的，也合依我劝一劝！只顾把他们打，是何看待！"

杨志带队伍的方式简单粗暴，对手下兵士不是打就是骂，对两个虞侯也没有好脸色，人家好好地跟他沟通，他对人家张嘴就骂。两个虞侯自然心中有气，幸亏老都管安抚，看在中书大人面上，忍他一忍吧。过了几天，当兵的每天挨打受骂也受不了了，纷纷抱怨，又是老都管做工作，不要抱怨，等到了东京，重重赏赐你们就是了。看到这我们或许明白了梁中书派老都管与杨志同行的用意了。梁中书早意识到杨志这个人脾气暴躁，让这样的人带队伍得有一个性格老成忠厚的人协助他，因此就派了老都管同行，一路上安抚众人。可是梁中书没有意识到，杨志这个人领导风格实在太粗暴了，渐渐地连老实人也忍不了了。老都管劝了一句，让大伙歇一会再走吧，结果杨志对老都管也是恶语相向，"你也是个不懂事的！"一面骂一面拿起藤条接着打当兵的。老都管终于爆发了："杨提辖呀，你不就是个犯罪的罪犯吗？中书相公提拔你，当个小官，你天天打骂这些兵士，好大的官威呀！且不说我官职大过你，资历老过你，就算我是个平民老百姓，冲我这一把年纪，你也该客客气气地跟我说话吧，也得听我一句劝吧。"这几句话说的句句在理。中书大人吩咐过，一切听你的指挥，什么时候走，什么时候停，我不跟你争，可领导方式上我总能劝劝吧。

说实在的，老都管论武艺跟杨志比不了，对风险也没有杨志认得清，但论带队伍的能力，比杨志强得太多了。一路上要不是老都管做工作，说不定队伍早散了，万一哪天当兵的受不了，一哄而散，你杨志一个人怎么把这十个担子挑到东京去。现雇人，靠得住吗？可见，此时的生辰纲团队已经被杨志带得离心离德，毫无斗志，恰恰这个时候晁盖带领的智取生辰纲团队来了，生辰纲被劫走，已经成了必然。押运生辰纲团队都被蒙汗药麻翻了，生辰纲丢了，杨志呢？又跑了。

杨志这个人虽然是将门之后，但是并无大将之才。对手下简单粗暴，毫无管理技巧，对同僚不善沟通，不会团结协作，事情办不好就是一味逃避，两次押运失败，两次畏罪潜逃。还天天想着怎么能当上大官，光耀祖宗，说句不好听的，杨志这样的人不当官才是百姓之福，要是他当上了官，他治下的人可要倒霉。之前丢了花石纲高俅虽然苛刻了一点，可是高俅说的没错呀，丢了花石纲本不是什么大罪，但你畏罪潜逃问题的性质可就变了。再反思一下，为什么十个制使官押运花石纲，走相同的路线，遇上风浪其他九路都没事，就杨志这一路船翻了。推测一下，杨志之前押运花石纲，对手下也是非打即骂，手下表面上顺从他，可是遇上危险了，没一个真正给他出力的，花石纲不丢算怪了。丢了生辰纲，也不应该畏罪潜逃呀，应该想办法戴罪立功。其实吴用这个智取生辰纲的计谋是有漏洞的，后来一个派出所民警就把案破了，你杨志此时手下还有十名军健，两个虞侯呢，就不能暗中查访，追回生辰纲吗？就算是追不回来了，你也应该回大名府请罪，当时谁在梁中书面前拍胸脯说承担干系的？这么一走了之，岂不是让有心重用你的梁中书寒心吗？有人说让杨志押运生辰纲是大材小用，可是想想看，小事干不好，能干好大事吗？十多个人的团队都管理不好，能领导千军万马吗？杨志武艺高，想当官，可始终也当不上官，是因为官场黑暗吗？是因为社会不公吗？都不是，是因为他自己的性格缺陷。社会或许有不公，但对杨志已经够好了，官封殿帅府制使官在前，大名府遇伯乐在后，两次机遇，杨志一次也没抓住。所以，那些自认为怀才不遇的人，多反思反思自己，少抱怨点社会吧。

丢了生辰纲的杨志本来想自杀，可刚要自杀就想到自己的一身好武艺，就这么死了岂不是可惜，还没复兴家族，光耀祖宗呢。所以还是要保住有用之身，以图日后再有出头之日。杨志潜逃之后先后遇见了操刀鬼曹正和花和尚鲁智深，几个人一起设计夺了二龙山，在二龙山落草为寇了。后来，行者武松等人也来入伙，二龙山的声势壮大了。杨志也安定了下来，开始筹划怎么再回体制内做官了。有人会说，已经当了强盗了，还有机会回体制内吗？有的，招安。我们不止一次说过，在北宋时期，招安之后被封官是常见现象。或许杨志早就想好了通过招安回体制内的计划，可是二龙山的另外两个主要首领，花和尚鲁智深和行者武松，都是不愿意招安的。怎么办呢？

机会来了。呼延灼征剿梁山失败，借青州兵扫荡三山。三山就包括鲁智深、杨志落草的二龙山，杨志力主搬请梁山兵相助。按说，此时梁山的首领是曾经劫了杨志生辰纲的晁盖，杨志不会不知道，假如三山联合，未必敌不过呼延灼，杨志为什么要向自己的仇人低头呢？很简单，梁山的兵到了，势必会吞并三山，成为了梁山的一员，日后招安有望了。果然事情的发展不出杨志所料，梁山发来了救兵，收降了呼延灼，杨志也顺利加入了梁山的势力，成为了一名梁山上铁杆的招安派，宋江对于招安派是十分倚重的，何况杨志武艺甚高，梁山排座次，杨志排在第十七位，五虎八骠之一，称得上是梁山高级将领。

那么杨志如愿以偿，招安回体制内了吗？没有。在征方腊的途中，刚一过江，杨志就病倒了，在丹徒县养病，后来病逝，就葬在了丹徒县。跟豹子头林冲结局有几分相似。杨志这一生，出身，平台，机遇都比豹子头林冲要好得多，本领也不见得比林冲差多少，可就是因为性格的缺陷比林冲严重，结果不但没有实现封妻荫子的理想，反而结局还不如林冲。林冲为人能忍，所以好亲近，病倒之后，尚有武松在旁照料，杨志呢，脾气暴躁，动不动就口出恶言，病倒了，人人避而远之，别说有人照料，恐怕身边一个说话的人都没有。

纵观杨志其人，有两大致命的缺点。第一，脾气暴躁，行事简单粗暴。第二，遇事逃避，不敢承担责任。是什么造成了他这两大性格缺陷呢？这就回到了开篇那个问题，什么造成的？精神压力。直接原因是他父母对他的教育，复兴家族，挤回贵族阶层的理想让杨志背负了过重的期望和负担，养成了急躁，没有耐心的性格。大胆推测一下，杨志的父母对杨志的教育想必也非常粗暴，以打骂为主。杨志带队伍，对手下人非打即骂，这种沟通方式多半就是继承了小时候他父亲跟他的沟通方式。他遇事就畏罪潜逃，多半他小时候惹祸了，就不敢回家。预示着悲剧命运的青色胎记是谁给的？他父母给的。

望子成龙的心理，天下父母几乎都有，关键看你有没有平和的心态。如果自己给自己套上重重的精神枷锁，背负了太多的压力，那下场多半是悲剧。

6. 吹牛把自己吹信了
——地僻星打虎将李忠

　　《水浒传》这部著作对于人物的刻画可以说是妙到颠毫，而且人物塑造有一个特色，给每个人物都设计了一个外号，精准地对每个人都做了定位。这一特色对后世的作品影响很大，清末民国时的早期武侠小说中，人物都是有外号的。《三侠剑》中蒋伯芳外号飞天玉虎，黄三泰外号锦衣韦陀，贾明外号金头虎；《白眉大侠》中于和外号横推八百无对手轩辕重出武圣人，陶福安外号百步神拳无影掌，古月外号阴光大法师。甚至早期的金庸作品，也有的人物有外号，赵半山外号千手如来；归辛树外号神拳无敌；莫大外号潇湘夜雨，苗人凤外号金面佛，这类的例子举不胜举。但说实话，后来作品中人物外号对人物的定位，没有一部达到了《水浒传》那么高的精准程度。贾明和金头虎有关系吗？古月和阴光有关系吗？即便有关系也很牵强。而《水浒传》中几乎每个人的外号都对这个人物的特点进行了形象的概括。当然，这其中也有有争议的，比如我们今天要说的——地僻星打虎将李忠。

　　李忠外号打虎将，但纵观全书李忠从来没打过虎。那打虎将是形容他本事大能打虎吗？显然也不是，李忠本事平平，打虎是肯定打不了的。那他既没打过虎，也没有打虎的本事为什么外号打虎将呢？这个外号应该给武松才对呀，武松才是正牌的打虎英雄呀。是不是施耐庵先生笔误把外号张冠李戴了呢？当然不是，李忠外号打虎将，有其深刻的含义。

李忠是什么出身呢？走江湖卖艺的。既使枪棒，又卖膏药。这个行当在古代是很常见的，在热闹的街区摆个摊，打几趟把式，然后卖所谓的大力丸或跌打膏药，三分靠本事，七分靠忽悠。要是能把人忽悠住，就能挣不少钱。所以干这行的人两点很重要，第一打的把式要好看，能吸引人。第二要会包装自己，把自己吹上天，把围观的人都唬住就成功了。李忠就比较擅长这两点，他打虎将的外号多半是这个时期自己起的，还真能唬住人。九纹龙史进就曾经拜李忠为师。史进是什么人？史家庄少爷。一个富二代怎么会拜一个走江湖卖艺的为师呢？这就是李忠忽悠的本事了。把自己本事吹的神乎其神，不识货的人就信了。教富家子弟练武，既能混得好吃好住，又能得不少学费，何乐而不为？可李忠自己武艺平平，教什么呢？就教那几招花架子功夫有用吗？表演起来倒是好看，打起仗来一点用也没有。

　　太公道："客人莫不会使枪棒？"王进道："颇晓得些。敢问长上，这后生是宅上何人？"太公道："是老汉的儿子。"王进道："既然是宅内小官人，若爱学时，小人点拨他端正，如何？"太公道："恁地时十分好。"便教那后生："来拜师父。"那后生那里肯拜，心中越怒道："阿爹，休听这厮胡说！若吃他赢得我这条棒时，我便拜他为师！"王进道："小官人若是不当真时，较量一棒耍子。"那后生就空地当中把一条棒使得风车儿似转，向王进道："你来！你来！怕你不算好汉！"王进只是笑，不肯动手。太公道："客官，既是肯教小顽时，使一棒，何妨？"王进笑道："恐冲撞了令郎时，须不好看。"太公道："这个不妨；若是打折了手脚，亦是他自作自受。"王进道："恕无礼。"去枪架上拿了一条棒在手里，来到空地上使个旗鼓。

　　那后生看了一看，拿条棒滚将入来，迳奔王进。王进托地拖了棒便走。那后生轮着棒又赶入来。王进回身把棒望空地里劈将下来。那后生见棒劈来，用棒来隔。王进却不打下来，对棒一掣，却望后生怀里直搠将来，只一缴。那后生的棒丢在一边，扑地望后倒了。王进连忙撇了棒，向前扶住，道："休怪，休怪。"

史进跟李忠学了棒法以后，自觉自己武功已经高得不行了，结果遇见真正的高手王进，花架子武功一点用也没有。尽管一条棒使得风车似转，结果连人家一下都接不住。徒弟的武功如此，可想师父的武功如何。史进从此拜王进为师，练了一身好功夫，这是李忠不知道的，这时的打虎将李忠早已离开了史家庄，又开始了江湖卖艺生涯。数年之后，在渭州街市上，史进和李忠又相遇了。

这次相遇时，史进已经是少华山的大寨主，来到渭州寻找师父王进。师父没找到，却结识了鲁达，也就是后来的鲁智深。两人意气相投，准备去喝酒，街边遇见了正在卖艺的李忠。鲁达听说李忠是史进的启蒙师父，于是邀请李忠也去喝两杯。三人正在酒楼饮酒，忽然听见有人啼哭，原来是被郑屠户欺负的金氏父女。鲁达专好锄强扶弱，打抱不平，遇上这种事，自然要管一管。《水浒传》中最精彩的情节之一——拳打镇关西就要上演了。酒宴散后第二天，鲁达送走了金氏父女，又来找郑屠的晦气，三拳就把郑屠打死了。

出了人命，鲁达逃走了，李忠听着风声也逃走了。鲁达逃走好理解，怕摊人命官司。李忠为什么逃走呢？打郑屠跟他没有任何关系呀。他只不过是头一天跟鲁达喝了一顿酒而已。大胆猜测一下李忠的心理，他已经把自己和鲁达、史进归为一个团伙了。跟能人喝一顿酒就觉得自己也是能人了，这种心理很常见，古人也有，何况是李忠这种天天吹嘘自己是打虎将的人。跟自己喝酒的一个是有名的军官武将，一个是占山为王的寨主，这个寨主还曾经是自己的徒弟，那我肯定也差不了哪去呀，我也应该是威震武林的大侠了。借助这次酒席，李忠达到了吹牛的最高境界，把自己吹信了。尽管郑屠是鲁达打死的，自己当时并不在场，他也觉得这件事有我这个大侠的份，不行，我也得跑。

就在李忠逃跑的路上，他遇见了出来劫道的桃花山寨主小霸王周通。李忠的本事平平，却居然把周通赢了（李忠是花架子，周通连花架子也没有）。周通请李忠上山做大寨主，李忠会接受吗？要知道，混黑道靠的是本事和威望，没有这两样，混黑道的下场就是当炮灰。李忠一个走江湖卖艺唬人为生的人，真本事没有，威望更甭提，他能愿意当寨主吗？他还真就当了。此时的李忠虽然本事没长，但心理已经发生变化了。他觉得自己已经不是走江湖卖膏药的了，而是打虎将。自己的徒弟都是寨主了，周通也被自己打败了，我这么厉害，有什么当不了寨主的？他不会细想，史进当寨主靠的是跟王进学的本事，而不是靠他那两下花架子。李忠已经沉浸在打虎将的角色中了，从此过上了伸手五支令，握拳就要命的强盗生活。一次周通下山抢劫民女，被一个人给打了一顿，李忠气势汹汹地带着人下山给兄弟报仇。我这么厉害，堂堂打虎将，怎么还有人敢打我的兄弟。结果遇见了出家的鲁达，也就是鲁智深。原来打自己兄弟的是自己的一个老朋友。当然，多亏李忠曾经跟鲁智深有过一面之缘，要不然他也得挨顿揍。两人见面后各自说了自己分手后的经历，李忠觉得鲁智深混得挺惨，想请鲁智深入伙，这里的请鲁智深入伙可不是请鲁智深当大寨主，而是让鲁智深当自己的小弟。李忠想法很简单，你自己没混明白，以后跟我混吧，我这个打虎将罩着你。鲁智深当然不会接受。

李忠、周通，道："哥哥既然不肯落草，要去时，我等明日下山，但得多少，尽送与哥哥作路费。"次日，山寨里面杀羊宰猪，且做送路筵席，安排整顿许多金银酒器，设放在桌上。

正待入席饮酒，只见小喽罗报来说："山下有两辆车，十数个人来也！"李忠、周通，见报了，点起众多小喽罗，只留一二个伏侍鲁智深饮酒。两个好汉道："哥哥，只顾请自在吃几杯。我两个下山去取得财来，就与哥哥送行。"分付已罢，引领众人下山去了。且说鲁智深寻思道："这两个人好生悭吝！见放着有许多金银，却不送与俺；直等要去打劫得别人的，送与洒家！这个不是把官路当人情，只苦别人？洒家且教这厮吃俺一惊！"便唤这几个小喽罗近前来筛酒吃。方才吃得两盏，跳起身来，两拳打翻两个小喽罗，便解搭做一块儿捆了，口里都塞了些麻核桃；便取出包裹打开，没紧要的都撇了，只拿了桌上的金银酒器，都踏匾了，拴在包裹；胸前度牒袋内，藏了真长老的书信；跨了戒刀，提了禅杖，顶了衣包，便出寨来。

……

周通解了小喽罗，问其备细："鲁智深那里去了？"小喽罗说道："把我两个打翻捆缚了，卷了若干器皿，都拿去了。"周通道："这贼秃不是好人！倒着了那厮手脚！却从那里去了？"团团寻踪迹到后山，见一带荒草平平地都滚倒了。

周道看了便道："这秃驴倒是个老贼！这险峻山冈，从这里滚了下去！"李忠道："我们赶上去问他讨，也羞那厮一场！"周通道："罢，罢！贼去关门，那里去赶？——便赶得着时，也问他取不成。倘有些不然起来，我和你又敌他不过，后来倒难厮见了；不如罢手，后来倒好相见。

鲁智深嫌李忠、周通小气，趁他俩下山抢劫，抢了山寨里的金银酒器，下山走了。李忠回到山寨，发现鲁智深抢了东西走了，十分恼火，要追上去跟鲁智深理论。这时周通还是比较理智的，别追了，凭咱俩的本事，追上了无非是再挨一顿揍，东西是不可能追回来了。二人就此作罢。虽然没有追上去理论，但能把大名鼎鼎的鲁提辖捉弄得从山冈上滚下去，李忠想必还是很得意的，从此打家劫舍更加大胆。终于一次太岁头上动土，给自己惹来了大祸。把呼延灼御赐的宝马给偷了，结果呼延灼借来了青州兵攻打桃花山。李忠、周通哪里是呼延灼的对手，眼看桃花山就要被平灭。李周二人只好向已经是二龙山寨主的鲁智深求救，再后来又向水泊梁山求救，宋江率大兵赶到，把呼延灼打败了。李忠也就跟着上梁山入伙了。

李忠的身份从一个卖艺的江湖人到桃花山寨主，最后又成了水泊梁山的首领。仿佛离打虎将的称呼越来越近了，可是呢？梁山排座次他排在第八十六位，并没有受到什么认可。除了他自己以外，估计没有人承认他是打虎将。到后来征方腊，昱岭关之战，李忠被乱箭射死了，是梁山好汉中死的最惨的人之一。堂堂打虎将，化为大炮灰。试想一下，如果他自己不信自己是打虎将，老老实实在街边卖艺，会有这样悲惨的下场吗？

其实，古往今来，吹牛的人大有人在。放眼当今文化领域，自吹自擂的本事一个大过一个。这个号称当代 ×× 圣人，那个号称世界 ×× 王，这个是 ×× 协会的主席，那个是 ×× 学校的校长，这个是 ×× 创始人，那个是 ×× 奠基者……论威风程度，比打虎将有过之无不及。这其中名副其实的有多少呢？说实话，假如你自己知道自己几斤几两，靠包装自己挣两个钱适可而止那倒还好。怕的就是你吹着吹着把自己给吹信了，真以为自己是什么艺术大师当代圣人，动不动就想炫耀一下自己本来少得可怜的本事，那真是既可笑又可悲。

适当包装自己无可厚非，但真以为自己是打虎将，你可要倒霉。

7. 狗是人类的好朋友
——地狗星金毛犬段景住

当今社会，什么动物是最受欢迎的呢？毫无疑问，是狗。爱狗人士是最多的，在养宠物的人当中，估计养狗的也最多。每年玉林狗肉节前后，都会在全社会掀起该不该吃狗肉的大辩论，双方各执一词，互不相让。没有任何一种动物能有狗这么高的待遇，人类吃得最多的是猪肉、牛肉、羊肉、鸡肉。可是从来没有爱猪人士、爱牛人士、爱鸡人士出来反对吃猪肉、牛肉、鸡肉。为什么呢？爱狗人士给出过解释：因为狗对人类的贡献大，导盲犬能给盲人引路、警犬能协助警察办案、搜救犬能参与营救等等，所以人类应该爱护自己的朋友，不能吃狗肉。仅仅是因为这个原因吗？恐怕不是。

诚然，狗是人类的好朋友，为人类做了很多的贡献。但其他动物对人类的贡献恐怕也不小，鸡给人类司晨报晓，马为人类驾辕拉车，牛给人类耕了几千年的地，难道贡献不如狗吗？为什么没有爱鸡人士、爱马人士、爱牛人士呢？狗为人所喜欢，其实还有更深层次的原因。什么原因呢？狗会讨好主人，这是其他任何动物都比不了的。牛生性憨厚，踏实低调；马带有三分龙性，很有傲气，马如果不愿意干活，打死它它也不干；而狗就不一样了，狗见到主人就摇尾巴，主人让干什么就干什么，最会摇尾乞怜。这也是现代人经常选择狗当宠物的重要原因，难怪古人用千里马形容人才，而用狗来形容奴才。

设想一下，一个单位里有三个人，承担的工作量差不多。三个人一个是牛，少言寡语，只知道踏踏实实干活；一个是马，非常傲娇，偶尔顶撞领导；一个是狗，不但干活，而且每天想各种办法讨好领导。假如你是这个单位的领导，你最喜欢哪个手下？恐怕多数人都喜欢狗。要不然社会上怎么这么多爱狗人士呢？正因为如此，狗比较容易受主人的喜欢，时间长了，社会上有狗性的人也不少。水泊梁山上就有这么一位——地狗星金毛犬段景住。

　　宋江同众好汉军马已到梁山泊边，却欲过渡；只见芦苇岸边大路上一个大汉望著宋江便拜。慌忙下马扶住，问道："足下姓甚名谁？何处人氏？"

　　那汉答道："小人姓段，双名景住。人见小人赤发黄须，都唤小人为'金毛犬'。祖贯是涿州人氏。生平只靠去北边地面盗马。今春去到枪竿岭北边，盗得一匹好马，雪练也似价白，浑身并无一根杂毛。头至尾，长一丈，蹄至脊，高八尺。那马一日能行千里，北方有名，唤做'照夜玉狮子马'，乃是大金王子骑坐的，於在枪竿岭下，被小人盗得来。江湖上只闻及时雨大名，无路可见，欲将此马前来进献与头领，权表我进身之意。不期来到凌州西南上曾头市过，被那'曾家五虎'夺去了。小人称说梁山泊宋公明的，不想那厮多有污秽的言语，小人不敢尽说。逃走得脱，特来告知。"

　　宋江看这人时，虽是骨瘦形粗，却也一表非俗。心中暗喜，便道：既然如此，且同到山寨里商议。

金毛犬这个外号听上去好像挺华丽，但细一想却不对劲，金毛犬，说白了不就是宠物狗吗。段景住是什么出身？偷马为生。马在古代是奢侈品，类似于现在的豪华跑车，只有有钱人才养得起。因此，偷马是风险很大的，偷马不容易，偷到手里还得防备被别人抢。说不定段景住早就有洗手不干的想法了。可是不偷马靠什么营生呢？拜一个老大，给老大当宠物狗，摇摇尾巴啥也不用干，安安稳稳过一辈子，多惬意。那么拜谁好呢？谁厉害就拜谁。势力最大的黑帮团伙是梁山，当然拜梁山的老大了。正好这个时候得了一匹宝马，作为进身之礼，可以上梁山了。可是事与愿违，宝马还没送出去呢，就被曾头市的曾家五虎给抢了。这时候段景住还没入伙，就拿梁山的名号吓唬人。"别惹我啊，我老大可是宋江，我可厉害呀！"这就有点狗仗人势的意思了。结果呢？没吓唬住人家。段景住跟曾家五虎动手了吗？很显然也没有，灰溜溜地走了，找自己心目中的主人给自己出气去了。正好在路上遇见宋江了，可是进身之礼已经没有了，只好一上来给宋江一顶高帽子戴："江湖上只闻及时雨大名！"这顶高帽子实在太高了。普天下有名的人就您一个，别人我都看不上，我就服您。（且不说江湖上有没有其他名人，你把梁山上的头号领导托塔天王晁盖放在什么位置了？）紧接着他又说："大哥呀，我想送您一匹宝马，可是被一帮人给抢了。他们不但把您的马抢了，他们还骂您了，骂的可难听了，难听的我都说不出口。大哥呀，不能轻饶他们呀。"寥寥数语，一个只认自己主人的狗腿形象跃然纸上。不得不佩服施耐庵先生笔力之深。

那么宋江吃他这一套吗？这个时候还是吃的，要不然为什么心中暗喜呢？作者写"宋江心中暗喜"而不写"宋江大喜"说明宋江心里很高兴，可这高兴的心理却不当众表现出来。大胆揣测此时宋江的心理，或许是这样的：我现在在江湖上名声已经这么大了，太好了，这小子对我一片赤诚忠心，应该好好对待。于是宋江说既然如此，且回山寨里商议。言下之意，宝马没有了也没关系，我可以在梁山上给你安排个首领职务，坐一把交椅。

金毛犬的目标实现了，拜老大拜成功了，有宋江这个黑道领袖给自己当主人，今后犬生必定一帆风顺。可是宋江会一直宠着这个金毛犬吗？不会。宋江不是个感情用事的人，他做事情以是否有利为权衡标准，而且作为梁山的领导，宋江深谙用人之道（这一点讲宋江的时候细说），段景住这样的人不可重用。为什么呢？

话说时段景住跑来，说道："我与杨林、石勇前往北地买马，到彼选得壮审有筋力好毛片骏马，买了二百余匹；回至青州地面，被一伙强人，为头一个唤做'险道神'郁保四，聚集二百余人，尽数把马劫夺，解送曾头市去了！石勇、杨林不知去向。小弟连夜逃来，报知此事。"

宋江听了，大怒道："前者夺我马匹，至今不曾报仇。晁天王的又反遭他射死。今天如此无礼，若不去剿这厮，惹人耻笑不小！"吴用道："即日春暖无事，正好厮杀取乐。前者天王失其地利，如今必用智取。且教时迁，他会飞檐走壁，可去探听消息一遭，回来却作商量。"时迁听命去了。无三二日，只见杨林、石勇逃得回寨，备说曾头市史文恭口出大言，要与梁山泊势不两立。

宋江派段景住、杨林、石勇三个人去北地买马，结果买的马被人抢了，段景住跑回来了，可杨林、石勇却两三天之后才跑回来。为什么三个人散了呢？大胆猜测一下，三个人买完马牵着往回走，突然有土匪抢劫，段景住一看见有土匪，立马脚底抹油溜之乎。扔下杨林、石勇跟土匪苦战。他呢？回来跟主人报信："大哥呀，不好啦！马又丢了！"宋江是何等聪明的人，尽管嘴上不说，但他心里清楚得很。段景住既没什么能力，又逃避干活，只会跟主人摇尾巴，这样的人能重用吗？

梁山排座次，段景住排在第几位？108，最后一位。不过宋江还是知人善任的，狗有狗的本领，狗记道很厉害。所以后来梁山招安以后，征伐大辽时，宋江让生在北方的段景住给大军做向导。征完大辽，段景住最后一点可用的价值也没有了。最后他是怎么死的，征方腊时，攻打杭州走水路遇上风浪掉水里淹死了。当时梁山好汉水陆并进攻杭州，段景住不识水性，为什么安排他走水路呢？只能说明一点，此时的宋江，根本没把段景住的死活放在心上。

段景住淹死了，施耐庵先生通过这只金毛犬给我们留下了启示：一个人，如果没什么才干，又总是想逃避工作，仅靠巴结领导为立身之本。那么这个人不会有什么好下场。

8.百无一用是书生

——白衣秀士王伦

我国自古就有"万般皆下品，唯有读书高"的论断。可见，在我国文化中，对于知识是十分重视的，甚至认为读书是一个人发展的唯一出路。诚然，文化知识很重要，一个没有文化的人，想要获得长足的发展是不容易的。那么反过来说，一个有文化的人，就一定能发展的好吗？也不是，《水浒传》中有一个典型的例子，就是我们今天要说的——水泊梁山的开创者白衣秀士王伦。

王伦是什么人呢？外号说的很清楚，白衣秀士。秀士指的就是秀才，够不上举人，但也是通过科举考试有功名在身的人。白衣呢，指的就是没有官职，平民老百姓。说白了，白衣秀士指的就是学历比较高，但混的不好的一类人。说到这，可能有人会说，有学历不一定有能力，王伦虽然是秀才，但是能力不济，所以混得不好。也可能有人会说，王伦这个人运气不好，怀才不遇，所以混得不好。这两个观点我都不认同，王伦这个人能力和机遇都还是不错的。

虽然王伦未能仕官，但是他拿到了天使投资人小旋风柴进柴大官人的投资，带着几个弟兄开创了梁山的基业。在《水浒传》中，受过柴进资助的人没有上百也有几十，但有如此创业魄力的人，除了后来的宋江以外，也就王伦一人而已。王伦的眼光也是不错的，水泊梁山确实是英雄用武之地，选择这里创业，可以说成功了一半。后来梁山的事业日益壮大，很大程度上得益于水泊梁山的地理优势，也可以说是得益于最初王伦的创业选择。

王伦初创梁山基业，内有摸着天杜迁、云里金刚宋万两个助手，外有旱地忽律朱贵以酒店为据点收集情报，势力日益的壮大了。这一天，王伦领导下的梁山发生了一件大事，什么大事呢？武功天下闻名的豹子头林冲前来入伙。

林冲受太尉高俅相逼，风雪山神庙杀了陆谦、富安等数条人命，犯下死罪，走投无路，在柴进的引荐下准备投梁山入伙，首先来到了朱贵的酒店。作为梁山早期人力资源专员兼情报专员，朱贵自然明白引进人才对于山寨是多么的重要，正所谓千军易得，一将难求，何况是豹子头林冲这样的虎将。因此，听说林冲要入伙，朱贵非常高兴，好酒好菜款待林冲，又亲自护送林冲上山。朱贵这个 HR 非常愿意接纳林冲，那么王伦这个 BOSS 对林冲态度如何呢？

朱贵、林冲向前声喏了。林冲立在朱贵侧边。

朱贵便道："这位是东京八十万禁军教头，姓林，名冲，绰号豹子头。因被高太尉陷害，刺配沧州。那里又被火烧了大军草料场。争奈杀死三人，逃走在柴大官人家，好生相敬，因此特写书来，举荐入伙。"林冲怀中取书递上。

王伦接来拆开看了，便请林冲来坐第四位交椅，朱贵坐了第五位；一面叫小喽罗取酒来，把了三巡，动问："柴大官人近日无恙？"林冲答道："每日只在郊外猎较乐情。"王伦动问了一回，蓦然寻思道："我却是个不及第的秀才，因鸟气合着杜迁来这里落草，续后宋万来，聚集这许多人马伴当。我又没十分本事，杜迁、宋万武艺也只平常。如今不争添了这个人，他是京师禁军教头，必然好武艺。

倘着被他识破我们手段，他须占强，我们如何迎敌？不若只是一怪，推却事故，发付他下山去便了，免致后患。只是柴进面上却不好看，忘了日前之恩。如今也顾他不得！"

知道林冲要入伙，最初王伦也是愿意接纳的，直接让林冲坐了第四把交椅，又吩咐手下摆酒庆贺。可是喝了一会儿酒，王伦心里打鼓了：林冲这个人本事也大，名声也大，论威望，论本事我都镇不住他，杜迁、宋万更不用提，林冲要是留在山上，恐怕后患无穷啊。对，哪怕得罪柴大官人，也不能留他在山上。想到这，王伦开始用各种借口送走林冲，什么山上粮食缺少了，房屋不足了，人力寡薄了等等，这些借口都太牵强。林冲本事大，名气大，饭量不一定大，山上数百喽啰都饿不着，难道来一个林冲粮食就不够了？这些借口一一被朱贵等人反驳了，王伦想不出其他的理由，只好限期三日，让林冲纳一个投名状，如果拿得来，就让林冲入伙。

纳投名状，也就是杀一个人，很多黑道势力考察新人都有这个要求，为什么呢？主要怕你是警方的卧底，你犯了杀人罪，就彻底跟警方划清界限了，以后能死心塌地跟着老大干了。投名状有其存在的意义，但这里王伦让林冲纳投名状却是多此一举。林冲已经在山神庙前杀了四个人了，还背着大军草料场被烧之罪，林冲就是有三条命也不够判的，何必再让他杀人。说白了，王伦就是想刁难林冲一下。林冲此时身在矮檐下，不得不低头，只好下山去杀人，结果遇见了青面兽杨志。这一段说杨志的时候已经说得很详细了，这里不再细说。总之，杨志武艺与林冲相仿，王伦想吸引杨志入伙，牵制林冲，但杨志不愿入伙，执意要走，王伦没办法，只好把杨志放走了。林冲呢，也就留在山上了。那么林冲会因为王伦收留了走投无路的自己而感激王伦吗？不会，受了这么多刁难，林冲的心里是不爽的，这一点后面会验证。总之，王伦既把林冲留下了，又把林冲得罪了，给自己埋了一大祸根。

不久之后，晁盖、吴用等人智取生辰纲事发，来投梁山入伙。王伦表面上盛情款待，实际上还是不想留晁盖等人。理由跟不想留林冲差不多，晁盖等人名气大、本事大、犯的事也大，强宾压主，怕自己镇不住。这一点被吴用发现了，为了能顺利留在梁山，吴用设下一计——策反林冲。

吴用又对林冲道："据这柴大官人，名闻寰海，声播天下的人，教头若非武艺超群，他如何肯荐上山？非是吴用过称：理合王伦让这第一位与头领坐。此天下公论，也不负了柴大官人的书信。"

林冲道："承先生高谈。只因小可犯下大罪，投奔柴大官人，非他不留林冲，诚恐负累他不便，自愿上山。不想今日去住无门！非在位次低微，只为王伦心术不定，语言不定，难以相聚！"

吴用道："王头领待人接物，一团和气，如何心地倒恁窄狭？"

林冲道："今日山寨幸得众多豪杰到此相扶相助，似锦上添花，如旱苗得雨。此人只怀妒贤能之心，但恐众豪杰势力相压。夜来因见兄长所说众位杀死官兵一节，他便有些不然，就怀不肯相留的模样；以此请众豪杰来关下安歇。"

吴用道："既然王头领有这般之心，我等休要待他发付，自投别处去便了。"

林冲道："众豪杰休生见外之心。林冲自有分晓。小可只恐众豪杰生退去之意；特来早早说知。今日看他如何相待。若这厮语言有理，不似昨日，万事罢论；倘若这厮今朝有半句话参差时，尽在林冲身上！"

晁盖道："头领如此错爱，俺弟兄皆感厚意。"吴用便道："头领为新弟兄面上倒与旧弟兄分颜。若是可容即容；不可容时，小生等登时告退。"

林冲道："先生差矣；古人有言：'惺惺惜惺惺，好汉惜好汉。'量这一个泼男女，腌畜生，终作何用！众豪杰且请宽心。"林冲起身别了众人，说道："少间相会。"众人相送出来。

策反林冲异常顺利，简直可以说是不用策，林冲自己就反了。为什么这么顺利呢？其实林冲早就对王伦怀恨在心了。可以说从一开始上山，林冲心里就不爽，估计上山后，王伦对林冲既没有以礼相待，也没有委以重用，林冲的怨恨越来越深。跟吴用等交谈，刚开始说王伦心术不定，嫉贤妒能，后来干脆说王伦是泼男女，腌畜生，爆起粗口来了。可见，林冲早有杀王伦之心了。

可是王伦此时并没有意识到危险正在一步步逼近他，第二天，他给晁盖等人摆了个送别宴，准备送晁盖等人下山。不料，这场送别宴没送走晁盖，却把自己的命送了。

王伦道："非是敝山不纳众位豪杰，奈缘只为粮少房稀，恐日后误了足下众位面皮不好，因此不敢相留。"只见林冲双眉别起，两眼圆睁，坐在交椅上，大喝道："你前番我上山来时，也推道粮少房稀！今日晁兄与众豪杰到此山寨，你又发出这等言语来，是何道理？"吴用便道说："头领息怒，自是我等来的不是，倒坏了你山寨情分。今日王头领以礼发付我们下山，送与盘缠，又不曾热赶将去。请头领息怒，我等自去罢休。"林冲道："笑里藏刀言清行浊之人！我其实今日放他不过！"

王伦喝道："你看这畜生！又不醉了，倒把言语来伤触我！却不是反失上下！"林冲大骂道："量你是个落第穷儒，胸中又没文学，怎做得山寨之主！"

……

林冲拿住王伦，骂道："你是一个村野穷儒，亏了杜迁得到这里！柴大官人这等资助你，给盘缠，与你相交，举荐我来，尚且许多推却！今日众豪杰特来相聚，又要发付他下山去！这梁山伯便是你的！你这嫉贤妒能的贼，不杀了要你何用！你也无大量大才，也做不得山寨之主！"杜迁、宋万、朱贵，本待要向前来劝；被这几个紧紧帮着，那里敢动。王伦那时也要寻路走，却被晁盖，刘唐，两个拦住。

王伦见头势不好，口里叫道："我的心腹都在那里？"虽有几个身边知心腹的人，本待要来救，见了林冲这般凶猛头势，谁敢向前。林冲即时拿住王伦，又骂了一顿，去心窝里只一刀，察地搠倒在亭上。

林冲把王伦骂了个狗血喷头，笑里藏刀、言清行浊、村野穷儒、嫉贤妒能的贼、无大量之才、做不得山寨之主。一大串恶毒的语言，估计林冲把对高俅的恨意也都发泄在王伦身上了。好可怜王伦，身为山寨之主，生死关头大喊我的心腹在哪里，一个上来的人都没有。林冲火并王伦，奉晁盖为山寨之主，水泊梁山的王伦时代彻底结束了。

王伦就这么死了，白衣秀士的人生画上了一个失败的句号。回到开始的那个问题，既然"知识就是力量""万般皆下品，唯有读书高"，那么能力不差、机遇也好的知识分子王伦为什么人生会失败呢？究其原因，是因为王伦身上有很多严重的缺点。而这些缺点，都是知识分子常有的缺点。可以说，王伦的身上集中体现知识分子的各种缺陷。

首先，王伦头脑清醒，但行动力差。道理很明白，对形势的分析也很到位，可就是做不到。王伦从林冲上山一开始就知道林冲是个祸根，可是呢？还是把林冲留在山上了，果然最后自己被林冲杀了。这个时候，王伦如果坚决一点，不让林冲入伙，后面还有火并王伦这些事吗？再说杨志，王伦对杨志的价值认识一点都没错，对杨志的处境分析也一点都没错，王伦劝杨志入伙，杨志不愿意入伙，王伦劝了两句也就不劝了，眼看着杨志走了。假如王伦行动力强，这时候就应该让旱地忽律朱贵跟着杨志，杨志求官不成的时候，朱贵出来接着劝。即便这时候杨志还不上山，那就等杨志卖刀杀了牛二以后，再出来接着劝，如果杨志还不上山，那就等杨志发配的时候，让林冲带几个喽啰把杨志劫上山，到时候把两个押送公人一杀，不由得杨志不入伙。如果晁盖等人上山的时候，王伦身边即有林冲，又有杨志，那形势可就大不一样了，晁盖想反客为主哪么容易，有杨志牵制，策反林冲就费劲，即便能策反林冲，火并王伦能那么容易吗？一旦杨志挺身而出，跟林冲战个几十回合，众喽啰心中有了底，一拥而上，倒霉的就是晁盖了。王伦想收青面兽杨志，就劝了两句，宋江想收霹雳火秦明，不惜屠一个村。二人差距，不言而喻。王伦不是没意识到杨志的价值，可就是执行力太差，到手的救命符跑了。

第二，王伦虚荣心强，嫉贤妒能，这一点几乎是历代水浒评论家公认的。为什么不愿意收林冲呢？因为林冲能耐比自己大。为什么不愿意收晁盖呢？因为晁盖名气比自己大，王伦容不下这些人。有文化的人普遍觉得自己比别人高明，期待别人崇拜自己，特别享受被人崇拜的感觉，对于不崇拜自己的人，心中多少有点恼恨。对于身边比自己强的人，恨不得弄死。王伦有两个助手，一个云里金刚宋万，一个摸着天杜迁，乍一看，这两人的外号挺威风，肯定是身高过丈的猛将。但是往后看，杜迁、宋万这两人其实啥本事没有。所谓云里金刚、摸着天，不过就是两个傻大个子罢了。王伦为什么安排两个傻大个子做助手，而把唯一一个有点能力的旱地忽律朱贵远远的派出去呢？因为傻大个子思想简单，无限地崇拜自己。想象一下，王伦坐在第一把交椅上，两边各坐一个威武的大高个，王伦说一句，他俩附和一句：大哥说得对，大哥英明，大哥威武，大哥太棒了。威风吗？确实挺威风的，满足虚荣心足够了。可是到了用人之际怎么办呢？王伦生死关头大喊：我的心腹在哪里，没有一个往上上的。其实王伦不是没有心腹，可他的心腹都是平庸之辈，文不足以跟林冲舌辩，武更不足以跟林冲动手，甚至连站出来的勇气都没有。心腹不少，可没一个关键时刻有用的，这就是王伦嫉贤妒能的代价。

第三，王伦好摆架子，没有礼贤下士的胸襟。这一点对于一个领袖来说是个致命的缺点。作为山寨之主，拉拢人才是非常重要的。所以林冲来投靠，应该留在山上，但是要以礼相待，拿出礼贤下士的姿态来。王伦呢？摆寨主的架子，对林冲各种刁难，又是粮少房稀，又是纳投名状，估计也没给林冲什么好脸色看。到后来既把林冲留下了，也把林冲得罪了，给自己安了个定时炸弹。跟宋江对比一下：

宋江回到寨里，那左右群刀手却把呼延灼推将过来。宋江见了，连忙起身，喝叫快解了绳索，亲自扶呼延灼上帐坐定。宋江拜见。呼延灼道："何故如此？"宋江道："小可宋江怎敢背负朝廷？盖为官吏污滥，威逼得紧，误犯大罪，因此权借水泊里随时避难，只待朝廷赦罪招安。不想起动将军，致劳神力。实慕将军虎威，今者误有冒犯切乞恕罪。"

呼延灼道："被擒之人，万死尚轻，义士何故重礼陪话？"宋江道："量宋江怎敢坏得将军性命？皇天可表寸心。只是恳告哀求。"呼延灼道："兄长尊意莫非教呼延灼往东京告请招安，到山赦罪？"宋江道："将军如何去得？高太尉那厮是心地偏窄之徒，忘人大恩，记人小过。将军折了许多军马钱粮，他如何不见你罪责？如今韩滔、彭玘、凌振，已多在敝山入彩。倘蒙将军不弃山寨微贱，宋江情愿让位与将军；等朝廷见用，受了招安，那时尽忠报国，未为晚矣。"呼延灼沉吟了半晌，一者是宋江礼数甚恭，二者见宋江语言有理，叹了一口气，跪下在地道："非是呼延灼不忠於国，实感兄长义气过人，不容呼延灼不依！愿随鞭镫，决无还理。"宋江大喜，请呼延灼和众头领相见了。

呼延灼是宋江带兵擒住的，可宋江重礼赔话，甚至表示愿意让位给呼延灼。林冲主动投奔王伦，王伦对林冲百般刁难。其中的差距还用说吗？假如林冲入伙的时候，王伦深施一礼："请教头为山寨之主。"那么以林冲的性格，肯定死心塌地地辅佐王伦。后面那些事都没有了。退一步说，即便刚开始的时候把林冲得罪了，倒还不在紧要，晁盖等人上山的时候，那可正是依仗林冲的时候，这时候应该赶紧拉拢林冲才对。晁盖一方虽然有七个人，但这七个人一起上，未必能拾掇下来一个林冲。如果这时候林冲拥护王伦，晁盖没有任何强宾压主的机会。可是王伦错失了这最后的时机，林冲被吴用拉拢走了。甚至第二天宴会上，王伦还当众训斥林冲，骂林冲"反失上下"，说句不好听的，王伦这可是有点找死了。

行动力差、心胸狭窄、虚荣心强、嫉贤妒能、好摆架子。这是白衣秀士王伦的致命缺点，也是知识分子最容易有的几个缺点。施耐庵先生用他的传神之笔，塑造一个白衣秀士的形象，就是要揭示一下知识分子常犯的错误，以警后人：

知识分子，读过书，知道的事多，所以想问题也复杂。正因为想的事复杂，所以不轻易放手去干。大部分的时间都在想，想着想着，时机过去了，事也没干成。没文化的人想干什么事，说干就干，从不前怕狼后怕虎，说不定真就能把事干成。为什么很多没啥文化的人都成了大老板呢？百无一用是书生，就是这个道理。古代是这样，今天也是这样，现代的人普遍拖延症严重，归根结底，就是行动力太差，道理什么都懂，可惜想得到，做不到，还不如那些不懂道理的。而且人有了知识，容易觉得自己比别人懂得多，就会自视甚高，感觉自己特别了不起，有机会总得炫耀炫耀自己，好让别人高看自己一眼，虚荣心就这么来了。可自己行动力差，没干成什么大事，也没什么拿的出手的成就，别人不见得会恭敬自己，这时候心里就会生出忿恨的念头，心胸也就越来越窄了。遇见比自己强的人，难免嫉妒怨恨。这时候，成就不如人，能力也不如人，怎么办呢？开始自命清高，跟比自己强的人比情怀，寻求精神上的胜利，好好的读书人，沦落成了喷子，这个看不起，那个看不上。到了这一步，就比较危险了，已经是茅坑里的石头——又臭又硬了，距离激起民粪（愤）只差一步。

　　说到这，可能有人会批评我抹黑知识分子的形象。也可能有人会问我："那你是不支持学习文化了吗？"请注意，知识分子容易犯这些错误，并不意味着知识分子肯定会犯这些错误。知识本身是好的，人有了知识，就有了力量，有了做事情的智慧，这些对一个人来说是大有裨益的。人是应该读书学习的。但是，知识也有两面性，如果一个人的胸襟和格局太小，心中只有自己而没有天地众生，那么他学的知识越多，就会越偏激，心胸越来越窄，最后把自己逼上绝路。金庸先生笔下的《天龙八部》就有这样的情节：少林武功有七十二绝技，每样武功都是凌厉狠辣，所以每学一技，必须有慈悲佛法相化解，否则就有性命之忧。有一位禅师，精通十三项少林绝技，武功号为少林二百年来之第一，可是一夜之间，经脉尽断，成为废人。为什么呢？就因为武功太盛，而佛法太浅。武功有用吗？太有用了，可是也有害，学了武功，必须相应地领悟佛法，修炼武德。文化有用吗？太有用了，可是也有害，学了文化，必须相应地拓展胸襟，提升道德修养。

　　学习知识－自命不凡－炫示本领－心胸狭窄－自绝于人

　　学习知识－道德提升－谦虚谨慎－心气平和－精彩人生

　　今人不同古人，每个人都有学习文化的机会，以上两条道路，请君自选。

9. 宝塔难镇河妖
——托塔天王晁盖

"天王盖地虎！"

"宝塔镇河妖！"

这是革命样板戏《智取威虎山》中的一段经典对白。当年几乎红遍大江南北，深入人心。近来在徐克导演的演绎下，又焕发了它的青春。这两句台词能够引起人们的共鸣，不仅因为台词本身有气势，另一方面，也符合人们的传统意识。

在传统思想中，宝塔是用来镇妖的。《白蛇传》中，法海抓住白蛇就镇在杭州的雷峰塔下。《封神演义》中，燃灯道人送给李靖的玲珑宝塔也是用来威镇哪吒的，因此后世称李靖都称为托塔李天王。在《水浒传》中也有一位托塔天王，他就是梁山的第二任领导——托塔天王晁盖。

晁盖的外号是怎么来的呢：

> 传说邻村西溪村闹鬼，一日，村中人经一僧人指点，凿了一个青石宝塔镇在溪边，鬼就被赶到了东溪村。晁盖大怒，独自将青石宝塔夺了过来在东溪边放下，因此人称"托塔天王"。

原来晁盖曾夺了邻村的镇妖宝塔，人们对他多有敬畏，因此称他为托塔天王。可见晁盖这个人是个大哥级人物，作了东溪村的保正（类似于村长），在乡村之中大有威望。而且晁盖这个人仗义疏财，好结交朋友，每每有人来投奔，都留在自家庄上吃住，临走时还赠送盘缠路费。县里的都头奉命巡逻，常带手下人来晁盖庄上吃喝。刘唐等人想劫生辰纲，也都慕名来请晁盖做老大。可见晁盖在黑白两道，都有一定的声望。

记得电影《夺帅》中，洪金宝有一句台词："捞偏的，脑袋可以吓人，人家如果不怕你，你吃屎吧。"威望——这是一个黑社会老大的必要条件。混黑道的，不能全靠打，伤敌三千，自损八百，不管你实力多强，一仗一仗打下来，总有支撑不住的时候，所以主要靠威望来镇服群小。晁盖有威望吗？有！他威望来源于哪呢？主要是仗义，对朋友讲义气，甚至对素不相识的人也讲义气。赤发鬼刘唐被都头雷横捉了，只说了一句我是来投奔晁保正的，他是天下闻名的义士好汉，与他素未谋面的晁盖立马假装是刘唐的阿舅，拿出银子贿赂雷横，把刘唐放了。这是何等的仗义！晁盖当真配得起晁天王这个称号。

赤发鬼刘唐来了，说是带给晁盖一笔富贵，其实是让晁盖挑头，大伙去抢劫太师蔡京的寿礼——生辰纲，这时候大军师智多星吴用也来了（为什么吴用恰好来了，等到讲吴用的时候再细说），力主抢劫生辰纲，又推荐了同干大事的阮氏三雄，晁盖与众人意气相投，慨然应允。再后来入云龙公孙胜也来了，智取生辰纲梦之队就此成立了。其实，不难看出，这个队伍中抢劫生辰纲最不合算的人就是晁盖。为什么呢？阮氏三雄都是渔民，吴用是乡村教师，公孙胜是个出家的道人，刘唐更不用说了，本就是个江湖豪客，说不定身上已经背过人命案。这些人抢劫生辰纲是合算的，事发了可以落草为寇，比自己原来的生活也不差什么？可晁盖就不一样了，他是有庄有田有产业的人，不劫生辰纲，也是一方土豪。劫了生辰纲呢？万一事发，自己的庄园产业可就全没了，被抓就得掉脑袋，即便不被抓，也得落草为寇，过那刀头舔血的土匪日子。可即便这样，晁盖还是慨然答应了带大伙去劫生辰纲。为什么？就因为晁盖太讲义气了，你们从各方来奉我为老大，我不能让你们失望，不就是劫生辰纲吗，说干就干！

劫生辰纲的队伍中有智有勇有法师，而押运生辰纲的负责人杨志又是一个没有领导才能的人（这一点讲杨志的时候细说），智取生辰纲的过程很顺利。但很快事就发了（事发的怎么这么快），多亏及时雨宋江来报信，七个人得以及时逃命。逃到哪去呢？上梁山，这一步其实早在吴用的计划之内。然后上梁山的过程却并不像想象中的那么顺利：

> 筵宴至晚席散，众头领送晁盖等众人关下客馆内安歇，自有来的人伏侍。晁盖心中欢喜，对吴用等六人说道："我们造下这等迷天大罪，那里去安身！不是这王头领如此错爱。我等皆已失所，此恩不可忘报！"
>
> 吴用只是冷笑。
>
> 晁盖道："先生何故只是冷笑？有事可以通知。"
>
> 吴用道："兄长性直。你道王伦肯收留我们？兄长不看他的心，只观他的颜色动静规模。"
>
> 晁盖道："观他颜色怎地？"吴用道："兄长不见他早间席上与兄长说话倒有交情；次后因兄长说出杀了许多官兵捕盗巡检，放了何涛，阮氏三雄如此豪杰，他便有些颜色变了，虽是口中答应，心里好生不然。若是他有心收留我们，只就早上便议定了坐位。

梁山的寨主白衣秀士王伦是个不能容人的，晁盖名气太大，犯的事也大，王伦不愿意收留几人。然而初上梁山的晁盖却并没发现这一点，在吴用的提醒下，才意识到自己和几个弟兄所处的险境。从这个小细节不难看出：晁盖这个人胸襟是有的、义气是有的，威望也是有的，可是精细不足，谋略也不足，不擅审情度势。此时的七人，处境已经很危险了，如果王伦下了逐客令，晁盖他们能上哪去？很可能刚一下山就被前来征剿的官军抓了。多亏吴用挑起梁山的内讧，豹子头林冲火并王伦，众人这才奉晁盖做了梁山之主。此时的梁山有晁盖之义、吴用之智、林冲之勇，逐渐走向兴盛。

晁盖成为了梁山的第二任领导，先后做了几件大事：首先，是率众击退了济州府前来征剿的官军，占山为王的强盗一举击溃两千正规军，梁山从此威名远播。第二是改梁山上的断金亭为聚义厅，可见晁盖领导梁山靠的仍是义气与威望，众兄弟以义相交，与王伦的嫉贤妒能相比，胜过百倍。第三，是约束梁山好汉，下山劫掠时不可滥杀无辜。这一条是最重要的：

> 正饮酒间，只见小喽罗报道："山下朱头领使人到寨。"晁盖唤来，问有甚事。
>
> 小喽罗道："朱头领探听得一起客商，有数十人结联一处，今晚必从旱路经过，特来报知。"晁盖道："正没金帛使用。谁领人去走一遭？"
>
> 三阮道："我弟兄们去！"晁盖道："好兄弟！小心在意，速去早来。"三阮便下厅去换了衣裳，跨了腰刀，拿了朴刀，点起一百余人，上厅来别了头领，便下山就金沙滩把船载过朱贵酒店里去了。
>
> 晁盖恐三阮担负不下，又使刘唐点起一百余人，教领了下山去接应；又分付道："只可善取金帛财物，切不可伤害客商性命。"刘唐去了。
>
> 晁盖到三更不见回报，又使杜迁、宋万引五十余人下山接应。
>
> 晁盖与吴用、公孙胜、林冲饮酒至天明，只见小喽罗报道："亏得朱头领！得了二十余辆车子金银财帛并四五十匹驴骡头口！"晁盖

又问道："不曾杀人么？"小喽罗答道："那许多客人见我们来得头势猛了，都撇下车子、牲口、行李，逃命去了；并不曾伤害他一个。"

晁盖见说大喜："我等自今以后，不可伤害於人。"

水泊梁山以抢劫为生，山寨头领多数身上背着人命官司，但是晁盖能约束众人，不害无辜，少造杀业，可以说的上功德无量。托塔天王晁盖如同镇妖的宝塔镇着梁山的众妖。梁山的好汉是妖吗？是的，《水浒传》的第一回就揭示了，一百零八人本来是江西龙虎山上清宫地穴内的一百零八个妖魔，只因为洪太尉为逞一时之快，掘了镇住地穴的石碑和石板，结果妖魔都被放出来了，成了后来的梁山一百单八将。晁盖，姓晁名盖，好比地穴的盖子，外号托塔天王，好比镇妖的宝塔，镇着一众妖魔。然而，随着上梁山的人越来越多，妖魔也越来越多，晁盖能一直镇下去吗？

事实证明，不能。一个人的上山使梁山的发展逐渐变了轨道，这个人是谁？就是当初给晁盖报信的人——呼保义及时雨宋江宋公明。

宋江是晁盖的救命恩人，当初如果不是宋江报信，晁盖等七人就被官府拿了。晁盖为人，最讲义气，人对他有点水之恩，他必涌泉相报。宋江救了他和他六个弟兄的命，就如同救了晁盖七条命一般。因此，宋江的大恩，晁盖是一定要报的。宋江在江州题反诗，要开刀问斩，晁盖就率领梁山一众好汉闹江州，劫法场，救宋江上山。而且，宋江上山后，晁盖主动提出要把山寨之主的位置让给宋江（交朋友，就应该交晁盖这样的朋友）。有很多阴谋论或派系论的评论者评论晁盖让位的这一行为，认为晁盖是惺惺作态，根本没想把寨主之位让给宋江。在我看来，这些阴谋论实在是以小人之心度君子之腹。晁盖为人最讲义气，他统治梁山靠的也是义气，宋江号称呼保义及时雨，可以说是讲义气的代言人，何况还救过晁盖等人的性命，以我个人愚见，此时晁盖的让位是诚心的。之后，宋江几次率众下山，笼络各路好汉，晁盖都是默许的，或许晁盖心目中，早晚是要让宋江做山寨之主的，自己找一个时机就脱袍让位。然而，两件事的发生却让晁盖逐渐觉得不能让宋江掌握梁山的领导权。

第一件双鞭将呼延灼奉朝廷之命，征剿梁山，宋江率众与呼延灼苦战，最后取胜，收编了呼延灼以及他的部将天目将彭玘、百胜将韩滔以及轰天雷凌震。要知道，晁盖在梁山建聚义厅，领导梁山靠的是兄弟义气，之前上山的兄弟主要有几大类：平民百姓，如阮氏兄弟；底层公务员：如孙立、黄信；绿林豪客：如王英、穆弘；再就是犯了事的罪犯：如林冲、花荣等。这些人出身虽各有不同，但基本同属于社会底层，阶级基础较为稳固。而呼延灼呢？有权力指挥上万人大兵团作战的中高级将领。这样的人跟那些江湖豪客、底层公务人员有什么义气可讲？再者说，呼延灼这样的人上了山，他会老老实实一直在山上待着吗？宋江为什么会收编这样的人上山呢？

第二件宋江为解救史进、鲁智深，智赚金铃吊挂，大闹华州城时，曾拘禁了殿司太尉宿元景。打华州成功后，宋江给宿太尉大摆筵席，并且送了宿太尉和他的手下们不少金银。按说梁山好汉都是强盗，与官府势不两立，抓住朝廷的高官，不想杀，放了也就是了，为什么又是摆宴席，又是送金银呢？宋江讨好朝廷高官是为了什么呢？

即便不甚精细的晁盖或许也已经意识到了，宋江在为招安铺路。同时，随着梁山上的好汉越来越多，成分也越来越复杂，晁盖的威望已经不足以镇服了。晁盖的领导基础义气已经不能团结所有的兄弟，呼延灼固然跟晁盖没有义气可讲，被晁盖劫了生辰纲的杨志跟晁盖又有什么义气可讲？冲着宋江来投靠的花荣、秦明、李逵这些人，跟晁盖又有什么义气可讲？而此时，自己的军师吴用也投靠宋江了。梁山上的妖力量越来越强，镇妖的宝塔眼看就要镇不住了。此时的晁盖已经感觉到时不我待，必须尽快提高自己的威望，扩充自己的实力，牢牢地把握住梁山的领导权。

机会来了，金毛犬段景住来梁山入伙，是慕宋江之名来的（晁盖做何感想？），还给宋江带了一匹照夜玉狮子马，结果宝马被曾头市劫了。曾头市不但劫了马还放出狂言：扫荡梁山清水泊，剿除晁盖上东京！晁盖立即觉得出征曾头市是提高自己威望的重要时机，所以这次他不让宋江带兵下山了，执意要自己率众征讨。

曾头市，曾头市，谐音就是争头市，是个争夺头领的地方。晁盖与宋江在这争夺头领，后来宋江和卢俊义也在这争夺头领。宋江和卢俊义表面上争，实际上根本没法争。而晁盖和宋江表面上没争，实质上却是在争。然而这重要的扩充实力的机会晁盖并没有把握好。从得知消息到出征以致作战的全过程，晁盖的表现可以用一个词形容，那就是急躁。首先对对方并不熟悉就贸然出兵，再看晁盖带的头领：林冲、呼延灼、徐宁、穆弘、张横、杨雄、石秀、孙立、黄信、燕顺、邓飞、欧鹏、刘唐、阮小五、阮小二、阮小七、白胜、杜迁、宋万。没带军师智多星吴用，没带狙击手花荣，没带擅长报信的神行太保戴宗，没带擅长打探消息的鼓上蚤时迁。攻击型英雄带了不少，智力型敏捷型英雄却严重不足。有些评论者认为这个时候梁山的派系已经形成了，吴用、花荣等人都是宋江的嫡系，不听晁盖的调遣。对于这种观点，我个人是否定的。按照派系论，呼延灼也是宋江收编的，而且是招安派，晁盖也能调得动呀；穆弘、张横同属揭阳三霸，也是宋江的嫡系呀，不也照样调动了吗？邓飞、欧鹏更是慕宋江之名投靠的，照样听晁盖的调遣呀。杨雄、石秀能调动，难道时迁调不动？纵然吴用调不动，神机军师朱武难道也调不动？我认为不是调不动的问题，应该是晁盖根本就没有冷静下来，把这件事具体规划一下，正如前文所言，晁盖这个人义气是有的，但精细与谋略是不足的，或许晁盖的想法很简单，一波推过去单靠进攻就把曾头市灭了，然而事情没那么简单，晁盖也为此付出了生命的代价，中了曾头市的埋伏，被史文恭一箭射中面颊而死。有人说晁盖不是被史文恭射死的，而是被宋江派的刺客刺死的，对于这种观点，我无语了，如果在你的眼中，所有人的格局都这么小，我觉得名著给你读真的白瞎了。你还是去读网络官场和宫斗小说吧，那个比较适合你。

晁盖中箭，奄奄一息，被众兄弟送回了梁山。生死弥留之际，晁盖折箭为誓，留下遗嘱：谁替我报仇，谁就是梁山之主。这里隐含的意思，晁盖不想让宋江当山寨首领。要知道，射死晁盖的是史文恭，史文恭何等武艺，八个宋江一起上，恐怕也拿不下史文恭。晁盖知道，如果宋江做了山寨之主，梁上会走上招安之路，当年聚义在一起的义气兄弟终会散伙，这是仗义英雄晁盖所最不想看到的。然而，凭借晁盖这个遗嘱能改变现实吗？显然不能。镇妖宝塔在的时候，尚且镇不住群魔，镇妖宝塔没了，一点点余威有什么作用呢？

晁盖的一生就这样结束了，或许从晁盖托起宝塔那一刻开始，晁盖就背负了他所承受不了的使命。这个缺少韬略机谋，仅靠义气和豪情团结弟兄的义士，能当好七个结义兄弟的大哥，却当不好黑帮集团的老大。没有领导才能，却被使命推上了一个大平台，手下又是群魔乱舞，悲剧是注定的。甚至可以说，晁盖这时死了是比较好的下场，如果此时不死呢，眼睁睁看着梁山一步步走向招安，看着兄弟一个个散伙，他该作何感受？

人讲义气是好的，但不能什么都靠义气解决，再仗义的人也不可能谁都跟你讲义气。仅靠义气显然镇不住力量越来越强的妖魔。此时：天王盖不住地虎，宝塔也难镇河妖。随着聚义厅变成了忠义堂，黑道领袖呼保义宋江加冕了。

10. 游荡人间催命鬼

——地奴星催命判官李立

生老病死是任何人都逃不过的自然规律。无论一个人能力多强、人品多好、地位多高、贡献多大，终有撒手人寰的一天。

在中国古代神话传说中，跟死有关的鬼有两种，一种是无常鬼，是专门在人死时勾摄生魂的使者。据说人死时，无常小鬼就会到来，把人的生魂带走，送到它该去的地方。从这个角度讲，无常鬼其实是善鬼，在人即将寿终正寝时才会到来，给人的魂魄找到归宿。另一种鬼叫催命鬼，顾名思义，是催人早死的鬼，在人还没有寿终的时候，就把人命收走了。这可就不是什么善鬼了，是不折不扣的恶鬼。《水浒传》中，就有一个人物是催命鬼的象征。他是谁呢？就是我们今天要说的——催命判官李立。

李立的出场颇有些恐怖片的意味：

> 三个人在路约行了半月之上，早来到一个去处，望见前面一座高岭。两个公人说道："好了！过得这条揭阳岭便是浔阳江。到江州却是水路，相去不远。"宋江道："天色暄暖，趁早走过岭去，寻个宿头。"公人道："押司说得是。"三个人赶着，奔过岭来。行了半日，巴过岭头，早看见岭脚边一个酒店，背靠颠崖，门临怪树，前

后都是草房，去那树阴之下挑出一个酒旆儿来。宋江见了，心中欢喜，便与公人道："我们肚里正饥渴哩，原来这岭上有个酒店，我们且买碗酒再走。"

三个人入酒店来，两个公人把行李歇了，将水火棍靠在壁上。宋江让他两个公人上首坐定。宋江下首坐了。半个时辰，不见一个人出来。宋江叫道："怎地不见有主人家？"只听得里面应道："来也！来也！"侧首屋下走出一个大汉来，怎生模样：

赤色虬须乱撒，红丝虎眼睁圆。

揭岭杀人魔崇，酆都催命判官。

头上一顶破巾，身穿一领布背心，露着两臂，下面围一条布手巾；看着宋江三个人，唱个喏，道："客人打多少酒？"宋江道："我们走得肚饥，你这里有甚么肉卖？"那人道："只有熟牛肉和浑白酒。"宋江道："最好；你先切三斤熟牛肉来，打一角酒来。"

那人道："客人，休怪说。我这里岭上卖酒，只是先交了钱，方酒。"宋江道："倒是先还了钱酒，我也喜欢。等我先取银子与你。"宋江便去打开包裹，取出些碎银子。那人立在侧边，偷眼看，见他包裹沉重，有些油水，心内自有八分欢喜；接了宋江的银子，便去里面舀一桶酒，切一盘牛肉出来，放下三只大碗，三只箸，一面筛酒。

宋江"坐楼杀惜"，被判刺配江州，发配途中路过一座山岭。宋江和两个押送官人爬到岭上，看见一家小酒馆。这家酒馆所处的环境很不一般，书中用了八个字描写：背靠颠崖，门临怪树。这个场景如果配上几声乌鸦叫，是不是很像恐怖片里的鬼宅。正常的酒馆会开在这种地方吗？宋江三人没在意这些，直接进了酒馆。可在酒馆里等了一个小时，也没有人出来招呼，宋江问了句，店主人在哪里，这才走出一个人来。

这个人就是催命判官李立，李立长什么样？"赤色虬须乱撒，红丝虎眼睁圆。"满脸红色的络腮胡子，一对大圆眼睛瞪着，充满了血丝，如同血灌瞳仁一样。正常的酒馆有这样的人招待客人吗？宋江三人也没有在意，直接要酒要肉。这时出来的人说我们这里卖酒和别的地方不一样，需先付账后打酒。要知道，古往今来，餐饮行业基本都是先吃喝后结账，而这里却是先付账后打酒，显然有些古怪。但宋江等人还是没有在意，先付账就先付账，交了钱等着吃喝。不一会儿，酒肉上来了。

看似很平常的一个下饭馆情节，其实暗藏危机。已经起码三次透露出了危险信号。第一，酒馆所处的环境很凶险，在悬崖边上；第二，店主人相貌很凶恶，不像餐饮行业的人；第三，酒馆的经营存在疑点，先付钱后打酒。要想吃饭喝酒得先暴露出来你的钱放在哪，这可就显然是一家黑店了。果然，酒里下了蒙汗药，宋江等人喝了酒就迷倒了，被放到剥肉凳上，准备剥皮卸肉。多亏此地的黑社会老大混江龙李俊及时赶到，才把宋江救了下来。催命判官李立根本不是什么餐饮行业从业者，而是个杀人越货的惯犯、催人命的恶鬼。

这里有一个问题，李立是催命鬼的象征，为什么他的外号不是催命鬼，而是催命判官呢？要知道，判官在中国古代民间传说中，虽然相貌凶恶，但却是十分公正严明的，从这个角度讲判官也是善鬼。李立一个催命恶鬼，为什么给个判官的美称呢？我个人认为，施耐庵先生的意图或许是想告诉人们：被催命鬼催了命的人，其实自己也有责任。被催了命也不冤。换句话说，催命鬼的另一面就是个判官，施展催命手段，没问题的人自然能躲过去，而有问题的人，往往难逃一劫。在这一点上，是很公正的。宋江在揭阳岭被毒酒迷倒，自己有问题吗？有的，他的问题就是粗心大意。前面已经说过了，接连出现了三次危险信号，危险一步一步地逼近，可宋江三人丝毫没有放在心上，最后危险落在头上，冤吗？一点也不冤。

同样是索命的鬼，无常鬼和催命鬼的不同点就在这。无常，无常，就是没有规律可循的意思。只知道早晚有一天会来，但不知道什么时候来，无常鬼来索命，以人的力量是躲不过去的。比如说患上绝症，或赶上难以抗拒的天灾，或单纯的油尽灯枯寿终正寝。在这种情况下，大智慧的人往往能看破生死，无常鬼来了，悠然一笑，跟着无常奔赴下一个角色也就是了。而催命鬼的情况就不同了，催命鬼催人早死，人如果有足够的警惕性和智慧，是完全可以躲过去的。遇见了催命鬼，千万不要悠然一笑，而是要打起十二分的精神，小心地避过这一难。这不是贪生怕死，而是自我保护的智慧。"目中无贼"不是勇敢，而是作死。不作死就不会死。比如说宋江，在揭阳岭就撞上了催命鬼李立，假如这个时候，宋江足够细心，发现危险信号就赶紧避而远之，那么是毫无生命危险的。可惜这时的他丝毫没有警惕性，那就避免不了被蒙汗药迷倒绑在剥肉凳上了。

什么是催命鬼？说白了，就是人周围的各种危险，从人类出现那天开始，直到文明高度发达的今天，人所处的环境里是存在着危险的。自然界有洪水猛兽，人类社会有各式各样的明枪暗箭。催命鬼就游荡在人间，能不能躲开考验的是每个人的心智。

说回《水浒传》，可能有人会说，宋江遇见催命鬼被迷倒这个情节设计不合理。宋江是何等聪明机智的人，怎么到了揭阳岭上智商就下线了呢？是不是施耐庵先生为了剧情发展强行安排这一情节呢？我认为不是，施耐庵先生笔下的情节是非常贴近现实的。文中交代得很清楚，宋江等三人此时是个什么状态？着急赶路，刚刚翻过一座山岭，又累又饿又渴，人在这种状态之下，思考能力是要大大打折扣的。即便是在现代，车站、码头乃至于长途汽车、火车上这些赶路人聚集的地方仍然是各类刑事案件的高发区。为什么呢？其中一个很重要的原因就是，人们行路匆匆，饥渴乏累，对于危险的警惕性都不高，犯罪分子在这些地方作案，往往比较容易得手。宋江确实智商情商一流，但终究还是个人，不是个神，也有暴露出弱点的时候，一不小心，也落入了陷阱之中。但宋江毕竟是宋江，即便落入陷阱，也不至于马上送命。因为他在江湖上威望高、朋友多、人脉广，混江龙李俊及时赶到，就把宋江给救了，这一难也就算过去了。

可是大家想想看，人人都有宋江那么好的人脉吗？我想绝大部分人都没有。那普通人面对催命鬼该怎么办呢？当然是对各种危险信号保持足够的警惕。危险的环境不要去，露出凶相的人要远离，不符合常理的事要留心。千万谨记：

游荡人间催命鬼，小心驶得万年船。

11. 人至急则无智
——天空星急先锋索超

在我们的日常生活中，有这样一类人，他们做事情非常着急，而且非常容易发怒，经常发脾气，我们通常称这样的人为"急性子"。水泊梁山上就有这么一位急性子，他是谁呢？就是我们今天要说的——天空星急先锋索超。

> 梁中书见了大喜，叫军政司便呈文案来，教杨志截替了周谨职役。杨志神色不动，下了马便向厅前来拜谢恩相，充其职役。
>
> 不想阶下左边转上一个人来，叫道："休要谢职！我和你两个比试！"杨志看那人时，身材七尺以上长短，面圆耳大，唇阔口方，腮边一部落腮胡须，威风凛凛，相貌堂堂，直到梁中书面前声了喏，禀道："周谨患病未痊，精神不到，因此误输与杨志。小将不才，愿与杨志比试武艺。如若小将折半点便宜与杨志，休教替周谨，便教杨志替了小将职役，虽死而不怨。"
>
> 梁中书看时，不是别人，却是大名府留守司正牌军索超。为是他性急，撮盐入火，为国家面上只要争气，当先厮杀：以此人都叫他做急先锋。

青面兽杨志因为杀了牛二被判充军发配北京大名府。大名府留守司梁中书是个识才之人，知道杨志武艺高强，有心提拔重用。可杨志毕竟是个犯罪的配军，提拔一个配军恐怕众人心中不服，怎么办呢？梁中书组织了一场教军场演武，准备让杨志在众军面前一显身手，让一众军校心服口服。杨志也果然不负梁中书所望，比枪比箭大败副牌军周瑾。梁中书大喜，命军政司取来文书，当场就要给杨志出委任状，提拔为军官。按说这时正是大家鼓掌庆贺的时候，却突然有一个人站了出来："姓杨的，有本事跟我比试比试！"这个站出来的人就是正牌军官急先锋索超。

说实在话，由士兵提拔为军官是很不容易的，非得立过大功才行。而且名额非常有限，可能一年下来也就能提拔那么一两个，其他立过功没占上名额的只能排队等着。北京大名府地处北疆，与辽国边境的小规模冲突和战斗可以说是经常发生，那么立有战功排队等提拔的人应该是不少的，几乎每个军官都有几个心腹手下希望得到提拔。好不容易有了一个名额，却给了一个犯了罪发配充军的配军，想必众人心中是不满的。但是呢，稍微头脑清醒点的人也应该看出来了，中书大人十分器重杨志，提拔杨志的决定早就已经做出来了，所谓教军场演武那就是走个过场，现场取来文书签委任状说明什么？委任状早就写好了，就是现场意思一下。所以这个时候，即便对这个人事任用有异议，也不要提出来了，这是公布决定，不是开会讨论。但急先锋索超还是站出来了，当众表示出自己心中的不满："凭什么提拔他，他有本事？有本事跟我比，他要能赢了我，那是真有本事。"这一个细节就充分展示了索超的"炮筒子"性格。书中怎么形容索超的性格呢？撮盐入火。就像火里撒了一把盐，当场就爆裂了。可见索超这个人的性格是又急又爆。脾气上来了就是一个劲地冲，当众顶撞自己的顶头上司，真不枉了急先锋这个外号。那么被顶撞的上司是什么反应呢？倘若此时被顶撞的是高俅，说不定暴跳如雷，当场把索超乱棍打出，撤职查办。但梁中书终归是梁中书，不但能识人更会用人，他是怎么办的呢？

> 梁中书随即唤杨志上厅，问道："你与索超比试武艺，如何？"
> 杨志禀道："恩相将令，安敢有违。"梁中书道："既然如此你去厅后
> 换了装束，好生披挂。"教甲仗库随行官吏取应用军器给与，就叫：
> "牵我的战马借与杨志骑。——小心在意，休觑得等闲。"杨志谢了，
> 自去结束。
>
> 却说索超道："你却难比别人。周谨是你徒弟，先自输了，你若
> 有些疏失，吃他把大名府军官都看得轻了。我有一匹惯曾上阵的战
> 马并一副披挂，都借与你。小心在意，休教折了锐气！"索超谢了，
> 也自去结束。

梁中书先把杨志叫了过来，问杨志："他要挑战你，你跟他比试比试
怎么样？"杨志当然不会怂。梁中书接着说：好，去甲杖库取一副盔甲，
把我的战马给你骑，小心应战，不要轻敌。鼓励了杨志一番，让杨志去
装束准备了。然后梁中书对索超说："你是咱们大名府的老人了，周瑾已
经输了，你要是再输就显得咱们大名府没人了。来，把我最好的战马给
你骑，连我的盔铠甲胄都借你用，一定要给我争气。"受了如此的恩遇，
索超自然也满腔热血地去准备了。

梁中书这么做，起到了一箭三雕的作用。第一，对杨志，给了这么
好的展示才能的机会，杨志心里必然对中书大人十分感激；第二，对索
超，一句"吃他把大名府军官看得轻了"拉近了索超跟自己的距离，言
下之意，即便我提拔了他，终究他还是个外人，你们跟我才是最亲近的。
我最信任的，能代表我的还是你们。不仅如此，还把自己的披挂和最好
的战马借给索超用。从一定意义上讲，穿着中书大人的披挂，就等于代
表了中书大人。索超受到自己上司如此厚待，即便脾气再暴，也该感激

知遇赏识之恩，不满情绪荡然无存了。第三，对于其他众将，等于给了大家表达不满的机会。梁中书心里清楚，提拔杨志，很多人心里是不满的，只不过索超敢说出来，别人不敢说出来罢了。对顶撞自己的索超资以鼓励，等于告诉了众将，你们表达不满，我并没生气，给你们宣泄不满的机会。如果大有名气的急先锋索超再不胜，那你们无话可说了吧。寥寥数语，体现了梁中书的智慧，后来梁山打破大名府，梁中书手下大将李成浑身是血仍拼死保着梁中书杀出重围，而高俅呢？率大军征讨梁山，乱军中被梁山好汉生擒活捉。高俅手下为啥一个舍身护主的人都没有？这就是差距。当然了，这些都是题外话，我们接着说索超。

索超骑上了梁中书的马，披上了梁中书的披挂，威风吗？表面挺威风，其实这时的处境已经很尴尬了。狠话已经说出去了，现在跟杨志比武，如果要是输了，你索超的脸往哪搁，你的职务让不让给杨志？如果要是赢了，那就彻底把梁中书的面子卷了，等于间接告诉大家，梁中书眼力不行，看上的这个人能力很一般，何况刚才顶撞梁中书，中书大人表面上没生气，但内心里真的一点都不介意吗？可以说这个时候跟杨志比武，输赢对于索超来说下场都不会好。就因为索超一时没控制自己的脾气，把自己推到了进退两难的尴尬境地。

多亏梁中书颇有领导艺术，知道两虎相争，伤了谁都不好。乘着杨志和索超胜负未分，叫停了比武，褒奖了杨索二人，给两个人都升了官，保全了各方的面子，大名府上下皆大欢喜，这一场风波就这么过去了。表面上看，索超这暴脾气还是十分受益的，事实真的是这样吗？我们往下看。

　　索超早已出马；立在阵前，高声喝道："你这厮是朝廷命官，国家有何负你？你好人不做，却落为贼！我今拿住你时，碎尸万段！"
秦明听了这话，一发炉中添炭，火上烧油，拍马向前，轮狼牙棍直奔将来。

索超纵马直居秦明。二匹劣马相交，两个急人发愤，众军呐喊，斗过二十余合，不分胜败。前军队里转过韩滔，就马上拈弓搭箭，觑得索超较亲，飕地只一箭，正中索超左臂，撇了大斧，回马望本阵便走。宋江鞭梢一指，大小三军一齐卷杀过去。正是尸横遍野，血流成河，大败亏输。

　　宋江为拉拢玉麒麟卢俊义入伙，率梁山大军攻打大名府。梁中书发兵迎敌，索超这个急先锋自然要打头阵，交手的正是霹雳火秦明，两个暴脾气的人打起来了。正打的难解难分的时候，索超中了对方的冷箭，左臂受了伤，斧子也撇了，大败了一场。后来大名府跟梁山接了几仗，战况很不利，大军退入城中准备凭城坚守。宋江干脆就在城下扎下营寨，准备一举拿下大名府。

　　按说这个时候如果大名府据城死守，宋江是没机会的。要知道，梁山兵马都是强贼草寇，这样的队伍借助地形打野战很擅长，但是打攻坚战就吃力了，更打不起消耗战。北京大名府城池坚固，粮草想必也十分充裕，哪是那么容易打破的（果然，梁山二打大名府都没有成功。最后是因为元宵节大名府办灯会，开了城门，梁山好汉混进城里放火，里应外合才攻下了大名府）。所以，对于梁中书一方而言，坚守是上策。但索超这样的暴脾气哪能等什么坚守消耗，带着一支人马又出城打去了，结果可想而知了。索超中了诱敌之计，掉进了陷坑，被生擒活捉。

　　这正是《水浒传》中的精彩情节之一——雪天擒索超。这个雪天的设定很有意思，书中有一句批语："这索超便有三头六臂，也须七损八伤。正是：烂银深盖藏圈套，碎玉平铺作陷坑。"要知道，想引诱一个人落入圈套，必须设诱饵。引索超进陷阱的诱饵是什么呢？是烂银、碎玉，都不是什么值钱的东西。说白了，索超这样的急性子、暴脾气，想给这样的人设圈套太容易了，根本不用怎么引诱，他自己就往陷阱里钻。平心而论，索超这个人，能力还是很强的，武艺在整部书中都称得上是一流。可是又有什么用呢？书中说的明白："便有三头六臂，也须七损八伤。"就这样的暴脾气，一出马不是中暗箭，就是掉陷阱，你武功再高又能怎么样？难逃打败仗的下场。

且说宋江到寨，中军帐上坐下，早有伏兵解索超到麾下。宋江见了大喜，喝退军健，亲解其缚，请入帐中，置酒相待，用好言抚慰道："你看我众兄弟们一大半都是朝廷军官。若是将军不弃，愿求协助宋江，一同替天行道。"杨志向前另自叙礼，诉说别后相念。两人执手洒泪，事已到此，不得不服。宋江大喜。再教置酒帐中作贺。

索超被活捉，宋江希望他能入伙。索超这急脾气来得快，走得也快，宋江好言抚慰，索超还真心动了。这时候杨志走过来了，和索超诉说别后思念，结果两人执手相看泪眼，场景相当感人。我们不禁问一句，他俩什么时候感情这么深了？曾经索超不是为了反对杨志不惜顶撞自己的顶头上司吗？全是自己的冤家对头，前一分钟还在咬牙切齿的拼命，下一分钟就叙兄弟之情，慨然入伙了，梁中书对自己的包容之恩，提携之义全抛在脑后。索超是怎么想的呢？其实他根本就没想。人至急则无智。索超这样的人性子急、脾气冲，是没有什么理智的，往往只能看见眼前的事。事情的前因后果，来龙去脉，根本想不清楚，也懒得去想。看见敌营里有一个旧相识，兄弟之情油然而生。"好，我愿意入伙！"

从此以后，索超归顺梁山，因为武功高强，又是朝廷军官身份，自然受宋江厚待。梁山排座次，索超排在第19名，位列五虎八骠之一，算得上是水泊梁山的高级将领。后来随梁山出征，仍然是每战冲锋在前，最后在征方腊时，被敌方大将石宝一流星锤打落马下而死。

索超这个人在全书出场并不多，但性格却十分鲜明。能力强，直性子，暴脾气，什么事都往前冲，不枉急先锋的外号。说实话，这个性格是很有问题的。首先，性子急就容易鲁莽，特别容易被暗算、中圈套，索超一生中冷箭、掉陷阱、中暗器不计其数，最后也死在了暗器上。其次，脾气急容易失去理智，做事欠考虑，事情办不好，还往往会得罪人。教军场演武，索超顶撞了梁中书，梁中书表面上给他升了官，但是想想看，论武艺索超不在李成、闻达等人之下，但李成、闻达官至兵马都监，而索超升了官还只是个领军提辖。说明什么？梁中书并不看重索超。到了梁山上其实也一样，五虎八骠索超排在末尾，并不是核心人物。宋江礼遇索超，多半是看在他朝廷军官的身份，有利于招安罢了。索超上应天空星，这个空字用得好，起码有两层含义：第一，性子太急，脑袋是"空"的，没有思考能力；第二，因为自己的性格缺陷，"空"有一身本事，没有什么作为。脾气不好的人往往会这么说："我这个人脾气不好，但我这个人讲理。"这句话毫无道理，脾气一上来，理智就没了，大脑都空了，还能讲什么理。

这里必须插一句，尽管索超身上有着严重的性格缺陷，但是无论在大名府，还是在梁山泊，索超混得都不算惨。这是为什么呢？很简单，就因为他能力强。一个有实力的人，能给周围人带来利益的人，即便脾气差一点，性子急一点，人们也是能容忍的。烂银依然是银，碎玉仍旧是玉，又臭又硬的石头，多半会被扔到茅坑里。

总地来说，人还是应该脾气小一点，理智多一点。既能保护好自己，又能避免中伤别人。如果你实在控制不了自己的脾气，那就一定要记住："脾气不要大于能力。"

12.时过境迁难重生
——地贼星鼓上蚤时迁

说起小偷,人们都不陌生,日常生活中总会偶尔听说或遇到,古往今来一直是人人喊打的对象。在《水浒传》中,也有这么一个小偷,对于他的定位,引起了评论者的广泛议论。他是谁呢?他就是我们今天要说的地贼星鼓上蚤时迁。

在古代,人们按照职业把人分成了三六九等。具体来说分为上九流、中九流和下九流。小偷是下九流中的第八流,属于社会地位很低的一类人。或许有人会说,小偷来钱多容易,大把的钱揣在兜里,社会地位咋能低呢?其实,古人分上下九流并不是按有没有钱来分的,而是按照生存环境来分的。小偷、戏子、娼妓等都属于下九流,这些行业的从业人员生存环境相当恶劣。恶劣到未从事过这些行业的人难以想象的程度。民间有句俗话叫"只看见贼吃肉,看不见贼挨打",说的就是这个意思。

拿小偷来说,表面上看小偷挣钱挺容易,但是背后的风险非常大,随时有被抓的危险。时迁那么好的本事,也曾经被官府抓过,多亏病关索杨雄相救才免于官司。表面上看是杨雄仗义相救,实质上呢,时迁自己上下打点不知道得花多少银子。小偷要想生存,官厅里的差人是必须要打点的。同时,黑道上的人物,小偷也得进贡。《隋唐演义》里有一个总瓢把子赤发灵官单雄信,书中描述他是坐地分赃,二八下账。什么意思呢？做贼的也好做强盗的也好，你赚了十块钱必须分我两块，不然你在我的地盘上就干不下去。这是总瓢把子，东南西北四路各有一个分瓢把子，比如劫皇杠的尤俊达是东路瓢把子，东路的贼们在单雄信分走两块之后，在剩下的八块中还得再分给尤俊达两成（一块六），自己就只剩下六块四，在这六块四当中再拿出去几块结交官府的人，你算算小偷自己还能剩多少钱？这还只是日常的分配，摊上事了还得上下打点吧。黑白两道、官私两面，小偷都惹不起。何况偷钱的时候，有钱有势的人不敢偷，普通老百姓没什么钱可偷。一旦被人知道小偷的身份，又是老鼠过街人人喊打，黑白两道的人都看不起小偷。想想看，小偷的日子好过吗？

当然，小偷年轻力壮的时候，技术好，偷钱多，这些困难都可以忽略，那上了岁数怎么办呢？烟花女子年老色衰往往想找个老实人嫁了，那么小偷要是想洗手不干了找谁接盘呢？时迁时迁，时过境迁，随着时间的推移，小偷们也该为自己考虑考虑未来的出路了。时迁一出场就面临了这个问题：

> 石秀看时，那人纳头便拜。杨雄认得。这人姓时，名迁，祖贯是高唐州人氏；流落在此，只一地里做些飞檐走壁跳篱骗马的勾当；曾在蓟州府里官司，是杨雄救了；人都叫他做鼓上蚤。当时杨雄便问时迁："你如何在这里？"时迁道："节级哥哥听禀：小人近日没甚道路，在这山里掘些古坟，觅两分东西。因见哥哥在此行事，不敢出来冲撞。听说去投梁山泊入夥，小人如今在此，只做得些偷鸡盗狗的勾当，几时是了？跟随得二位哥哥上山去，不好？未知尊意肯带挈小人否？"石秀道："既是好汉中人物，他那里如今招纳壮士，那争你一个？若如此说时，我们一同去。"时迁道："小人认得小路去。"当下引了杨雄、石秀三个人自取小路下后山投梁山泊去了。

时迁是个有名的大盗，但是也已经开始为自己谋划未来的出路了。用他自己的话说，只做得些偷鸡盗狗的勾当，几时是了？那么他给自己想的出路是什么呢？投靠梁山入伙。他已经把去梁山的小路打探清楚了，可是自己却不敢去。为什么呢？自己是小偷，名声太不好。自己去梁山人家未必会收留自己。所以时迁在等一个机会，跟名声好的人一起去投靠，这样才能顺利入伙。机会果然来了，杨雄和石秀杀了人，要去投梁山，时迁正好现身，恳求二人带自己同去。拼命三郎石秀是仗义之人，自然没有拒绝时迁，三人一起投梁山去了。

时迁的运气不错，有人带自己投梁山的计划顺利实现了。可是时迁偷鸡摸狗的习惯却没改，在前往梁山的路上又干起了老本行，偷了祝家庄祝家店的报晓鸡。祝家庄可也不是好惹的，两方动起手来，时迁被生擒活捉。杨雄、石秀只好向扑天雕李应求助，希望祝家庄看在李应的面子上放了时迁。可是祝家庄不但没给李应面子，反倒把李应打伤了（这一段说李应的时候再细说）。杨雄、石秀没办法，只好上梁山搬兵，希望梁山发兵扫荡祝家庄，救出时迁：

> 杨雄渐渐说道："有个来投托大寨同入伙的时迁，不合偷了祝家店里报晓鸡，一时争闹起来，石秀放火，烧了他店屋，时迁被捉。李应二次修书去讨，怎当祝家三子监持不放，誓要捉山寨里好汉，且又千般辱骂。巨耐那十分无礼！"
>
> 不说万事皆休；然说罢，晁盖大怒，喝叫："孩儿们！将这两个与我斩讫报来！"宋江慌忙道："哥哥息怒。两个壮士不远千里来此协助，如何要斩他？"晁盖道："俺梁山泊好汉自从并王伦之后，便以忠义为主，全施恩德于民，一个个兄弟下山去，不曾折打锐气。新旧上山的兄弟们各各都有豪杰的光彩。这两个把梁山泊好汉的名

目去偷鸡，因此连累我等受辱！今日先斩了这两个，将这尸首级去那里号令。我亲领军马去洗荡那个村坊，不要输了锐气！孩儿们！快斩了报来！"

宋江劝住道："不然。哥哥不听这两位贤弟所说，那个鼓上蚤时迁，他原是此等人，以致惹起祝家庄来？岂是这二位贤弟要玷辱山寨！我也每每听得有人说，祝家庄那要和俺山寨对敌了。哥哥权且息怒。即日山寨人马数多，钱粮缺少，非是我等要去寻他，他倒来吹毛求疵，因此正好乘势去拿那厮。若打得此庄，倒有三五年粮食。非是我们生事害他，其实他那无礼！只是哥哥山寨之主，岂可轻动？小可不才，亲领一支军马，启请几位贤弟们下山去打祝家庄。若不洗荡得那个村坊，誓不还山。

托塔天王晁盖讲义气、重名节，不愿与小偷为伍。因此，杨雄说起时迁的事，晁盖大怒，要把杨雄、石秀两个一起斩了（时迁不敢自己来投奔，大有道理）。多亏宋江解劝晁盖，这才保住了杨雄、石秀二人的性命。这里体现了晁盖和宋江这两任领导人领导风格的不同。晁盖对于偷鸡摸狗的时迁非常排斥，宋江为什么不排斥呢？大胆推测宋江的心理，因为他觉得时迁这个人"有用"，宋江的用人是很讲量才而用的（这一点讲宋江的时候细说），时迁这样的人擅长飞檐走壁，将来必然用得上，应该纳入麾下。因此，宋江调兵遣将，三打祝家庄，把时迁解救了出来。从此，时迁也是梁山的一员了。

果然不出宋江之所料，时迁在后来梁山的发展中发挥了重要的作用。呼延灼征讨梁山，摆下铁甲连环马阵。水泊梁山无人能破，多亏时迁盗走了金枪手徐宁的家传宝甲，把破连环马阵的大行家金枪手徐宁引上梁山，这才让梁山大破连环马，收降了双鞭呼延灼；攻打曾头市，全靠时迁摸清曾头市各个陷坑的布置，梁山得以大举进攻打破了曾头市；三打大名府，又是时迁潜入大名，火烧翠云楼，里应外合，终于攻破了大宋朝的"四京"之一北京大名府。可以说，时迁为梁山的发展立下了汗马功劳。

按说宋江看好时迁的"才能"，时迁又为梁山立下了大功，那么时迁在梁山的地位应该是很高的。但是梁山排座次的结果却让人大跌眼镜，时迁排在第几位？107位！梁山108将，时迁排了个倒数第二，仅高于盗马贼出身的金毛犬段景住。为什么会这样呢？很多评论者都提出过自己的看法，这里说一说我的观点：

为什么时迁排名如此之低呢？很简单，就因为时迁是贼。人一旦做了贼，身上就有了一个洗不掉的污点，没有人会真正地接纳你。108将排名最后两位都是当贼的出身。晁盖一听说时迁偷鸡就大发雷霆，宋江表面上接纳，但也只不过是利用时迁而已，内心里对时迁还是排斥的，没有真正的信任。非但两位头领，恐怕山上的其他好汉对时迁也是排斥的，时迁在山上，一个好朋友也没有。假如时迁上山以后默默无闻，不再施展偷盗的本领，说不定还能结交几个兄弟，稳稳当当地度过余生。可是尽管时过境迁，时迁这个人还是贼性不改，压根就没想改自己偷盗的本行，他上梁山并不是要转行找出路，只不过是给自己找一个保护伞。有水泊梁山罩着，黑白两道都不敢找自己的麻烦。自己呢？该偷还是偷。这点小心思，善于识人的宋江会看不出来？时迁有利用价值，宋江就利用利用，其实在宋江心里，对时迁是鄙视的。

时迁最后的下场耐人寻味，征方腊班师途中绞肠痧发作而死。一肚子坏水终于发作，肠肚都烂透了。

人，还是应该走正道，不要走歪门邪道。少不更事一不小心走错了路，时过境迁之后千万要回到正轨上来。如果怙恶不悛，在邪路上越走越远，那终究不会有什么好下场。举目三尺有神明，多行不义必自毙！

13. 编外：关于晁盖之死的阴谋论

"晁盖之死"一直是水浒评论者和爱好者热议的一个话题。按照书中字面交代，晁盖是征讨曾头市过程中误中诱敌之计，遭到伏兵的攻击，被曾头市教师史文恭暗箭射死的。但是很多水浒评论者认为这不是晁盖之死的真相。事情的真相应该是宋江派人暗杀了晁盖，甚至有的人直接指出，担任暗杀晁盖狙击手的就是小李广花荣，也有人认为是金枪手徐宁暗中射死了晁盖。无论是花荣也好，徐宁也好，幕后黑手只有一个，就是宋江。宋江为了谋夺梁山头把交椅的位置，趁着晁盖出征曾头市，暗中派人杀死了晁盖。这就是"晁盖之死"阴谋论的核心观点。

这一观点其实由来已久，在民国小说家程善之先生编写的《水浒传》续集《残水浒》当中，借大刀关胜之口揭开了晁盖之死的真相，在《残水浒》中，晁盖确实是被宋江派人暗害的。当然，《残水浒》是后人给《水浒传》写的续集，不能代表施耐庵先生的本意，也不能用《残水浒》中的情节去推断《水浒传》的情节。但是，《残水浒》中这么写，说明在当时，晁盖之死阴谋论这一观点已经存在了，是被一部分人所接受的。近几年来，用阴谋论的观点解读经典名著成为了一种风气，尤其是《水浒传》，似乎《水浒传》中的所有情节都可以用阴谋论来解释，甚至我曾经看到一个观点，说鲁智深倒拔垂杨柳也是个阴谋，什么阴谋呢？大树其实是鲁智深事先刨出来的，虚飘飘埋在地下，故意当着众人的面再把它拔出来，是因为鲁智深想立威。说实话，对于这一观点，我觉得实在是有点不能接受，简直是无语。大家想想看，连倒拔垂杨柳这样的情节都有人认为是阴谋，那古已有之的晁盖之死阴谋论自然支持的人越来越多，甚至有逐渐成为主流观点的趋势。

那么，为什么会有晁盖之死阴谋论这一观点。主要原因是在《水浒传》原著当中，晁盖之死的时机在整个情节发展中出现的比较巧，需要他死的时候他正好就死了，这确实不得不引起人们的猜想。而且，晁盖之死这一情节虽然描写很细致，但还是留下了一些疑点，这些疑点似乎暗示着阴谋论的存在。无论是阴谋论，还是非阴谋论都不能在原著中找到直接证据，只能通过一些旁证来推断。这样就给了读者以想象的空间，似乎每种观点都能自圆其说。换句话说，靠读者自己来脑补，自然也就会出现不同的观点。

那么，关于晁盖之死的阴谋论我是怎么看的呢？先说结论，再给理由。我个人观点认为：晁盖不是宋江派人暗杀的，晁盖之死不存在所谓的阴谋。为什么呢？下面具体分析：

首先说说晁盖之死过程中的几个疑点，也就是为什么有些人认为晁盖是宋江派人暗杀的。第一，曾头市有曾家五虎，名字分别是曾涂、曾密、曾索、曾魁、曾升。细心人把曾家五虎的名字连起来就是"图密索魁升"，也就是图谋秘密地实现地位升迁的意思。而且曾头市谐音争头市，也就是争夺头领的意思。因此有人说施耐庵先生通过谐音，巧妙地告诉大家，晁盖死于争夺头领的密谋，那自然幕后黑手是宋江无疑。

第二，纵观全书，史文恭从未声称过自己射过晁盖，按说两军对阵，射杀对方主帅是非常露脸的事，史文恭应该大肆宣扬才对，但史文恭本人对此事只字未提。而且史文恭是曾头市的军事总负责人，直接带兵冲锋的可能性不大。书中证明晁盖死于史文恭之手的唯一证据是射死晁盖的箭上刻有史文恭的名字，而这个证据其实是很不可靠的，因为箭上刻名字太容易了，只要想刻，刻谁的名字都行。晁盖临死前说哪一个捉得射死我的，便教他做梁山之主，说明晁盖自己并没有认定史文恭是杀自己的凶手。而这时宋江的态度比较可疑，晁盖明明说哪一个捉得射死我的，便教他做梁山之主。而宋江转身就说哪一个捉得史文恭者，便为梁山泊主，等于宋江判定了凶手就是史文恭。阴谋论者认为，宋江急于判定凶手是史文恭说明宋江心里有鬼。

第三，宋江是晁盖之死最大的受益者。很多水浒评论者认为，晁盖打曾头市的时候，梁山的派系已经形成。宋江派和晁盖派的矛盾已经显露。证据就是晁盖打曾头市带的头领并不是全部主力，吴用、花荣、秦明这些能人都没带。为什么没带呢，不是不想带，而是指挥不动。甚至在打曾头市的过程中，晁盖也说过"我不自去，谁肯向前"这样的话。从这个角度讲，有些梁山头领表面上听晁盖的话，实质上已经是貌合神离了，换句话说，这时的梁山确实已经是帮派林立了。在派系斗争的关键节点，宋江有暗杀晁盖的作案动机。杀了晁盖，宋江派就彻底掌控梁山了。

以上三点是晁盖之死阴谋论的主要证据，看上去确实有理有据，三条放在一起，确实宋江有很大的作案嫌疑。那么为什么我不认可宋江暗害晁盖这种阴谋论说法呢？

就像我刚才说的，这些证据都是旁证，并不是直接证据，用非阴谋论都能解释得通。比如说"密图索魁升"和"争头市"的谐音，谐音我不否认，但是可以从另一个角度去理解。争头市确实是争头领的地方，晁盖出征也确实是想跟宋江争头领，后来宋江和卢俊义也在这争过头领，确实是竞争，但不一定非要用暗杀这种手段。密图也好，竞争也好，简单地解释成暗杀还是有点牵强，而且"密图索魁升"的人也不一定是宋江，说晁盖"密图索魁升"其实也讲得通。再比如，史文恭确实从未承认过晁盖死于自己之手，但同样，史文恭自始至终也没否认过自己射过晁盖呀。史文恭是被活捉的，如果宋江心里有鬼，那么就应该把史文恭就地正法，免得他开口争辩。而宋江没这么做，而是把史文恭押回梁山，在晁盖灵前剖腹摘心而死。而且整个过程中，史文恭一句辩解的话都没有。如果史文恭跟这件事没关系，眼看要被剖腹摘心，怎么的也得喊两声冤枉吧。再说宋江打曾头市的时候，曾头市的长官曾经给宋江写信想讲和，信上写无端步卒施放冷箭。等于曾头市承认了自己为晁盖之死负责。如果真是宋江派人暗杀的晁盖，曾头市为什么要承认是自己射死的晁盖呢？况且如果是宋江派人暗杀的晁盖，曾头市怎么知道晁盖是被箭射死的呢？还有人认为宋江跟曾头市合谋害死了晁盖，这种观点更站不住脚，自始至终，梁山没有给过曾头市任何好处，史文恭曾家五虎不是傻子，赔本买卖能跟宋江做吗？宋江确实是晁盖之死的受益者，但是如果按照派系论的观点，晁盖的威望已经镇不住梁山众头领了，即便晁盖不死，宋江也已经是梁山的实际控制人了，那宋江何必费那么大劲，非要把晁天王干掉呢？

好，勉强地解释了阴谋论提出的几个疑点，但是这几条理由也不能彻底排除宋江的作案嫌疑。那么我为什么说晁盖不是宋江派人暗杀的呢？我们看看晁盖中箭时的细节：

> 行不到五里多路，黑影处不见了两个僧人，前军不敢行动；看四处时，又且路径甚杂，都不见有人家。军士却慌起来，报与晁盖知道。呼延灼便叫急回旧路。走不到百十步，只见四下里金鼓斋鸣，喊声震地，一望都是火把。晁盖众将引军夺路而走，才转得两个弯，撞见一彪军马，当头乱箭射将来，扑的一箭，正中晁盖脸上，倒撞下马来。

晁盖是怎么中箭的呢？首先是晁盖中了曾头市的诱敌之计，中了埋伏，之后晁盖带着人夺路逃跑，不想到撞见了一彪军马，也就是说进了人家的埋伏圈，对方乱箭齐发，晁盖因此脸上中了一箭。问题就在这一彪军马上，一彪军马有多少？少说也应该有几十上百人。暗杀这种事派一个人最好，最多不应该超过三个人，怎么可能会派几十上百人去搞暗杀？那还叫暗杀吗？要真是宋江派出的几十上百人队伍，今天晚上杀完，明天宋江派人杀晁盖的消息就能传遍天下。或许有人会说，是花荣或徐宁混在曾头市的队伍里暗中狙击晁盖，这种可能性我觉得更小。一个梁山的人能混进曾头市的埋伏队伍里去吗？要是几千人的大部队混进去也就混进去了，几十人的队伍，突然多个陌生人进来，能不被发现吗？曾头市的人也不都是傻子呀。

另外还有一点，我觉得也能证明晁盖的死跟宋江无关。整部《水浒传》的故事是有鬼神存在的，比如武大郎死后，魂魄曾经回来告诉武松自己死得好苦。张顺在涌金门丧命之后，也曾经魂捉方天定给自己报仇。晁盖的魂魄回来过吗？回来过，宋江二打大名府不利，背上生了疮，晁盖的魂魄就来告诉宋江，说只除江南地灵星可解。说白了就是指点宋江去找神医安道全看病。晁盖的魂魄不但没追究宋江暗害自己的事，反而指点迷津救了宋江一命，从这个角度看，晁盖之死应该确实跟宋江无关，如果真是宋江派人暗杀的晁盖，晁盖的魂魄回来能跟宋江善罢甘休吗？晁盖虽然讲义气，但也不至于以德报怨到这个程度。

最后，也是最重要的一点，我觉得宋江没有暗杀晁盖的必要。虽然我不承认所谓的梁山派系论，但我承认，晁盖打曾头市的时候，在梁山上的威望已经不如宋江了，换句话说，宋江已经是梁山的实际控制人了。投靠梁山的人大部分是投奔宋江来的，看的是宋江的面子。这个时候，即便不杀晁盖，宋江的目标也能一步步实现。而派人暗杀晁盖，一旦泄露出去，自己的人设就崩了，及时雨的金字招牌没了，想把梁山做大做强就不容易了。也就是说，派人暗杀晁盖是收益不高，但风险极大的一个行动。干不成，身败名裂，干成了，对自己的事业没太大帮助。宋江那么聪明的人，会选择这么做吗？我觉得不会。所以，综上几点，我认为晁盖之死阴谋论是不符合原著情节的，晁盖之死并不是宋江派人暗杀的。

好，根据以上的分析，我们还原一下晁盖之死的全过程。段景住投奔梁山，带来的进身礼照夜玉狮子马被曾头市抢了，曾头市不但抢了马，还放出狂言，要填平水洼，生擒晁盖，誓与梁山为敌。晁盖知道之后大怒，又觉得恰好这是个提高自己威望的好时机，在毫不了解曾头市底细的情况下，就贸然出兵。孙子兵法里有一句话，叫主不可怒而兴师，晁盖这么做真是犯了兵家大忌。晁盖刚要出兵，一阵大风就把军旗拦腰吹断了。读过《三国演义》的人对这类情节会比较熟悉，一般出兵时碰到这种情况，主将基本是回不来了。而且晁盖并无军事指挥才能。跟曾头市第一仗，没有排兵布阵，谁打头阵，谁接应，谁负责左翼，谁负责右翼，谁护卫中军，根本没有安排，所有人聚一大堆。对方一叫骂，晁盖一不派兵，二不遣将，自己单枪匹马冲上去了。这哪是带兵打仗呀，简直就是街边流氓械斗。要不是林冲、呼延灼两大高手随身护卫，说不定这一仗晁盖就没命了。很快，晁盖又中了曾头市的诱敌之计，中了埋伏的晁盖手足无措，带兵乱撞，正碰上曾头市的一队弓弩手，乱箭齐发之下，晁盖中了一箭，箭上带毒，晁盖当场就言语不得。说实话，箭上的史文恭三个字，晁盖可能并没看见。因为一中箭就中了毒，话都说不出来了，哪有闲心细看射自己的箭呢？后来晁盖说哪一个捉得射了我的，便为梁山之主，可能他并不知道箭上有史文恭三个字。晁盖是谁射的，有可能是史文恭，也有可能是史文恭手下的弓箭手，但即便是史文恭手下射的，这笔账也要算在史文恭头上。因为他是曾头市军事指挥的负责人。就像浪里白条张顺在涌金门被乱箭射死，魂魄回来抓带兵的方天定给自己报仇，而不是把每个射箭小兵都弄死。史文恭最后在晁盖灵前开膛摘心，冤吗？不冤。总地来说，晁盖出征曾头市犯了几个大错误，这几个大错误导致了自己兵败身死。从这个角度讲，晁盖之死，晁盖自己也是有责任的。而宋江没有直接责任。晁盖怒而兴师，不是宋江激怒的；军旗拦腰折断是风刮的，不是宋江吹的；晁盖没有军事才能硬要冒险，不是宋江安排的；曾头市设下诱敌圈套，不是宋江能预料到的；那么最后中埋伏这一箭，应该也跟宋江没有什么关系。

总地来说，我是不赞同晁盖之死阴谋论这个观点的。但是我也不能肯定施耐庵先生创作的本意如何。阴谋论也有阴谋论的道理，不能说完全否定。我一直有一个观点，中国文化具有留白性。也就是说，在很多细节的处理上需要读者自己去感悟。比如中国画，大部分中国画纸上是不能画满的，要留有空白给观看者自己去遐想，去感受意境。这与西方的油画不同，西方的油画必须把整个画布画满，不能有白露出来。含蓄内敛是中国传统文化的一大特征。施耐庵先生，自然也是个中高手，其实名著中的很多情节都可以从不同的角度去解读，"横看成岭侧成峰"，中华文化的魅力就在这里。我虽然不承认晁盖之死的阴谋论，但是我也认为阴谋论确实有存在的道理。

最后再多说几句，阴谋论在最近几年的名著评论界很有市场，我也认为阴谋论确实有存在的道理。但是，我仍然建议我们的读者，尤其是年轻读者，少看阴谋论。水浒的故事里有没有阴谋，肯定有，但绝不是哪哪都用阴谋来解释。《水浒传》有阴暗之处，也有光明之处，有对社会黑暗、人性丑恶的批判，也有对正能量、人性魅力的讴歌。如果只盯着阴暗那一面看，所有情节都拿阴谋往里套，时间长了，容易把自己看阴暗了。因此，我希望每一位读者，尤其是年轻读者，在读名著的时候，多感受阳光雨露，少放大邪风阴霾。

我坚信：近水楼台先得月，向阳花木早逢春。

14. 有才无德是小人
——天立星双枪将董平

　　司马光在《资治通鉴》中有一段关于人才的经典论述："才德全尽谓之圣人，才德兼亡谓之愚人，德胜才谓之君子，才胜德谓之小人。凡取人之术，苟不得圣人、君子而与之，与其得小人，不若得愚人。"关于德与才的对比，是千百年来热议的一个话题。《资治通鉴》是写给帝王将相看的，司马光先生站在用人的角度，认为德比才更重要，如果没有德才兼备的人，应首选德胜才的人。那么站在普通人发展的角度看，到底是德重要还是才重要呢？有才无德的所谓小人到底发展前景如何呢？水泊梁山上就有一个例子。他是谁呢？就是我们今天要说的——天立星双枪将董平。

　　却说宋江领兵前到东平府，离城只有四十里路，地名安山镇，扎住军马。宋江道："东平府太守程万里和一个兵马都监，乃是河东上党郡人氏。此人姓董，名平，善使双枪，人皆称为'双枪将'；有万夫不当之勇。虽然去打他城子，也和他通些礼数，差两个人，一封战书去那里下。若肯归降，免致动兵；若不听从，那时大行杀戮，使人无怨。"

宋江率领梁山兵马上东平府"借粮"，东平府的兵马都监正是双枪将董平。宋江也早听闻董平的大名，知道他一对双枪，万夫难当，对付这样了不起的人物即便是刀兵相见，也不能失了礼数，因此派人去城里下战书。

　　郁保四、王定六毛遂自荐担任下书人，来到东平府下战书。这一段讲郁保四时已讲得很详细，这里不再细说。总之，郁保四和王定六被毒打一顿，打得皮开肉绽推出城来。宋江大怒，就要攻打城池，却也知道有董平在，东平城不好打，又派史进混进城去放火，准备里应外合，打破城池。不想史进做事不密，在城里被捉，打入死囚牢。宋江又派顾大嫂扮作乞丐混进城里与史进通气，这一次倒是比较顺利，顾大嫂假作送饭人进了牢房，告知了史进梁山好汉攻城的时间，让史进想办法在城里乘乱脱身。结果史进算错了日子，梁山还未攻城，就开始动手，乘着上厕所的时机打翻了看守的狱警，把牢里的囚犯都放出来一起叫喊，准备在城里制造混乱，接应梁山攻城大军。眼看城中就要大乱，史进能顺利脱身吗？

　　有人报知太守。程万里惊得面如土色，连忙便请兵马都监商议。董平道："城中必有细作，且差多人围困了这贼！我却乘此机会，领军出城，去捉宋江；相公便紧守城池，差数十公人围定牢门，休教走了！"董平上马，点军去了。程太守便点起一应节级、虞候、押番，各执枪棒，去大牢前呐喊。史进在牢里不敢轻出。外厢的人又不敢进去。顾大嫂只叫得苦。

　　都监董平，点起兵马，四更上马，杀奔宋江寨来。伏路小军报知宋江。宋江道："此必是顾大嫂在城中又吃亏了。他既杀来，准备迎敌。"号令一下，诸军都起。当时天色方明，却好接着董平军马。两下摆开阵势。董平出马。——原来董平心灵机巧，三教九流，无所不通；品竹调弦，无有不会；山东、河北皆号他为"风流双枪将"。宋江在阵前看了董平这表人品，一见便喜。又见他箭壶中插一面小旗，上写一联道："英雄双枪将，风流万户侯。"

不要说史进算错了日子，就算是史进没算错日子，只怕也未必能成功脱身。董平处乱不惊，识破了宋江的里应外合之计。城中虽乱，肯定是少数奸细刻意制造的，不能因此乱了方寸。几个奸细，派一些人困住就掀不起什么大浪，关键在于抵挡城外进攻的大军。董平让太守带几十个衙役差人守住牢房大门，果然把史进困住，乱子很快平息下来了。与此同时，董平自己率兵出城迎战宋江大军。

两军对阵，董平一表人才、八面威风，宋江一见就喜欢上了（梁山一百零八将只有关胜、董平有此殊荣），准备收入自己的帐下。第一阵派百胜将韩滔出战，不是董平的对手。第二阵派金枪手徐宁出战，战了几十个回合，仍难敌董平。要知道，金枪手徐宁的枪法，豹子头林冲都十分赞赏，但却战不下董平，可见董平双枪的厉害。第三阵干脆不派将了，一拥而上把董平围入阵中，准备把董平生擒。结果董平凭着一对双枪，硬是杀出了一条血路，冲出重围。

与梁山众人斗智斗勇，董平孤身一人，丝毫不落下风。再加上书中所说，董平三教九流，无所不通；品竹调弦，无有不会。号称风流双枪将，想必相貌也十二分出众。短短的几个情节，一个智勇双全、才艺出众、英俊潇洒的名将形象跃然纸上，难怪宋江第一眼就看上了董平，这样的人放在哪里都是出类拔萃的人物。那么董平后来的发展如何呢？

程太守有个女儿，十分颜色，董平无妻。累累使人去求为亲，程万里不允。因此，日常间有些言和意不和。董平当晚领军入城；其日，使个就里的人，乘势来问这头亲事。程太守回说："我是文官，他是武官，相赘为婿，正当其理。只是如今贼寇临城，事在危急，若还便许，被人耻笑。待得退了贼兵，保护城池无事，那时议亲，亦未为晚。"那人把这话回复董平。董平虽是口里应道："说得是。"只是心中踌躇，不十分欢喜，恐怕他日后不肯。

董平虽然并未落败，但也并没有把梁山兵击退。梁山兵强将勇，东平府危如累卵，按说董平回城以后应该跟太守研究退兵良策，或厉兵秣马，准备决战；或筹措军备，坚守城池；或驰书他处，搬请援兵。董平是怎么做的呢？董平并不急着做战斗准备，而是派人去太守那里求亲，领导，把你女儿嫁给我呗。

原来程太守有个女儿，长得很漂亮，董平觊觎已久，多次请人向太守求亲，但太守始终没有同意。看到这或许很多读者会有疑惑，董平堂堂兵马都监，虽然目前官位不如太守，但董平文武全才，未来发展空间很大，完全配得上太守的女儿，为何太守不同意这门亲事呢？这里留个悬念，我们且往下看：

董平多次求娶太守女儿不成，此次梁山举兵来攻，东平府危急，董平觉得自己的机会来了，又请人去说媒。这一次可不是简单的求亲，很有几分趁火打劫的意思。梁山大军兵临城下，东平府能上阵的战将就董平一个，可以说东平府能不能守住关键在于董平。平时程太守是董平的上级，董平不敢得罪太守，现在危急时刻，太守的官运前途乃至身家性命都在董平身上，变成太守不敢得罪董平了。这个时候求亲，太守不敢不同意了，可又不想同意，怎么办呢？太守做了个承诺："你跟我女儿本来挺相配，我是同意的，可是现在兵临城下，说这事不合适，等把梁山兵击退了，那时再给你们定亲。"听了这话，董平是不相信的，保护城池无事那时再议亲，太守还能说"相赘为婿，正当其理"吗？可是太守的话有理，大战在即，讨论婚配之事确实不合适，董平不信也没办法，只好又带兵出城跟宋江打去了。

董平大怒，披挂上马，带领三军，出城交战。宋江亲在阵前门旗下，喝道："量你这个寡将，怎当我手下雄兵十万，猛将千员；汝但早来就降，可以免汝一死！"董平大怒，回道："文面小吏，该死狂徒，怎敢乱言！"说罢，手举双枪，直奔宋江。左有林冲，右有花荣，两将齐出，各使军器来战董平。约数合，两将便走。宋江军马佯败，四散而奔。

……

董平正赶之间，来到那里，只听得背後孔明、孔亮大叫："勿伤吾主！"却好到草屋前，一声锣响，两边门扇齐开，拽起绳索。那马却待回头，背後绊马索齐起，将马绊倒，董平落马。

……

宋江道："倘蒙将军不弃微贱，就为山寨之主。"董平答道："小将被擒之人，万死犹轻。若得容恕安身，已为万幸！若言山寨为主，小将受惊不小。"宋江道："敝寨缺少粮食，特来东平府借粮，别无他意。"董平道："程万里那厮原是童贯门下门馆先生；得此美任，安得不害百姓？若是兄长肯容董平回去，赚开城门，杀入城中，共取钱粮，以为报效。"

董平出阵，大骂宋江文面小吏，该死狂徒。结果中了梁山的诱敌之计，被生擒活捉。见了宋江，董平语气立马就变了，说自己万死犹轻，乞望容恕安身，并且大骂自己原来的领导，表示愿意赚开东平府，助宋江攻城。董平变脸之快，或许连宋江都没想到。关胜投降时好歹说一句"君知我报君，友知我报友"。呼延灼投降时好歹说一句"非是某不忠于国，实慕兄长义气过人"。同为精英人物，董平投降一句体面话都没有，满嘴都是"万死犹轻""容恕安身""已为万幸"，似乎半分骨气都没有。说实话，此时在宋江的心目中，董平的形象只怕要打个折扣了。这还只是个小折扣，董平随后的作为恐怕要让宋江打个冷战了。

似乎没有半分骨气的董平一转身就成了心狠手辣的杀手，引梁山兵赚开了东平府城门，杀进城去直奔府衙找自己的老领导，先夺了太守女儿，随后把太守一家老小全杀光了。可怜太守女儿，命运还不如扈三娘。扈三娘好歹嫁给了王英，没嫁李逵，而程太守的女儿，怕是要跟灭了自己满门的大仇人过一辈子了。

董平跟太守有什么深仇大恨吗？显然没有。虽然两人是上下级关系，但看得出来太守对董平十分倚重，凡事都找董平商量，董平的建议太守也基本都采纳。唯一可能的过节也就是董平求娶太守女儿不得。在古代，一家有女百家求，求亲不允是比较常见的现象，按说不至于因此结下冤仇。但在董平的心里，却把这件事记成了大仇，一有机会就要大肆报复。换句话说，董平这个人，别人稍微冒犯他一点，他就一定要百倍千倍地让对方付出代价。梁山一百零八将，基本都杀过人，但没什么深仇大恨就能灭人满门的事，估计就董平和李逵能干出来。而且先霸占了姑娘，再把姑娘的家人全杀光的行为估计李逵也干不出来。堂堂精英人物，竟能跟一个地痞无赖出身的人做出同样的行径，甚至手段更狠更毒，宋江见此事会做何感想？

可叹智勇双全、文武兼备、风流潇洒的一代名将，竟是个见风使舵、趁火打劫、睚眦必报、心狠手辣、毫无节操的卑鄙小人。有才无德说的就是董平。为什么太守不愿意把女儿嫁给董平？很简单，董平的人品低劣肯定在日常生活中有所表现。太守怎么可能放心把女儿嫁给这样的人？太守对董平的倚重，不过是倚重其才罢了。对于他这个人，太守是不认可的。那么，董平投靠了梁山，宋江会怎么任用这个有德无才的小人呢？

宋江也是很有用人智慧的：首先，董平这样的人有才能，必须充分地把他的能力发挥出来；其次，董平这样的人睚眦必报，最好不要得罪；最后，也是最重要的一点，董平这样的人不能充分信任，人品太差，关键时刻靠不住。怎么任用董平呢？宋江给了董平很高的职位，梁山五虎将之一。相应的，却给了董平相对很低的排位，排在第十五名。或许有人会说，一百零八人排第十五不低了。但是要知道，五虎上将前四位，分别排第五、第六、第七、第八，仅次于四位高管。按说董平应该排第九才对，可是宋江才给了个第十五把交椅。显然，宋江给了董平高职位，却没有给他相应的话语权，或者换句话说，宋江根本不信任他。

董平或许意识到了自己的尴尬处境，自上梁山以来，几乎每战必先，希望能多立战功，赢得宋江的信任。赢童贯时，刺死唐州兵马都监韩天麟；战高俅时，战退了京北弘农节度使王文德；征辽国时，刺死了番将耶律国珍。征方腊时，更是在左臂受伤的情况下，私自出战方腊四大元帅之一的厉天闰，结果冷不防被厉天闰部将张韬拦腰一刀砍死。可怜风流双枪将，命丧无名小将之手。

施耐庵先生通过董平这个人物塑造了一个生动形象的有才无德的小人形象。因其有才，在哪里都能受到重视和任用，因其无德，在哪里都不受信任，都得不到长远的发展。其实董平很可惜，他有天赋有能力，创出风流双枪将的美誉。有平台有机遇，官制兵马都监已然不低。而且按原著所说，东平太守原是权臣枢密使童贯的门馆先生，是个朝中有人脉的人，如果董平能赢得太守的信任，不但能娶了太守的女儿，说不定岳父能把他推荐给童贯（枢密使类似于今天的国防部长），那时才干得以施展，想必一步登天，前途不可限量。可惜因为人品低下，并不受太守的认可，落得个落草为寇的下场，然而在贼寇圈子里也不受信任，本来有机会招安还朝，却因为贪功冒进，被无名小将一刀砍死，已然完全没有了顶尖人物的风采。

有才无德是小人，小人纵能得势于一时，终究难逃天理昭昭，不可能有什么好下场。正所谓：

说书唱戏劝人方，三条大道走中央。

善恶到头终有报，人间正道是沧桑。

15. 英雄需用武之地

——地囚星旱地忽律朱贵

忽律，是契丹语鳄鱼的意思。鳄鱼这种动物非常凶猛，据说常常潜伏于河中，猎物来河边喝水，它暗施偷袭，一口就能把猎物叼进水里。即便是老虎豹子，也很难抵挡鳄鱼这致命的一击。然而，如果鳄鱼到了岸上，多半不是陆地猛兽的对手，因为在陆地行动缓慢是它致命的弱点，同时力量也会大打折扣。所以，鳄鱼很厉害，但是旱地上的鳄鱼就不厉害了。人也是一样，有的人能力很强，但是没有施展才能的空间，也就没有什么成就了。英雄，没有了用武之地，那就不是英雄，而是旱地上的鳄鱼，有劲使不出来。水泊梁山上有一位好汉，他的外号恰恰就是旱地上的鳄鱼，他是谁呢？就是我们今天要说的：地囚星旱地忽律朱贵。

朱贵是水泊梁山的三朝元老，自从王伦时期就在梁山落草，可以说是梁山的开创者之一。他在梁山附近经营着一家小酒店，打探来往的消息。如果有来往的商队富户，他就往梁山上报信，梁山上组织人马下山抢劫。如果有落单的客商，往往朱贵直接就在店里结果了。如果有人来投靠梁山，则朱贵是引荐人，充当面试初审的角色，豹子头林冲上山就是朱贵引荐的。可见，梁山早期朱贵的角色很重要，基本上相当于首席情报官兼首席人力官。甚至可以说，朱贵对梁山发展是做过卓越贡献的。

正饮之间，只见那个穿皮袄的汉子向前来把林冲劈腰揪住，说道："你好大胆！你在沧州做下迷天大罪，却在这里！见今官司出三千贯信赏钱捉你，却是要怎地？"林冲道："你道我是谁？"那汉道："你不是豹子头林冲？"林冲道："我自姓张"那汉笑道："你莫胡说。见今壁上写下名字。你脸上文着金印，如何要赖得过！"林冲道："你真个要拿我？"那汉笑道："我却拿你做甚么！"便邀到后面一个水亭上，叫酒保点起灯来，和林冲施礼，对面坐下。

……

王伦起身说道："大官人举荐将教头来敝寨入伙，争奈小寨粮食缺少，屋宇不整，人力寡薄，恐日后误了足下，亦不好看。略有些薄礼，望乞笑留。寻个大寨安身歇马，切勿见怪。"

林冲道："三位头领容覆：小人千里投名，万里投主，凭托大官人面皮，径投大寨入伙。林冲虽然不才，望赐收录，当以一死向前，并无诈伪，实为平生之幸，不为银两赍发而来。乞头领照察。"

王伦道："我这里是个小去处，如何安着得你？休怪，休怪。"

朱贵见了便谏道："哥哥在上，莫怪小弟多言。山寨中粮食虽少，近村远镇可以去借；山场水泊，木植广有，便要盖千间房屋却也无妨。这位是柴大官人力举荐来的人，如何教他别处去？抑且柴大官人自来与山上有恩，日后得知不纳此人，须不好看。这位又是有本事的人，他必然来出气力。"

这是林冲来投奔时的情节，上山前就在朱贵的酒店里吃喝，结果朱贵（穿皮袄的汉子）把林冲认出来了："这不是在沧州犯事的豹子头林冲吗？"朱贵十分欣喜，要知道豹子头林冲可是个大师级武功高手，而且现在犯了事，有家难奔有国难投，正是拉拢入伙的好时机，赶紧把林冲请到水亭详谈。此时的朱贵还不知道林冲就是来投奔入伙的，但已经有了拉拢林冲的想法。一段小情节，起码体现了朱贵作为人力资源管理人员三个方面的优点：第一，朱贵对本行业的精英如数家珍，身居僻壤，却也知道世间有个武术家豹子头林冲；第二，朱贵心非常细，与林冲素未谋面，仅从林冲写的诗和脸上的金印就推断出此人就是威名赫赫的豹子头；第三，朱贵重视人才，且能把握时机，人才处于落魄状态，正是纳入我方阵营的好时机，赶快想办法拉拢，不能让水泊梁山错失发展的良机。

可上山以后，王伦却不愿意接纳林冲，朱贵立主把林冲留下。朱贵给出了三条理由：第一，梁山上粮食缺少，可以去附近村镇"借"，我们本来就是强盗；第二，这是咱们的投资人柴大官人推荐来的，要是不收留，岂不是驳了柴大官人的面子；第三，林冲可是大有本事的人呀，林冲加入我们了那梁山实力可就强了。这三条理由可以说对内外形势都分析得相当到位。留下林冲，费不了多少成本，却能使梁山势力大张，而不留林冲，却要得罪投资人小旋风柴进。这几条理由有理有据，留与不留，还用得着讨论吗？尽管王伦心里打着自己的小算盘，却也否定不了朱贵说的话，最后只好不情愿地把林冲留下。后文中阮氏三雄跟吴用介绍梁山时就曾说，其他人都不打紧，只是水泊里新来了一个好汉，原是东京八十万禁军教头，十分好武艺！可见，梁山真正威名远播是从林冲上山开始的。而林冲能加入梁山，朱贵是第一功臣。可以说，作为首席人力官，朱贵是非常称职的，那么作为首席情报官，朱贵做得怎么样呢？

戴宗正饥，又渴，一下把酒和豆腐都吃尽了。却待讨饭，只见天旋地转，头晕眼花，就边便倒。酒保叫道："倒了！"只见店里走出一个人来。便是梁山泊旱地忽律朱贵，说道："且把信笼将入去，先搜那厮身边有甚东西。"便有两个火家去他身上搜看。只见便袋里搜出一个纸包，包着一封书，取过来递与朱头领。朱贵拆开，却是一封家书。

见封皮上面写道："平安家信，百拜奉上父亲大人膝下。男蔡德章谨封。"朱贵使拆开，从头看去，见上面写道："见今拿得应谣言题反诗山东宋江，监收在牢一节，听候施行……"朱贵看罢，惊得呆了，半晌做声不得。

火家正把戴宗扛起来，背入杀人作坊里去开剥，只见凳头边溜下搭膊，上挂着朱红绿漆宣牌。朱贵拿起来看时，上面雕着银字，道是："江州两院押牢节级戴宗。"朱贵看了，道："且不要动手！我常听得军师说，这江州有个神行太保戴宗，是他至爱相识，莫非正是此人？如何倒送书去害宋江？这一段书却又天幸撞在我手里！火家，且与我把解药救醒他来，问个虚实缘由。"

宋江在江州题反诗被官府拿获，知府蔡德章为表功，写信给自己的父亲太师蔡京请示宋江该如何处理，送信的正是神行太保戴宗。送信途中，戴宗在朱贵的酒店吃喝，被迷药麻翻了，眼看要被杀害。这时朱贵凭经验意识到来人不是普通人，搜出戴宗身上的密信和身份证明，得到了宋江被抓的重要情报，使得梁山好汉可以及时去江州营救宋江。如果梁山不发兵，宋江恐怕难逃一死。单凭一个黑旋风李逵能劫得了法场吗？显然不能。从一定程度上说，朱贵是宋江的救命恩人。而如果宋江不上山，梁山后来也难以发展壮大。所以正是朱贵及时获取的情报，给梁山带来了巨大的发展机遇。作为梁山早期的首席情报官，朱贵也是非常称职的。

由此不难看出，朱贵是早期梁山的一个重要角色，能力很强，目光敏锐，心思缜密。虽然没有上阵拼杀的武艺，但在收集情报方面，为梁山的发展起到了巨大的作用。

然而，随着宋江上山，梁山势力迅速壮大。消极的通过一个据点来收集信息与情报已经不能满足发展需要了。梁山需要"特务"式的人物来主动打探情报。宋江是有意往这个方向培养朱贵的。

宋江道："今有李逵兄弟前往家乡搬取老母，因他酒性不好，为此不肯差人与他同去。诚恐路上有失，今知贤弟是他乡中人，你可去他那里探听走一遭。"

朱贵答道："小弟是沂州沂水县人。见有一个兄弟唤做朱富，在本县西门外开着个酒店，这李逵，他是本县百丈村董店东住；有个哥哥唤做李达，专与人家做长工。这李逵自小凶顽，因打死了人，逃走在江湖上，一向不曾回家。如今着小弟去那里探听也不妨，只怕店里无人看管。小弟也多时不曾还乡，亦就要回家探望兄弟一遭。"

宋江道："这个看店不必你忧心，我自教侯健、石勇，替你暂管几时。"朱贵领了这言语，相辞了众头领下山来，便走到店里，收拾包裹，交割面与石勇、侯健，自奔沂州去了。

李逵下山接母，宋江派朱贵暗中相助，朱贵本来是想去的，但是却放心不下自己的小酒店。我要是出去了，酒店没人看管黄了咋整？假如我是宋江，听了朱贵这话恐怕要哑然失笑。以梁山此时的实力，投资十个八个酒店也有富余，何况小酒店收集情报的价值已经大大下降了。朱贵作为梁山这么大势力集团的首席情报官，心心念念放不下的却是自己的一个小酒馆。好比一个放牛的人，突然继承了一份大产业，让他出任CEO，他却说我不能去呀，我要是当了CEO，没人放牛，我这牛饿坏了咋整？却不知道，你出任了大企业的CEO，还用在乎这一牛的得失吗？所谓驽马恋栈豆，能力不强的人往往放不下眼前的小利益。可没想到骏马有时也恋栈豆，朱贵这样有能力的人也放不下眼前的小利益，害怕自己的小酒馆没了。可见，朱贵这个人虽然目光敏锐，可是他只识小势，不识大势，眼前的事能看得很清楚很明白，但对大趋势认识不足。换句话说，朱贵本来是有能力的，但是眼界太小，只能看见眼前自己的小酒馆，而没有什么高远的见识。朱贵外号旱地忽律，也就是旱地上的鳄鱼，有能力却施展不出来。一个小小的酒馆，能有多大施展才能的空间呢？朱贵上应地囚星，囚是什么意思，一个人被框住了，有多大本事也使不出来了。而框住朱贵的是什么？是他自己的眼界和胸襟。

英雄没有了用武之地，那就不是英雄了。朱贵虽然愿意外出执行任务，却对自己的酒馆放心不下，准备执行完任务，回来继续经营自己的酒馆。宋江没办法，只好派侯健、石勇代管酒馆，等朱贵回来再把小酒馆交接给朱贵。从那以后，宋江再也没有派朱贵外出打探消息了。梁山发展中期，负责情报工作的主要是拼命三郎石秀，梁山发展后期，负责情报工作的主要是浪子燕青，朱贵不再担任首席情报官了。而且随着梁山的实力壮大，阵前收降的人越来越多，朱贵这个首席人力官的角色也失去意义了。渐渐的，朱贵就只剩下小酒馆掌柜的一个岗位了，小酒馆不再负责情报收集和人才发展工作，梁山旗下的酒馆数量也从一个变成了四个，朱贵在梁山的地位迅速下降。

有一个好汉韩伯龙，想通过朱贵投梁山入伙，可是朱贵这个时候已经没有引荐人才的资格了，只好让韩伯龙在梁山下等时机，却不想到被下山的李逵误杀了，这个小情节很多评论者认为是《水浒传》的一处闲笔，可有可无，我却不这么认为，《水浒传》这样的名著哪有闲笔？这个情节充分体现了朱贵在梁山地位的下降。最初朱贵想拉林冲入伙，王伦不想接纳林冲，朱贵有资格跟王伦据理力争，而后来呢，朱贵想拉韩伯龙入伙，恐怕连想见宋江一面都费劲了。梁山排座次，朱贵排在了第92位，俨然成了梁山上一个有没有都行的角色。堂堂梁山朱首席，混成了传达室朱大爷。

或许在朱贵的心里，只要守住小酒馆就行吧。可是树欲静而风不止，梁山要招安了。朱贵是支持招安的还是反对招安的呢？估计是反对招安的，但是无论他支持和反对都已经不重要了，因为在梁山上，已经没有他说话的份了，决策层不会考虑他的意见。朱贵只能跟着招安了，小酒馆也就没了。最后朱贵随同梁山大军征讨方腊，在杭州病死了，死得毫无存在感。

鳄鱼只有到了水里，才能发挥出自己的能力，旱地忽律是没有什么作为的。施耐庵先生通过朱贵这个人物告诉我们：英雄也需要用武之地，但在寻找用武之地之前，要先提升自己的眼界和格局，不要被眼前的小利益所拖累，先认识到自己是个英雄，然后像英雄一样去思考。这样，才能成为真正的英雄。

16. 机关算尽太聪明
——天机星智多星吴用

在中国古代文学作品中，经常会出现一类人物形象——谋士。比如《三国演义》中的诸葛亮、郭嘉；《隋唐演义》中的魏徵、徐茂公；《大明英烈》中的刘伯温等等。这类人往往足智多谋，料事如神，运筹帷幄之中，决胜千里之外，使故事情节异常精彩。《水浒传》中，当然也有这类形象。水泊梁山上也有一位智谋过人的军师，他以智多星为外号，擅长奇谋妙计，是宋江手下第一号得力的助手。然而有意思的是，他的名字叫吴用。吴用，无用，就是没用的意思。要知道，诸葛亮、徐茂公、刘伯温这些军师可都是国家的栋梁之才。怎么到了《水浒传》里，施耐庵给足智多谋的军师起名叫没用呢？吴用这个智多星到底有用还是没用呢？这正是我们要分析的：

> 两个都收住了朴刀。跳出圈子外来，立了脚，看那人时，似秀才打扮，戴一顶桶子样抹眉梁头巾，穿一领皂沿边麻布宽衫，腰系一条茶褐銮带，下面丝鞋净袜，生得眉目清秀，面白须长。
>
> 这人乃是智多星吴用，表字学究，道号加亮先生，祖贯本乡人氏；手提铜链，指着刘唐，叫道："那汉且住！你因甚和都头争执？"刘唐光着眼看吴用道："不干你秀才事！"雷横便道："教授不知，

这厮夜来赤条条地睡在灵官殿里，被我们拿了这厮，带到晁保正庄上，原来却是保正的外甥，看他母舅面上，放了他。晁保正请了酒，送些礼物与我，这厮瞒了他阿舅，直赶到这里问我取，你道这厮大胆么？"吴用寻思道："晁盖我都是自幼结交，但有些事，便和我商议计较。他的亲眷相识，我都知道，不曾见有这个外甥。亦且年甲也不相登。必有些蹊跷，我且劝开了这场闹却再问他。"

赤发鬼刘唐投奔晁盖，半路上被都头雷横当成贼抓了起来。晁盖讲义气，虽然与刘唐素不相识，但听说刘唐是来投奔自己的，就给雷横送了十二银子的贿赂，谎称刘唐是自己的外甥。雷横自然也就给了晁盖这个面子，把刘唐放了。一见面就让晁盖破费了十二银子（这在当时可不是个小数），刘唐感觉很没面子，趁着雷横没走远追上了雷横，想把十二银子要回来，雷横自然不给，两个人动起手来。正在打得难解难分的时候，吴用出场了。

戴一顶头巾，穿一领宽衫，腰系銮带，下面丝鞋净袜，典型的文人书生打扮，是个教书先生，用今天的话说，就是民办教师。按说书生对于厮杀打斗是不感兴趣的，但吴用这时似乎对刘唐和雷横动手很感兴趣，加入战团隔开两人，准备做个和事佬。刘唐是个莽夫，直接把吴用怼了，"不干你秀才事！"但雷横对吴用却很客气，把事情前前后后给吴用简述了一遍。事情很简单，就是十二银子的纠纷，但吴用却意识到事情的背后有文章。晁盖的亲属吴用都有所了解，不曾听说过有这个外甥。晁盖能花十二银子搭救于他，而他又竟敢跟都头动手，用现在的话说，刘唐竟敢公然袭警，打的还是公安局长。可见这个赤发鬼很有价值（具体什么价值，我们后面再分析）。这时晁盖也赶来了，劝开了刘唐和雷横，看在晁盖的面子上，雷横不再计较，带着人走了。吴用对晁盖说，您这个外甥武艺当真厉害，连插翅虎雷横也不是他的对手。其实两个人打了几十个回合，未分高低上下，吴用这么说自然是在晁盖的面前给刘唐脸上贴金。闹了这一场，刘唐本已大失面子，吴用这句话，让他脸上好看了不少，想必此时刘唐内心里对吴用是万分感激的。不过晁盖没留意这些细节，直接请吴用到庄上有事商量，吴用应允，回到书馆给学生们放了假，之后来到了晁盖的庄上。

小小的一个情节，简单描绘出吴用这个人的形象，知识分子，外表不俗，心思细腻，精通世故，而且在当地有一定的威望，跟保正晁盖是挚交好友，都头雷横也对他非常客气。只是有一点，吴用对自己的本职工作似乎不太上心，自己去朋友家做客，干脆给学生发假。为什么会这样呢？我们后面再说。总之，不出吴用所料，果然有大事要发生，什么大事呢？抢劫生辰纲。

　　吴用问道："保正，此人是谁？"晁盖道："此人江湖上好汉，姓刘名唐，是东潞州人氏。因有一套富贵，特来投奔我，夜来他醉卧在灵官庙里，却被雷横捉了，拿到我庄上。我因认他做外甥，方得脱身。他说有北京大名府梁中书，收买十万贯金珠宝贝送上东京与他丈人蔡太师庆生辰，早晚从这里经过，此等不义之财，取之何碍？他来的意正应我一梦。我昨夜梦见北斗七星直坠在我屋脊上，斗柄上另有一颗小星，化道白光去了。我想星落本家，安得不利？今早正要求请教授商议此一件事若何。"

　　吴用笑道："小生见刘兄赶来跷蹊，也猜个七八分了。此一事却好。只是一件：人多做不得，人少又做不得；宅上空有许多庄客，一个也用不得。如今只有保正、刘兄、小生三人，这件事如何团弄？便是保正与刘兄十分了得，也担负不下。这段事，须得七八个好汉方可，多也无用。"晁盖道："莫非要应梦中星数？"吴用便道："兄长这一梦也非同小可。莫非北地上再有扶助的人来？寻思了半晌，眉头一纵计上心来，说道："有了！有了！"

刘唐来投奔晁盖带来了大名府即将运送生辰纲的情报，希望晁盖挑头把生辰纲抢了。晁盖同意这个想法，吴用更是双手赞成，抢劫生辰纲的决定就这么做出了。然而做这件大事只有三个人显然是不够的，需要再拉几个人进来。吴用提出，晁盖庄上的庄客一个也用不得，需要请其他好汉入伙。为什么晁盖庄上的庄客不行呢？想想看也简单，庄上的庄客都是给晁盖打工的，基本上都是本分过日子的老实人，抢劫生辰纲那可是要掉脑袋的事，找这些本分过日子的人干显然不行，得找那些胆大不要命的亡命徒才行。找谁呢？吴用推荐了三个人：阮小二、阮小五、阮小七——阮氏三雄。

阮氏兄弟到底是不是三雄我们以后专门讲，总之，不出吴用所料，抢劫生辰纲这件事阮氏兄弟非常愿意参加。阮小七甚至高兴地直蹦，大叫"我一世的指望，今日还了愿心"。有了阮氏兄弟的加入，抢劫生辰纲团队壮大了。这时，入云龙公孙胜也赶来加盟。

晁盖道："不敢拜问先生高姓？贵乡何处？"那先生答道："贫道复姓公孙，单讳一个胜字，道号一清先生。贫道是蓟州人氏，自幼乡中好习枪棒，学成武艺多般，人但呼为公孙胜大郎。为因学得一家道术，善能呼风唤雨，驾雾腾云，江湖上都称贫道做入云龙。贫道久闻郓城县东溪村晁保正大名，无缘不曾拜识。今有十万贯金珠宝贝，专送与保正作进见之礼。未知义士肯纳受否？"晁盖大笑道："先生所言，莫非北地生辰纲么？"那先生大惊道："保正何以知之？"晁盖道："小子胡猜，未知合先生意否？"公孙胜道："此一套富贵，不可错过！古人云：当取不取，过后莫悔。保正心下如何？"

正说之间，只见一个人从阁子外抢将入来，劈胸揪住公孙胜，说道："好呀！明有王法，暗有神灵，你如何商量这等的勾当！我听得多时也！"吓得这公孙胜面如土色。

……

当时公孙胜正在阁儿里对晁盖说这北京生辰纲是不义之财，取之何碍，只见一个人从外面抢将入来揪住公孙胜，道："你好大胆！却才商议的事，我都知了也！"那人却是智多星吴学究。

入云龙公孙胜是《水浒传》全书的一个非常重要的人物，后来水泊梁山四大高管之一。他的加入，使抢劫生辰纲团队直接上了一个档次。其实以公孙胜的本事，自己一个人就能把生辰纲劫了，为什么要跟晁盖等人合作呢？这个问题我们将讲公孙胜的时候细说。这里只说公孙胜加入时的一个小细节：公孙胜跟晁盖一见面就说起了有十万贯珠宝送给你做进见之礼，晁盖说你说的是北京的生辰纲吧，公孙胜说对呀，这笔财富可不能错过呀。这时，吴用突然冲了出来，揪住公孙胜说，好呀，你居然敢做犯王法的事，你的事我都知道了，等着打官司吧。

吴用他们正在筹划抢劫生辰纲的事，为什么来了一个加盟者，要演这么一出呢？想想也简单，公孙胜这个人气质不俗，武艺也高（打倒了晁盖庄上的十几个庄客），跟刘唐和阮氏兄弟这些头脑简单的大老粗不同，你咋知道他是不是公安的卧底，是不是梁中书或蔡京养的门客，是不是安全局的地下工作者。晁盖这个人豪爽仗义、胸襟坦荡，甚至坦荡的有点过头了，抢劫生辰纲是掉脑袋的大事，怎能随随便便跟一个刚认识的人说起。眼看晁盖要说出"我们正商量这个事呢"，吴用赶紧跳出来，诈公孙胜一下，结果公孙胜吓得面如土色，这才放心。经过这个小插曲，吴用对公孙胜放了心，另一方面恐怕对晁盖多少有点失望。晁盖当老大，魅力是有的，威望也是有的，但是智谋就略显不足了，心不够细，也不够谨慎，后来吴用另投其他老大，多半从这个时候起就埋下了伏笔。

不过这个时候，吴用即便对晁盖有失望，也只是微微的一点失望。不妨碍智取生辰纲计划的实施。七个人拜了把兄弟，智取生辰纲梦之队风风火火地成立起来了，吴用设计了一个巧妙的计划，《水浒传》的精彩情节之一，智取生辰纲就此上演了。前面已经说过，杨志带队的押运生辰纲团队到了黄泥岗的时候已经是离心离德，吴用等人取生辰纲如同探囊取物一样容易。这里值得一提的是，在吴用的计划里又拉进来一个人——白日鼠白胜，这个人的加入直接影响了后来事态的发展方向。

为什么说白胜会影响事态的发展方向呢？想想看，白日鼠白胜是什么人？用现在的话说，是个二混子。不务正业，天天就是喝酒、赌博。这样的人，往往是在当地公安机关挂了号的。一般来说，一个地区发生了重大刑事案件，公安机关首先要进行摸排，就是对当地的无业人员，有前科劣迹的人员逐一排查一遍。白胜这样的人正是被排查的重点。做"智取生辰纲"这样的大案让白胜参加，太容易暴露了。而且白胜这样的人也没什么太大的义气，一旦暴露了是肯定会把其他人都咬出来的。果然，后来事态就是这样发展的，很快白胜就暴露了，而且被抓不久，白胜就把晁盖供了出来，智取生辰纲事发了。

很多《水浒传》的评论者指出，智取生辰纲计划有着明显的漏洞，体现出吴用的智谋不足，考虑不周。我认为，抱着这种观点的评论者根本就没看懂吴用。

晁盖问吴用道："我们事在危急，却是怎地解救？"吴学究道："兄长，不须商议。三十六计，走为上计。"晁盖道："却才宋押司也教我们走为上计。却是走那里去好？"吴用道："我已寻思在肚里了。如今我们收拾五七担挑了，一齐都奔石碣村三阮家里去。今急遣一人先与他弟兄说知。"晁盖道："三阮是个打鱼人家，如何安得我等许多人？"吴用道："兄长，你好不精细！石碣村那里一步步近去便是梁山泊。如今山寨里好生兴旺，官军捕盗，不敢正眼儿看他。若是赶得紧，我们一发入了伙！"晁盖道："这一论极是上策！只恐怕他们不肯收留我们。"吴用道："我等有的是金银，送献些与他，便入伙了。"晁盖道："既然恁地商量定了，事不宜迟！……"

说实话，吴用不怕事发，怕的是事不发。吴用其实早就计划好了，准备投梁山入伙。智取生辰纲只不过是个引子，靠晁盖的威望拉一伙人上梁山才是真正的目的。利用白胜不是吴用的失策，恰恰是吴用下的最妙的一步棋，很快让智取生辰纲这件事暴露了，晁盖走投无路，只好带着众兄弟上梁山。回到开篇那个问题，吴用一见刘唐为什么觉得刘唐这个人很有价值呢？很简单，刘唐这种敢公然袭警的人，肯定是要拉着晁盖干违法的事，晁盖如果干了违法的事就有机会一步一步逼他带人上梁山。或许有人会问，吴用为啥非要上梁山呢？这是一个值得思考的问题。

上梁山的大多数是犯了罪迫不得已落草为寇的人，征剿梁山失利不敢回朝复命的人，或者本来就是强盗的人。但此时的吴用显然不符合这几种情况。吴用这个时候还没有犯罪，有稳定的工作（门馆先生）做，社会地位明显不低（都头雷横对吴用十分客气），这样的人为什么会有上山当强盗的念头呢？我个人的观点认为，吴用有更高远的志向。什么志向呢？看看吴用的道号——加亮先生。大胆推测一下，吴用觉得自己的才干超过了三国年间的诸葛亮，也应该封侯拜相，名垂青史才行。稳定的工作，不错的社会地位对于普通人来说是有可能安于现状的，但对于吴用这种有大志向的人来说却是远远不够的。他会觉得自己怀才不遇，他要的是身居高位、出类拔萃、鳌里夺尊。而这些怎么能得来呢？科举应试？吴用这种好交际爱热闹的人想必受不了十年寒窗苦。那怎么办呢？吴用给自己选了一条捷径——要做官，杀人放火受招安。

其实吴用早就把这条路构思好了。按说吴用这样的人，应该跟阮氏三兄弟这样的人没什么太大的交集。但是他们之间关系相当好，为什么呢？只有一种解释，吴用早就有意识结交这些胆大不要命的人，将来有机会要利用这些人，果不其然，智取生辰纲就用上了。而且前面提到过，吴用对自己的本职工作非常不上心，自己出去串门直接给学生放假（现在学校的老师如果这样早被清出教师队伍了）。吴用根本就没想好好当个老师，他知道，当老师是暂时的，将来要去干大事，所以教课对付对付就得了。将来有个机会，我就去当山大王了，等我实力足够了，我就招安入朝当大官了。想必吴用对自己的计划相当自信，那么他的计划能成功实施吗，加亮先生能如愿以偿超过卧龙诸葛亮吗？

智取生辰纲后，七兄弟顺利上梁山落草。不但如此，吴用还巧妙地激化梁山的内部矛盾，挑唆豹子头林冲火并王伦，把晁盖推上了梁山一把手的位置。至此，吴用计划的第一步实现了。下一步就是利用晁盖的威望，多拉人入伙，提升梁山的实力和影响力，最后跟朝廷谈判，招安受封就好了。然而，下一步计划却遇到了障碍，什么障碍呢？我们前面已经简单提了一下，这个障碍正是吴用给自己选定的老大——晁盖。

晁盖这个人我们分析过，很仗义，威望很高，有大哥风范。但是对于实现吴用的理想却帮助不大，为什么呢？第一，前面已经说过了，晁盖不够心细谨慎，智谋不足。第二，晁盖遇事不够沉着冷静，虽有大哥风范，没有领袖气质。一听说智取生辰纲事发，吓得六神无主，全靠吴用安排。第三，也是最重要的一点，晁盖胸无大志，或者说晁盖没有像吴用那样对体制内的渴望。晁盖上梁山是一时走投无路，上了梁山也是今朝有酒今朝醉，没想过未来如何，下一步该怎么办。官军来征剿，我们就跟他干，官军不来征剿，我们就关起门来喝酒吃肉过快活日子。这日子或许是刘唐、阮氏兄弟等人梦寐以求的，却万万不是吴用想过的。

吴用想的是如何扩大梁山的实力，提高跟朝廷谈判的筹码，显然梁山的最高领导晁盖对吴用这个发展战略并不感冒。那吴用该怎么办呢？吴用不愧是智多星，很快就想到了一个完美的解决办法，给梁山另找一个老大，让这个人架空晁盖，成为梁山的实际领导，把握梁山的发展方向。又恰好是这个时候，一个特别合适的人选出现了，大家都知道，这个人就是宋江。

宋江是《水浒传》全书的核心人物。这个人物以后我们要着重分析，这里主要讲吴用，宋江就简单的讲一讲。对吴用来说，宋江和晁盖相比有三大优势，第一，宋江在江湖上的威望比晁盖更高，影响力比晁盖更大；第二，宋江沉着冷静，胆大心细，领袖才能远在晁盖之上；第三，宋江跟吴用有着共同的理想，通过招安换取高官厚禄。有这三条优势，宋江是最合适的老大。因此，宋江一上山，吴用就投入了宋江的麾下，辅助宋江一步步成为了梁山的实际领导。要知道，自宋江上山以后，再上山的人基本都是看宋江的面子投奔的，都是宋江的拥护者。梁山议事时，宋江只要一表态，众兄弟就轰然响应，晁盖渐渐的成为了一个名义上的领导，失去了对梁山的控制权。不久之后，晁盖在曾头市中箭而死，宋江理所当然的加冕，成为了梁山之主。

宋江上台，吴用真正的如鱼得水了。宋吴两人太默契了，已经达到了心照不宣的境界。作为梁山的一号人物和三号人物，两个人给梁山设计的发展战略也完全相同。不断拉有影响力的人入伙，扩大势力，跟朝廷作战，然后谈判，然后再作战，再谈判，反复讨价还价，给自己换一个满意的官位。两个人的做事风格也是极其相似，都是为了达到自己的目的无所不用其极，不惜使用各种阴谋诡计卑鄙下流的手段，不惜杀伤人命流血牺牲。

举两个曾经说过的小例子：拉朱仝入伙，当时朱仝正在帮自己的领导带孩子，吴用拖住朱仝，让李逵去把朱仝看的孩子带到一边杀了，彻底断了朱仝的后路。领导的孩子让你看着，结果孩子死了，你还有脸回去见领导吗？走吧，跟我上梁山入伙吧。再说拉李应入伙，把李应骗出来，另派一伙人去把李应家一把火烧了。等李应表示想回家时才告诉李应，你还哪有家了，你家都被我们烧光、抢光了，你就留在山上吧。这类卑鄙无耻的手段，宋江和吴用屡屡使用，又屡屡得手。

晁盖便叫道："前面那好汉莫不是黑旋风？"那汉那里肯应，火杂杂地抡着大斧只顾砍人。晁盖便叫背宋江、戴宗的两个小喽罗，只顾跟着那黑大汉走。当下去十字街口，不问军官百姓，杀得尸横遍地，血流成渠。推倒颠翻的，不计其数。众头领撇了车辆担仗，一行人跟了黑大汉，直杀出来。背后花荣、黄信、吕方、郭盛，四张弓箭，飞蝗般望后射来。那江州军民百姓谁敢近前。这黑大汉直杀到江边来，身上血溅满身，自在江边杀人。晁盖便挺朴刀，叫道："不干百姓事，休只管伤人！"那汉那里来听叫唤，一斧一个，排头儿砍将去。

几乎每次梁山征战，都伴随着血腥的屠杀，城池一破，就灭了地方官员的满门。那个黑旋风李逵，就是个不折不扣的杀人魔王，平民百姓也屠杀过不少。对于这些，晁盖在的时候，多少有些管束。而晁盖去世之后，宋江和吴用是默许的，甚至他们是暗中支持的。他们就是要让官府提起梁山就吓得吃不香睡不好，这才有跟朝廷讨价还价的筹码，才能换来更大的官印。

说到底，吴用是什么样的人？足智多谋但心术不正的人、缺乏仁爱之心行事心狠手辣的人。他为了达到自己的目的机关算尽，不惜牺牲别人来满足自己，用别人的身家性命搭建自己权力的高台，毫无节操和下限。他设计白日鼠白胜暴露智取生辰纲的事，会想不到白胜要受到严刑拷打吗？他架空晁盖时，想到七星聚义结拜时说的话了吗？他设计拉朱全入伙时，会不会惋惜一条无辜的小生命就这么被残害了？每次梁山出征杀的血流成河，他会不会感觉自己杀业太重，心生悔意？显然，不会，他只会高兴，只会觉得距离他的大目标又近了一步，只会满心欢喜地设计下一步计划。

当然，吴用确实有能力，有智谋，加上他毫无下限地使用阴谋诡计，在他和宋江的努力之下，梁山事业越做越大，发展到后期，水泊梁山有好汉一百零八人，几万喽兵，能够击退十几万朝廷的征剿大军，甚至生擒活捉殿帅府太尉高俅。梁山的实力确实已经足够大了。那么，吴用和宋江用生命和鲜血搭起的天梯能把他俩送上权力的高台吗？

不能。梁山招安以后，朝廷先后派他们出征大辽，征讨方腊，梁山众兄弟损失惨重。得胜还朝受封，宋江确实封了个不小的官，可是官没当多久，就被朝廷一杯毒酒灌死了。吴用呢，封了个承宣使。有点类似于今天的储备干部，有级别，没岗位。待岗，什么时候有岗了什么时候上任。储备干部想熬到有岗有那么容易吗？朝中有人能提拔吴用吗？几大权臣蔡京、高俅、童贯，都跟吴用有仇，不找吴用的麻烦已经不错了。去找还朝为官的关胜、呼延灼呢？说句不好听的，吴用去这两人家敲门，人家都不一定开。当初就不是一类人，为了共同的招安目标暂时共事了一段时间而已，现在回归各自本来的生活了，还有什么交情可讲？再说，你是个什么样的人，大家心里都有数。

> 吴用安排祭仪，直至南门外蓼儿，寻到坟莹，置祭宋公明、李逵，就于墓前，以手揾其坟冢，哭道："仁兄英灵不昧，乞为昭鉴。吴用是一村中学究，始随晁盖，后遇仁兄，救护一命，坐享荣华。到今数十余载，皆赖兄之德。今日既为国家而死，托梦显灵与我，兄弟无以报答，愿得将此良梦，与仁兄同会于九泉之下。"

吴用最后的结局很凄惨，在宋江的坟前自尽了。不难推测当时吴用的心情。自己一辈子煞费苦心的积累，最后什么也没得到。根本没封上什么像样的官，每天还得提心吊胆，一方面怕蔡京、高俅找自己的麻烦，另一方面也怕朱仝、李应来找自己报当年之仇。当然，蔡京、高俅身居高位，没必要跟你个小小的承宣使过不去，李应、朱仝也都是胸襟宽广之人，绝不会再来报复一个落魄之人。可是，自君子看来，天下滔滔皆是君子，小人眼中，天下无一不是小人。在吴用心中，这些人都是睚眦必报的人，随时有可能来戕害自己，恐怕每天吓得饭也吃不下，觉也睡不好，惶惶不可终日。这时他想起了大哥宋江，自己一生中最幸福的时光就是在梁山辅佐大哥宋江的时候，然而现在大哥宋江也死了。活着还有什么意思？不如赶快死了，九泉之下去找大哥吧。机智多谋的智多星就这么陨落了。

说到这，大家明白为什么智多星叫"无用"了吧。论智谋，吴用称得上是智多星。可惜，机关算尽太聪明，他有理想，有抱负，有智谋，有才干，却偏偏缺少了仁爱之心，为达自己的目的不择手段，结果用别人的生命和鲜血筑起的高台轰然倒塌，自己摔了个粉身碎骨。这些智谋还有用吗？真是无用。无用啊，吴用。

我们已经分析过一个有缺陷的知识分子了，白衣秀士王伦。吴用是又一个有缺陷的知识分子。王伦的缺陷是心胸狭隘，吴用的缺陷更严重，是心术不正。他本是个教书先生，应该常常研读四书五经、儒家经典，然而却把儒家仁爱、礼义等精髓弃如敝履，天天琢磨的是阴谋诡计，厚黑哲学，买椟还珠说的就是吴用这样的人吧。

说到这，吴用这个人物形象或许有更深的意义。对于一个人的发展来说到底是仁爱礼义有用，还是那些阴谋诡计有用呢？中国人历来传承的忠孝仁义的大节到底是给人洗脑的呢，还是助人修身发展的呢？这个大命题，讨论了不下上千年了，我肯定回答不了，也不敢回答，这里只从一个侧面谈谈我个人的看法吧：

我在小的时候读《水浒传》，产生过一个疑问，后期水泊梁山实力那么强大，能击败朝廷的十几万大军，为什么宋江非要招安呢？他直接跟大宋朝廷一决雌雄，黄袍加身当皇帝不好吗？后来我渐渐明白了，梁山不具备推翻朝廷的条件和能力。军师吴用虽然有智，却不是经世济国的栋梁之才。我们前面说过了，吴用读经学史想必不少，但他从中学会的是怎么出鬼点子玩手段，真正定国安邦、富民强兵的谋略他一点边都没摸着。这里就提一点，梁山屯田吗？不屯。那梁山几万人吃什么呀，靠抢。水泊梁山兵强马壮，钱粮一伸手就能抢来，可是民心呢？也失了。宋江、吴用天天研究阴谋诡计，眼界越研究越窄，越来越只能看见眼前的利益，根本没有了长远之计。可笑的是，吴用还称加亮先生。诸葛亮是大智慧，吴用最多算是小聪明，别说比诸葛亮，只怕连那个被很多史学家认为是小人的法正也能甩出吴用一条街。

或许有人会问，梁山上那么多人，真没有栋梁之才吗？当然有！入云龙公孙胜堪破世相，是仙；花和尚鲁智深率性无心，是佛；美髯公朱全赤胆忠心，是大气节；扑天雕李应和而不流，是大格局。假如宋江能让这些人诚心出力，任用贤良，招纳义士，高举锄暴政、诛奸党的义旗，未必不能和内忧外患的大宋朝廷一决高下。可是宋江心心念念想的都是怎么跟朝廷讲条件，重用的人呢？智多星吴用擅用阴谋、大刀关胜忠义招牌、豹子头林冲薄情寡义、霹雳火秦明有力无脑、双枪将董平心狠手辣、黑旋风李逵杀人魔王。这样一个团队，纵然能得势于一时，最终绝逃不过身败名裂的下场。值得一提的是，公孙胜、鲁智深、朱全、李应，最后可都是好下场。到底仁爱礼义有用，还是厚黑手腕有用，各位读者自己品吧。

17. 好风凭借力　步我上青云

——殿帅府太尉高俅

阶级固化，是一个古往今来经常被热议的话题。通常认为，一个底层出身的人，想要实现阶级飞跃，进入贵族阶层是极其困难的，但也绝不是不可能的。《水浒传》中就有一个人物，社会底层出身，却能一跃成为大宋朝国家级高层管理者。他是谁呢？他就是《水浒传》头号反面人物殿帅府太尉高俅。他凭借什么实现的人生飞跃呢？我们一点一点来分析：

> 且说东京开封府汴梁宣武军便有一个浮浪破落户子弟，姓高，排行第二，自小不成家业，只好刺枪使棒，最是踢得好脚气毬。京师人口顺，不叫高二，却都叫他做高毬。后来发迹，便将气毬那字去了"毛傍"，添作"立人"，改作姓高，名俅。这人吹弹歌舞，刺枪使棒，相扑顽耍，亦胡乱学诗书词赋；若论仁义礼智，信行忠良，却是不会，只在东京城里城外帮闲。因帮了一个生铁王员外儿子使钱，每日三瓦两舍，风花雪月，被他父亲在开封府里告了一纸文状，府尹把高俅断了二十脊杖，送配出界发放，东京城里人民不许容他在家宿食。

首先我们有必要说一下，我们分析的高俅是《水浒传》里的高俅，而不是历史上的高俅。历史上的高俅曾给大文豪苏轼当过秘书，想必文字撰写能力超群，甚至还有过军功，这跟施耐庵先生塑造的高俅形象有很大的差异。我们解读的是文学作品《水浒传》里的人物形象"高俅"，而不是点评历史人物高俅，不能混为一谈。

《水浒传》里高俅是什么出身呢？浮浪破落户子弟。说白了，就是个市井混混。不过高俅不是普通混混，而是高级混混，也就是所谓的帮闲。帮闲跟普通混混不一样，普通混混不务正业，游手好闲，天天混荡在街面上，而帮闲是有自己的主业的。什么主业呢？陪玩。古代大户人家的少爷身边往往得有几个帮闲的，平时少爷有事了帮少爷跑跑腿，古装电视剧里常见的狗腿子就是帮闲。但高俅可不只是跑腿这么简单，他主要是陪少爷玩，少爷也愿意找高俅陪自己玩，因为高俅会玩，玩得好。用书中的话说，是吹弹歌舞，刺枪使棒，相扑顽耍，诗书词赋无所不会，这些还不算，最擅长的是踢球。试想一下，一个大户人家的少爷，从小家庭管教甚严，没怎么出门玩耍过，等到长大了，有了点自由以后，出门也不会玩，甚至有钱都不知道该怎么花。这时候高俅来了，今天陪少爷听歌观舞，探讨点诗词歌赋，明天陪少爷玩点杂耍，练几下枪棒，后天教少爷踢踢球，施展一下球技，大后天陪少爷喝点酒，逛逛青楼。玩什么高俅都能玩明白，你说高俅能不受少爷的宠爱吗？肯定是受宠的。

高俅就曾在东京城里王员外家帮闲，陪着王员外的儿子天天吃喝嫖赌玩，王员外的儿子很开心，王员外可不开心了。老这么玩下去，花钱如流水不说，自己的儿子就被高俅带坏了，玩野了。怎么办呢？王员外把高俅告到官府去了，结果官府给高俅判了个脊杖二十，不许他在东京继续帮闲。高俅没办法，只好去投靠淮西的一个赌场的老板柳世权，给柳老板当马仔，一住就是三年。三年后正赶上哲宗皇帝大赦天下，高俅不许在东京帮闲的处罚也得到了赦免。高俅觉得以自己的本事，还是要到东京去发展，所以辞别柳老板，准备回东京去。柳老板做事也很够意思，写了一封书信，推荐高俅到京城的一个开药店的董老板家去帮闲。

  董将仕一见高俅，看了柳世权来书，自肚里寻思道："这高俅，我家如何安得着遮着他？若是个志诚老实的人，可以容他在家出入，也教孩儿们学些好；他却是个帮闲破落户，没信的人，亦且当初有过犯来，被断配的人，旧性必一肯改，若留住在家中，倒惹得孩儿们不学好了。待不收留他，又撇不过柳大郎面皮。"当时只得权且欢天喜地相留在家宿歇，每日酒食管待。住了十数日，董将仕思量出一个路数，将出一套衣服，写了一封书简，对高俅说道："小人家下萤火之光，照人不亮，恐后误了足下。我转荐足下与小苏学士处，久后也得个出身。足下意内如何？"高俅大喜，谢了董将仕。

  董将仕使个人将着书简，引领高俅迳到学士府内。门吏转报。小苏学士出来见了高俅，看了来书。知道高俅原是帮闲浮浪的人，心下想道："我这里如何安着得他？不如做个人情，他去驸王晋卿府里做个亲随；人都唤他做小王都太尉，他便欢喜这样的人。"当时回了董将仕书札，留高俅在府里住了一夜。次日，写了一封书呈，使个干人送高俅去那小王都太尉处。

  这太尉乃是哲宗皇帝妹夫，神宗皇帝的驸马。他喜爱风流人物，正用这样的人；一见小苏学士差人持书送这高俅来，拜见了便喜；收留高俅在府内做个亲随。自此，高俅遭际在王都尉府中，出入如同家人一般。

高俅来到董老板家，董老板了解了高俅以往的经历，深感高俅不能留在家中，倘若留在家中，恐怕把自己的孩子都带坏了。怎么办呢？董老板写了一封信，把高俅推荐给了小苏学士。小苏学士也觉得自己家安不得高俅这个浮浪帮闲的人，又把高俅推荐给了小王都太尉。

高俅被从这推荐到那，又从那推荐到另外的地方，都不愿意把高俅留在身边，但是又都不敢得罪高俅。为什么会这样呢？首先，高俅这样的人如果留在家里会败坏家风。董老板不愿意收留高俅就是因为怕"惹得孩儿们不学好了"。所以，都不愿意把高俅留在自己家里。那为什么都不敢得罪高俅，而像送神一样把他送走呢？说来也简单，无论是董老板还是苏学士，他们都明白，高俅这样的人是很可能有一天发迹的。

高俅是风流人物，而当时高层人物十分青睐这一类人。我们知道，一个时代如果经济比较繁荣，那么文艺事业是一定会兴盛的。高俅所在的时代虽然国家内忧外患已经初露端倪，但是总地来说，经济是很繁荣富裕的。名画《清明上河图》描述的就是那个时期东京城繁华热闹的图景。这一环境下，文艺娱乐事业是一定兴盛的。大文豪苏轼、书法家蔡京都是那个时代的人，后来的徽宗皇帝本人也是一位艺术大家。而文艺繁荣的时代，擅长文艺的风流人物是特别受高层人物欢迎的。高俅从药铺老板家到学士府，再从学士府到都尉府，再到后来的端王府。看似是不断地被推出去，实际上是平台越来越大了。每个人都往自己上一个层次的人物那推荐高俅，就是因为越到高层越喜欢高俅这样的人。推荐到小王都太尉那的时候，书中还专门提了一句"他喜爱风流人物，正用这样的人"。当然，高俅的才艺真正得到施展还不是在都太尉府，而是在端王府。

那高俅见气球来，也是一时的胆量，使个"鸳鸯拐，"踢还端王。

端王见了大喜，便问道："你是甚人？"高俅向前跪下道："小的是王都尉亲随；受东人使令，送两般玉玩器来进献大王。有书呈在此拜上。"端王听罢，笑道："姐夫真如此挂心？"高俅取出书呈进上。端王开盒子看了玩器。都递与堂候官收了去。

那端王且不理玉玩器下落，却先问高俅道："你原来会踢气球？你唤做甚么？"高俅叉手跪覆道："小的叫高俅，胡乱踢得几脚。"端王道："好，你便下场来踢一回耍。"高俅拜道："小的是何等样人，敢与恩王下脚！"端王道："这是齐云社，名为天下圆，但踢何伤。"高俅再拜道："怎敢。"三回五次告辞，端王定要他踢，高俅只得叩头谢罪，解膝下场。才几脚，端王喝采，高俅只得把平生本事都使出来奉承端王，那身分模样，这气球一似鳔胶黏在身上的！端王大喜，那肯放高俅回府去，就留在宫中过了一夜；次日，排个筵会，专请王都尉宫中赴宴。

　　小王都太尉送给端王两件玉器，派高俅给端王送去。也是高俅时来运转，送玉器的时候，端王正在踢球。更巧的是，高俅在旁边等着的时候，球正好向他飞过来了。这大好机遇高俅焉能放过，当下施展自己的高超球技，把端王深深地吸引了。这样的人物一定得留在自己身边呀，干脆当天就没放高俅回都尉府，第二天请王都尉到宫里赴宴，直截了当地跟王都太尉说，这个踢球的人才我很喜欢，送了给我做亲随行不行？王都太尉自然十分欣喜，把高俅当成一份厚礼送给了端王。（王都太尉多半早就预料到高俅会讨端王的喜欢，否则为什么专派高俅去送玉器呢？）从此，高俅成了王爷身边的亲随，天天陪王爷踢球玩耍，甚是快活。过了一段时间，年仅二十五岁的哲宗皇帝驾崩，却又没有太子，只能由和哲宗同为神宗皇帝嫡子的弟弟，也就是端王继承皇位。那个高俅每天陪着踢球的王爷，登基称帝了，就是历史上大名鼎鼎的宋徽宗。高俅真正发迹的机会到了。

　　这里简单说几句宋徽宗，曾有史学家评论过徽宗皇帝，认为他"诸事皆能，独不能为君耳。"说白了，这人哪都好，就是不适合当皇帝。这句话是很有道理的，徽宗赵佶是个了不起的艺术家，独创的瘦金书开创了书法的一大流派，同时他也是工笔画的创始人，在书画艺术史上都有着相当高的地位。然而，他也确实不是个好皇帝，在位期间重用奸臣，国力衰落，靖康之耻就发生在徽宗钦宗时期。其实这也很正常，徽宗赵佶在登基以前，从来就没受过当皇帝的训练，也从来就没想过自己有一天能当皇帝，更从来没有过宫斗夺权的野心。作为亲王，赵佶从小到大从未接触过军国大事，文武百官也都没有什么接触，一心都在钻研艺术和玩耍娱乐上。突然有一天皇帝驾崩了，皇冠落在自己头上了，这恐怕是赵佶做梦都没想过的。

当赵佶带上皇冠，披上龙袍，坐上龙椅，看着满朝文武山呼万岁的时候，内心里恐怕不是兴奋和愉快，而是如山的压力。皇帝该怎么当？不会。文武百官都是陌生面孔，一个心腹都没有。人家今天能给你捧上来，明天自然也能把你推下去。怎样保持自己的皇位稳固？赵佶毕竟出身帝王之家，也不是一点都不懂，他明白，要保证自己皇权稳固，首先要把禁军牢牢抓在手里。可是满朝文武，自己一个心腹都没有，换句话说，一个政治可靠的人都没有，派谁去执掌禁军呢？徽宗赵佶灵机一动，对，天天陪我踢球那小子可靠，就派他去。

就这样，高俅平步青云，登上了殿帅府太尉之职。

我们可以简单总结一下高俅为什么能发迹了。首先，不得不承认，高俅有才华，而且是一专多能。会踢球不是一种才艺吗？高俅能把球技提升到大师级水平，除了自身天赋以外，必然离不开自己的努力。只不过书中没有把高俅勤学苦练的场景描述出来罢了，这一点是高俅跟那些普通流氓混混的本质区别。机会都是留给有准备的人的，假如高俅不会踢球，或者球技一般，能赢得端王的青睐吗？何况高俅不止会踢球，诗词歌赋、枪棒杂耍、吹弹歌舞样样都拿的出手。假使高俅生在今天，去参加综艺节目，绝对是一等一的文艺体育双栖流量明星，力压一众小鲜肉。生在宋朝，受徽宗皇帝的宠爱，自然也在情理之中。

其次，高俅的运气太好。曾有人总结过，对于一个人发展起决定作用的几大因素：一命二运三风水，四积阴德五读书。命好的人自己不用费心费力，自然就能成功。而运好的人需要自己的努力和积累，而积累的本领恰好能得到施展的平台和机会，也能成功。徽宗皇帝就是命好，生于帝王之家，而且从来没做过任何准备，就能登上皇位。高俅呢，命是差一点，但是运好。自己擅长踢球，恰恰在爱踢球的端王面前有了施展球技的机会，而端王又当上了皇帝，能不成功吗？好风凭借力，步我上青云。既有好风，上青云自不是难事。

最后，还得说一点，高俅这个人头脑很清醒。他知道自己想要什么，知道自己的优势是什么，知道该怎样发挥自己的优势。这一点说着容易，做到难。我们身边有很多人，今天看人家干这个不错他也跟着干，明天看人家干那个赚钱，他也跟着改行，忙活了一圈，什么也没捞着。其实，认识到自己的优势，选定目标踏踏实实好好学好好干，每个人都可能有成功之日。高俅未发迹之前，也曾经受过欺负，挨过打，可他没像普通流氓混混那样，找一帮人群殴人家，或者藏人家门口冷不丁给人一砖头，而是努力寻求适合自己的发展之路，自然有扬眉吐气的日子。为什么刚一大赦天下，他就要回东京去，因为他知道，他的才艺只有东京这种繁华都市才有发挥的机会，穷乡僻壤之地，对他来说没有任何发展空间。还是前面那句话，经济繁荣的地方文艺娱乐事业才发达，饭都吃不饱的人，哪有精力踢球杂耍吹弹歌舞。后来高俅的发迹之路，果然印证了这一点。

说到这，可能有人会说了，你咋把高俅说成了励志的正面人物了。他可是《水浒传》里头号大坏蛋呀。高俅能实现阶级飞越，自然有他的过人之处，但这不代表他身上没有问题。别急，下面我们就分析高俅身上的问题，这不仅是高俅的问题，几乎每一个实现阶级飞越的人身上都有这样的问题。

高俅道："你那厮便是都军教头王升的儿子？"王进禀道："小人便是。"高俅喝道："这厮！你爷是街上使花棒卖药的！你省得甚么武艺？前官没眼，参你做个教头，如何敢小觑我，不伏俺点视！你托谁的势要推病在家安闲快乐？"王进告道："小人怎敢；其实患病未痊。"高太尉骂道："贼配军！你既害病，如何来得？"王进又告道："太尉呼唤，不敢不来。"

高殿帅大怒：喝令："左右！拿下！加力与我打这厮！"众多牙将都是和王进好的，只得与军正司同告道："今日是太尉上任好日头，权免此人这一次。"高太尉喝道："你这贼配军！且看众将之面饶恕你今日！明日却和你理会！"

王进谢罪罢，起来抬头看了，认得是高俅；出得衙门，叹口气道："我的性命今番难保了！俺道是甚么高殿帅，却原来正是东京帮闲的圆社高二！比先时曾学使棒，被我父亲一棒打翻，三四个月将息不起。有此之仇，他今日发迹，得做殿帅府太尉，正待要报仇。我不想正属他管！自古道："不怕官，只怕管。"俺如何与他争得？怎生奈何是好？"回到家中，闷闷不已，对娘说知此事。母子二人抱头而哭。

第一，高俅心胸狭窄。一般来说，新领导上任，多半会对部下予以鼓励，展望美好前景，做出工作的整体部署。然而高俅这个太尉上台第一件事是干什么呢？报复曾经得罪过自己的人，逼得八十万禁军教头王进弃家逃走。不知道高太尉这一行为给一众下属留下什么样的第一印象。再看他先后对林冲赶尽杀绝，对杨志毫无情面。宋江劝降呼延灼时说过一句话"高太尉那厮是心地偏窄之徒，忘人大恩，记人小过。将军折了许多军马钱粮，他如何不见你罪责？"这句话作为朝廷高级将领的呼延灼都默认了，可见高俅的口碑如何。

其实，心胸狭窄，报复心盛是很多实现阶级飞越的人常有的问题。被欺负的人一旦发迹了，肯定想变成欺负人的人。高俅被欺负过吗？被欺负过。高俅在王员外家帮闲的时候，不是被王员外告到官府挨了二十脊杖吗。说实话，高俅带着王家少爷吃喝嫖赌，虽不是什么好事，但这在当时并不违法。王员外一纸诉状，高俅白白挨了二十脊杖，还被赶出东京，高俅敢上诉吗？自然不敢。再说王进的父亲打高俅，很多影视作品描写这一段的时候，都会把他表现成高俅正在作恶，被王进父亲抓住痛打一顿。然而原著中，可不是这么写的。只是高俅学使棒，被王进的父亲王升打的几个月起不来床。极有可能是学棒时被王升当了肉靶子，甚至有可能是无缘无故被打了一顿。全书介绍高俅经历的篇幅不到一回，高俅就挨了两回打。可见发迹之前，高俅的日子过的如何。高俅的内心有几分怨毒也就不难理解了。有朝一日高官得坐骏马得骑，一定是会报复的。王进不就被逼得弃家逃走了吗，至于那个王员外如何，书中虽未明言，估计没什么好果子吃。

然而，对于一个身居高位的人来说，心胸狭窄是个致命的弱点，到后来高俅身边一个能干的人都没有，一个真心出力的人都没有。皇帝派高俅率大军征剿梁山，堂堂殿帅府竟然找不出一个能征惯战的勇将，只好调十路节度使参战。十路节度使不相统属，各怀心事，这仗能打赢吗？战场之上，高俅面临危险，手下一个挺身护主的都没有，结果被生擒活捉。要不是宋江有心抓活的，说不定堂堂高太尉就这么命丧疆场了。

第二，高俅贪得无厌。曾经很贫困的人，一旦突然手里有了权力，心理多半是要扭曲的，往往疯狂敛财，贪得无厌。

高太尉传下号令，教十路军马，都向城外屯驻，伺候刘梦龙水军到来，一同进发。这十路军马，各自下寨，近山砍伐木植，人家

120

搬拆门，搭盖窝铺，十分害民。高太尉自在城中帅府内，定夺征进人马；无银两使用者，都克头哨出阵交锋；有银两者，留在中军，虚功滥报。似此奸弊，非止一端。

前面已经分析过，高太尉统十路节度使攻打梁山，本来形势已十分不利。要知道，童贯刚刚在梁山打了个大败仗，梁山可是得胜之兵，士气正盛。而自己带来的兵呢？虽然人数挺多，但是十路拼凑起来的，十个节度使之间不相统属，也没什么合作的默契。天时地利人和官军都不占优势，想打胜仗是不容易的。可这时候的高俅在干什么呢？研究作战计划吗？鼓舞士气吗？都不是，是在想方设法地敛财。堂堂太尉，伸手管当兵的要钱，给钱贿赂的安排在阵后，没钱贿赂的都做先锋当炮灰。这仗还用打吗？到全书末尾，连徽宗皇帝也骂高俅"败国奸臣，坏寡人天下！"从最初的宠信有加到最后的当廷怒骂，可以说都是高俅咎由自取。

正是因为心胸狭窄，睚眦必报，无信无义，贪得无厌，高俅成了《水浒传》中最重要的反面人物。其实，我个人的观点，高俅是个人才，只不过他和徽宗皇帝一样，待在了不适合他待的位置上。他本是个文娱界的大咖，结果非让他做殿帅府太尉，这不得不说是徽宗皇帝的责任。诸葛亮在《出师表》中曾说过"亲贤臣，远小人，此先汉所以兴隆也。亲小人，远贤臣，此后汉所以倾颓也。"诸葛亮真有知人之明，后主刘禅就折在亲小人上。说实话，只要是君主，身边不可能没有小人。而且亲小人可以说是人的本性。谁不愿意跟天天捧着自己陪自己玩的人在一起，谁愿意跟一个天天板着脸说该干这个不该干那个的人在一起。但是，明君和昏君的区别就在于怎么处理宠爱和任用之间的关系。

三国时的刘备最宠爱的是诸葛亮吗？其实不是，刘备真正宠爱的是法正（历史上的法正也是个睚眦必报的人）。为什么刘备出征东吴时，诸葛亮叹了一句"若法孝直在，则能制主上，令不东行"呢。诸葛亮心里清楚，刘备想好的事自己根本劝不了，而刘备宠爱的法正却能劝的了，可惜法正不在了，没人劝得了刘备了。可是，即便刘备宠爱法正，却也知道法正这样的人不是相国之才。刘备进位汉中王，以诸葛亮为股肱，以法正为谋主，说白了就是把法正带在身边当个谋士，而真正的治国理政，靠的还是德才兼备的诸葛亮。并未因为宠信法正，而让法正当丞相。《鹿鼎记》中，康熙皇帝最宠韦小宝，给韦小宝封爵鹿鼎公，可是韦小宝并没有担任有实权的官职。康熙派给韦小宝的工作也基本都是去五台山保护老皇帝，去扬州修建忠烈祠，剿平小股土匪这类小事。真正灭三藩，平台湾的大事，靠的还是施琅等一班能臣。这就是明君，宠爱一个人，可以给爵位，可以多赏钱，但是不能委任不称职的大权。可惜徽宗不是明君，他宠信高俅，就让高俅当太尉，他宠信蔡京，就让蔡京当太师，毫不考虑这些人能不能胜任。倘若高俅不当太尉，必能成为文体界一代了不起的人物。倘若蔡京不当太师，以他的书法功力，恐怕声名不在颜柳欧苏等人之下。可惜，高太尉、蔡太师最后都划入了奸臣的行列，这不得不说是徽宗的失职。

就在宋江被毒死的第二年，靖康之变爆发，金军攻破东京汴梁城，徽宗皇帝被掳往北方五国城囚禁。不知赵佶在受尽凌辱之际会不会反思自己重用奸臣，以至朝纲不振、国力日衰。即便想明白了，也没用了，徽宗的命再好也不可能再得到一次当皇帝的机会了。

18. 品牌建设有智慧

——地煞星镇三山黄信

有人说，现代社会不是伯乐找千里马的时代，而是千里马找伯乐的时代。意思是在现代社会当中，一个人光有能力是不够的，要善于包装自己，善于推荐自己，给自己搞点品牌建设，在人才竞争之中才有脱颖而出的希望。其实不仅是现代，就是在古代，善于包装的人也比普通人获得的发展机会要多。水泊梁山上就有一位擅长给自己树立品牌的人，他是谁呢？就是我们今天要说的——地煞星镇三山黄信。

> 原来那个都监，姓黄，名信。为他本身武艺高强，威镇青州，因此称他为"镇三山"。那青州地面所管下有三座恶山：第一便是清风山，第二便是二龙山，第三便是桃花山。这三处都是强人草寇出没的去处。黄信却自夸要捉尽三山人马，因此唤做"镇三山"。

黄信本是青州府的武官。青州府治下，有三伙占山为王的强盗。分别占据着清风山、二龙山和桃花山。估计这三处强盗常常滋扰地方百姓，劫掠过往客商，让地方官员比较头疼。黄信呢？号称镇三山，言下之意，我一个人在，就能把这三伙土匪镇住。甚至有朝一日，要剿灭三山，捉尽土匪。

黄信通过这个镇三山的外号，给自己树了一个品牌，有我在，三山就不可怕。估计黄信还常常给自己做品牌建设，宣传自己镇三山的能力与功绩，每年黄信的工作总结当中，镇住三山想必是重要的一项内容。时间长了，在青州府之内，黄信镇三山的形象就深入人心了。品牌建设有用吗？还真有用，黄信论武艺，只能说是有点本事，绝非什么高手，但是在青州府官至兵马都监。这个官可不小，比书中常见的提辖、都头级别高得多，与后来的梁山五虎将之一双枪将董平是一样的官职。黄信官场得意，想来跟善于包装自己是有很大关系的，得益于自己镇三山的外号。那么黄信到底剿灭三山了没有呢？没有。三山一直是三山，三伙土匪始终占山为王。

讲到这可能有人会说，什么品牌建设，弄了半天黄信就是个吹牛大王呀。本事没有多大，却把自己吹上了天，跟打虎将李忠是一个水准的。其实，如果你深入了解黄信，你绝不会这么想。黄信的自我包装跟打虎将李忠的自吹自擂绝不一样。打虎将李忠是吹牛把自己给吹信了，结果沦为炮灰。而黄信的品牌建设充满了智慧，具体有哪些智慧呢？我们一点点分析：

这兵马都监黄信上厅来领了知府的言语，出来点起五十个壮健军汉，披挂了衣甲，马上擎着那口丧门剑，连夜便下清风寨来，径到刘高寨前下马。刘知寨出来接着，请到后堂，叙礼罢，一面安排酒食管待，一面犒赏军士；后面取出宋江来，教黄信看了。黄信道："这个不必问了。连夜合个囚车，把这厮盛在里面！"头上抹了红绢，插一个纸旗，上写着"清风山贼首郓城虎张三"。宋江那里敢分辩，只得由他们安排。

宋江坐楼杀惜，犯下杀人罪，逃走在外，投靠清风寨的副知寨小李

124

广花荣。不想被正知寨刘高发现了宋江勾结土匪，将宋江擒获了。审问之下，宋江不敢说自己是宋江，只说自己是郓城县的张三。花荣请刘高放人的书信这时也到了，却说宋江是济州刘丈。两下说辞矛盾，刘高察觉到宋江这人有大问题，准备装入囚车押送青州府。花荣赶到，跟上司刘高撕破脸皮，大闹清风寨。刘高终是个文官，哪敢跟武艺高强的花荣动手，只能眼睁睁看着花荣把宋江救走。但刘高也不会善罢甘休，一方面他算准了宋江必然会尽快逃走，派人下山在路上把宋江截获了（论智谋，刘高胜了花荣一筹）。另一方面，他派人发文书到青州府汇报花荣勾结土匪之事，请知府速派精兵强将，以押送土匪，控制花荣。知府闻报花荣勾结土匪，半信半疑，当即派人去清风寨处理，派的人是谁？就是镇三山黄信。

黄信这一趟的任务看似简单，其实是不容易办的。押解"郓城虎张三"事小，刺探花荣虚实事大。花荣这个人是不简单的，虽然官职不高，但是武艺高强，而且箭法绝伦，是整部《水浒传》中顶尖的狙击手。如果花荣真的勾结土匪造反，黄信一旦打草惊蛇，说不定直接被干掉了；如果黄信宁可信其有不可信其无，直接向知府汇报花荣有反意，那万一花荣没反，可就把花荣得罪了；如果黄信多一事不如少一事，直接向知府汇报花荣并无勾结土匪之实，那万一将来花荣真反了，在知府大人面前可就不好交代了。

那么黄信是怎么办的呢？黄信准备把刘高、花荣、张三（就是宋江）一起带回青州府，至于花荣反与不反，由知府大人定夺。而且为防止打草惊蛇，黄信为花荣专门设了个局：

> 黄信下马，花荣请至厅上，叙礼罢，便问道："都监相公，有何公干到此？"黄信道："下官蒙知府呼唤，发落道：为是你清风寨内文武官僚不和，未知为甚缘由。知府诚恐二官因私仇而误其公事，

特差黄某赍到羊酒，前来与你二官讲和。已安排在大寨公厅上，便请足下上马同往。"花荣笑道："花荣如何敢欺罔刘高？他又是个正知寨。只是他累累要寻花荣的过失。不想惊动知府，有劳都监下临草寨，花荣将何以报！"

黄信附耳，低言道："知府只为足下一人。倘有些刀兵动时，他是文官，做得何用？你只依着我行。"花荣道："深谢都监过爱。"黄信便邀花荣同出门首上马。花荣道："且请都监少叙三杯了去。"黄信道："待说开了，畅饮何妨？"花荣只得叫备马。当时两个并马而行，直来到大寨下了马。黄信携着花荣的手，同上公厅来。

黄信不但亲自去请花荣，而且还对花荣附耳低言，说悄悄话：知府大人看重的是你，刘高一个文官有什么用，真正到了用人之际，还得依靠你花知寨呀。这几句话，说到花荣心缝里去了，以至于后来黄信摔杯为号把花荣拿下，花荣都没责怪黄信。

分析当时的形势，三五十个军汉困住花荣，以花荣的武艺和在军中的威望，倘若真动起手来，未必不能脱身。但花荣没动手，表示愿意跟黄信回青州向知府大人解释。不得不说，虽然是几句哄骗之语，但黄信之前的几句话真的把花荣感动了，把花荣自己内心里最想说的话说出来了，花荣愿意配合黄信完成这趟公差。

黄信也没有完全变脸，没去花荣的官衣，而且特许花荣坐在囚车里。意思再明显不过，有知府大人的命令，我不得不拿你，但在我的权限之内，我给你最大的照顾。同时，黄信押着张三（宋江）、带着刘高一起返回青州府。原告（刘高）、被告（花荣）、证人（宋江）凑齐了，送回府衙请知府审问，眼看黄信的这一趟公差就要圆满完成，不想到节外生枝了：

三个好汉大喝道："来往的到此当住脚，留下三千两买路黄金，任从过去！"黄信在马上大喝道："你那厮们不得无礼！镇三山在此！"

……

黄信拍马舞剑，直奔燕顺。三个好汉，一齐挺起朴刀来战黄信。黄信见三个好汉都来并他，奋力在马上斗了十合，怎地当得他三个住。亦且刘高是个文官，又向前不得，见了这般头势，只待要走。

黄信怕他三个拿了，坏了名声，只得一骑马，扑剌剌跑回旧路。三个头领挺着朴刀赶将来。黄信那里顾得众人，独自飞马奔回清风镇去了。

……

都监黄信一骑马奔回清风镇上大寨内，便点寨兵人马，紧守四边栅门。黄信写了申状，叫两个教军头目，飞马报与慕容知府。

原以为把花荣等人带回青州府，就算圆满完成任务了，不想到走到半路，遇见劫道的了。黄信在马上大喝一声："我可是镇三山！"想把土匪吓走，结果土匪并不害怕，两边动起手来，还真不是人家三个寨主的对手（别说镇三山，镇一山都费劲）。黄信一看形势不好，独自一个人逃走了。逃到哪去了？回青州搬兵了吗？没有，跑回清风寨了，点兵马紧守寨门，派人送信回青州搬兵。

黄信的这一做法太有智慧了。如果他跑回青州府，怎么跟知府大人交代，带着一支队伍出去的，事没办成，光杆一个回来了，丢官免职恐怕在所难免了。但是去守清风寨情况就不一样了，写信给知府大人：不好了，花荣果然勾结土匪造反了，土匪势力强大，眼下立马要攻打清风寨。我带兵坚守清风寨，暂时把局面稳住，大人速发救兵，十万火急。轻轻巧巧几句话，黄信从一个损兵折将的败军之将变成了一个力挽狂澜的有功之臣。将来土匪剿灭了，说不定黄信还会受赏。或许有人会说，清风山三个寨主黄信都打不过，现在又加上一个花荣，万一土匪真的攻打清风寨，黄信就不怕命丧土匪之手吗？不怕。对于黄信而言，他还有一线希望。他知道，有一个武艺极高的人肯定会尽快来救他的。谁？黄信的师傅——霹雳火秦明。

秦明此时是青州府的统制官，后来梁山五虎将之一，武艺之高，在全书属于一流水平。狼牙棒一挥，剿灭几个土匪完全不在话下。黄信正是秦明的徒弟，他知道自己落难，以师傅秦明的性格是一定会风风火火地来救自己的，以师傅秦明的武艺杀退清风山的几个匪首也并非难事。所以，只要自己稳守大寨，形势很快就能转好。

果然不出黄信所料，知府收到黄信的告急文书果然派霹雳火秦明征讨清风山，解救清风寨。然而，黄信没有预料到的是，组织能力一流的宋江和武艺一流的花荣上了清风山，土匪的力量已经是今非昔比了，秦明一个人根本对付不了。不但对付不了，秦明还中了宋江花荣设下的圈套，走投无路最后投靠了宋江。秦明投靠宋江这一段历来争议很大，等到说秦明的时候我们再细说，这里主要说黄信。

　　秦明、花荣及三位好汉依次而坐，大吹大擂饮酒，商议打清风寨一事。秦明道："这事容易，不须众弟兄费心。黄信那人亦是治下；二者是秦明教他的武艺；三乃和我过的最好。明日我先去叫开栅门，一席话，说他入伙投降。

　　……

　　黄信便问道："总管缘何单骑到此？"秦明当下先说了损折军马等情，后说："山东及时雨宋公明，仗义疏财，结识天下好汉，谁不钦敬他？如今见在清风山上；我今次也在山寨入了伙。你又无老小，何不听我言语，也去山寨入伙，免受那文官的气？"

　　黄信答道："既然恩官在彼，黄信安敢不从？只是不曾听得说有宋公明在山上；今次却说及时雨宋公明，自何而来？"秦明笑道："便是你前日解去的郓城虎张三便是。他怕说出真名姓，惹起自己的官司，以此只认说是张三。"黄信听了，跌脚道："若是小弟得知是宋公明时，路上也自放了他。"

宋江收服了秦明，着手准备攻打清风寨。秦明主动提出去劝降黄信，秦明的理由很充分，他是我的下级，又是我的徒弟，我俩平素感情非常深厚，我去劝他，他必然投降。果然，秦明来劝降，黄信说了句"既然恩官在彼，黄信安敢不从？"就投降了。言下之意，看您的面子，您让我投降，我就投降。随后，黄信还表示了一下对宋江的仰慕之情，如果早知道张三就是宋江，我早把他放了。虽然这话不是当着宋江的面说的，但以秦明的直筒子性格，黄信的话是肯定会传到宋江耳朵里的。

秦明、黄信先后投清风山入了伙，宋江意识到小小的清风山挡不住大军征伐，建议大家一起去投水泊梁山。以宋江的威望，大家自然没什么反对意见，一起投奔梁山入伙去了。从此，黄信成为了水泊梁山的一员。梁山排座次，黄信排在第38位，七十二地煞排名第二，为十六小彪将之首，跟病尉迟孙立一起做豹子头林冲的副手。宋江对于黄信是十分优待了。

梁山招安以后，黄信随大军南征北战，立下了两次大功。征辽时，辽国副统军贺重宝在乱军混战中不敌豹子头林冲和一众高手，夺路逃走，被黄信一刀砍下马头，不得已弃马步行，被乱枪戳死。征方腊时，卢俊义率兵围攻歙州，方腊手下尚书王寅连杀梁山两员战将强行突围，结果遇上高手豹子头林冲，跟林冲厮杀之际，黄信等人一拥而上，把王寅乱刀分尸了。得胜还朝，黄信受封武奕郎兼诸路都统领，是梁山下场比较好的好汉之一。以后镇三山的品牌不能用了，但力挡辽国副统军贺重宝、乱军中杀死尚书王寅的大功，够用一辈子了。

纵观黄信的经历，不难看出，黄信这个人，是有一点能力的，但是能力并不突出。他能够获得较好的发展，靠的是品牌建设，却又不仅仅是品牌建设，他给自己做的品牌建设蕴含着大智慧。

第一，黄信会把握品牌建设的度。打虎将李忠也会包装自己，可他吹牛把自己吹信了，本来没什么本事，打仗硬往上冲，结果沦为炮灰。黄信呢，深知自己有多少本事，打不过就撤，不硬抗。而且深入分析一下黄信这个外号：镇三山，其实没什么问题，人家又没说灭三山。在宋江来清风山之前，青州三山的势力是比较弱小的，只能劫个道绑个票之类的，不敢真正跟官军冲突（当时鲁智深等人还未上二龙山）。那时候黄信自称镇三山，也是说得通的，工作总结里写一句镇住三山，未生大乱，挑不出毛病来。尽管三山未生大乱未必是黄信的功劳。

第二，黄信不仅会包装自己，也会赞美别人。有的人包装自己，总是伴随着贬低别人，但黄信正好相反。尽管要设局擒拿花荣，但事先还是盛赞花荣，说出了花荣自己心里最想说的话，让花荣引为知己。秦明来劝降时，说一句恩官在彼，安敢不从，大大地给了秦明的面子。投降宋江时，说一句早知他是宋江，我早就放了。其实如果早知道张三是宋江，黄信真能放了他吗？恐怕不好说。总之，黄信特别善于抬举别人，给人面子。所谓人抬人越抬越高，等到黄信包装自己的时候自然也有不少人帮他说话。还愁品牌建设不成功吗？

第三，黄信不刻意巴结权贵，但善于结交能力强的人。上梁山之前，黄信是青州第一高手霹雳火秦明的徒弟。上梁山之后，黄信是梁山顶尖高手豹子头林冲的副手。甚至可以说黄信的工作成绩都是搭车得来的。在青州镇住三山，多半是师傅秦明的功劳，但是可作为自己品牌建设的基础。南征北战中两次立功，都是乱军中被林冲打败或压制住之后上去补刀。虽然只是补刀，但杀的都是敌方大有地位之人，功劳可谓不小。

有这三大智慧，黄信的品牌建设非常成功。无论在青州府，还是在梁山上，发展都不错。当然，跟关胜、呼延灼等顶尖高手比，还是有差距。毕竟黄信跟他们比在能力上有很大的差异。或许施耐庵先生设置了黄信这么一个人物，讲的就是能力一般的人在一个较大的平台上应该怎样生存和发展。

品牌建设有智慧，顺势而为立大功。

19. 心猿难定
——地遂星通臂猿侯健

我们在看《水浒传》的时候，通常比较青睐武艺高强的英雄、率性洒脱的侠客、足智多谋的贤士，而对于有一类人物，我们往往会忽略。有些影视作品，甚至直接选择把这类人物略去。哪类人呢？手艺人。无论古代还是现代，手艺人在社会上都是不可缺少的一类人，很具有代表性。作为包罗万象的四大名著之一，《水浒传》中自然不会少了这类人的形象。虽然用的笔墨不多，但还是刻画了一个个生动的手艺人形象。

手艺人，本质上是服务行业的从业者，除了极少数出类拔萃的精英人物以外，社会地位都不是很高。但是不得不说，手艺人自保的能力很强。太平时节，手艺人凭借自己的手艺，吃饱肚子不成问题，不至于卖身为奴。战乱年代，尽管环境恶劣，斗争残酷，手艺人却往往能成为幸存者。水泊梁山一百零八将最后大部分人阵亡或病死了，而很多手艺人却幸存了下来。比如字匠圣手书生萧让、乐师铁叫子乐和、兽医紫髯伯皇甫端、刻章师玉臂匠金大坚、医生神医安道全，等等。然而，有一个手艺人却在征方腊途中意外阵亡了。他是谁呢？就是我们今天要说的地遂星通臂猿侯健。

只见薛永去了五日，带将一个人回到庄上来拜见宋江。宋江便问道："兄弟，这位壮士是谁？"薛永答道："这人姓侯，名健，祖居洪都人氏；做得第一手裁缝，端的是飞针走线；更兼惯习棒，曾拜薛永为师。人见他黑瘦轻捷，因此唤他做通臂猿。见在这无为军城里黄文炳家做生活。小弟因见了，就请在此。"宋江大喜，便教同坐商议。那人也是一座地煞星之数，自然义气相投。

宋江便问江州消息，无为军路径如何。薛永说道："如今蔡九知府计点官军百姓，被杀死有五百余人，带伤中箭者不计其数，见今差人星夜申奏朝廷去了。城门日中后便关，出入的好生盘问得紧。原来哥哥被害一事倒不干蔡九知府事，都是黄文炳那三回五次点拨知府教害二位。如今见劫了法场，场中甚慌，晓夜提备。小弟又去无为军打听，正撞见这个兄弟出来吃饭；因是得知备细。"宋江道："侯兄何以知之？"侯健道："小人自幼只爱习学棒，多得薛师父指教，因此不敢忘恩。近日黄通判特取小人来他家做衣服。因出来遇见师父，提起仁兄大名，说起此一节事来。小人要结识仁兄，特来报知备细。

侯健是哪一行的手艺人呢？裁缝。古代不同于现代，服装纺织类产品不能批量生产，制作完全依靠手工。有钱有势的家庭往往会养裁缝，专门给家里人做被服。因此，技艺高超的裁缝是很受欢迎的。侯健就是个裁缝，用书中的话说，做得第一手裁缝，端的是飞针走线。可见，技术应该是不错的。

侯健出场时，正在通判黄文炳家里做活。这个黄文炳，就是举报宋江题反诗的人，差点把宋江害死。多亏梁山好汉闹江州劫法场，这才把宋江救了出来。得脱大难的宋江不杀黄文炳，难解心头之恨。因此，宋江坚持要报了仇再走。可是梁山好汉刚刚大闹了一场，城中守备严密，朝廷的征剿大军也很可能已经在路上了。而且梁山好汉对黄文炳居住的无为军城情况一无所知，黄文炳家住在哪？家里有多少护院家丁？黄文炳什么时候在家？这些都不清楚。这时候进城报仇，风险很大。为了保证报仇顺利，宋江派病大虫薛永进城打探情报。这个病大虫薛永正是教侯健学枪棒武艺的师父，两人在无为军城里相遇，薛永正要了解黄文炳家里的情况，侯健正好了解，两人一拍即合。侯健就跟着薛永出城面见宋江。

很简单的一个情节，细分析一下，背后有很多内容。侯健本是个裁缝，为什么拜了个师父学武艺呢？是侯健不愿意总当裁缝？还是不甘心一直当裁缝，想转行干别的呢？按说一个普通老百姓，最近发生了土匪劫法场那么大的事，官军百姓死了几百个，城里人心惶惶，就应该老实猫在家里不出来才对。侯健却不是这样，而是主动出来见土匪，想要助土匪一臂之力。上梁山的人大抵分为两类，一类本来就是土匪，比如矮脚虎王英、摩云金翅欧鹏这些人，他们上梁山等于换了个山头，身份没变。还有一类是被逼上梁山，比如豹子头林冲、小旋风柴进这些人，是走投无路只好落草为寇了。而像侯健这样的，普通老百姓，有营生干，吃喝不愁，过稳定日子却主动要加入梁山当土匪的人是很少的。说白了，通臂猿侯健虽然是个手艺人，手艺可能还不错，但他骨子里就不是一个本本分分过日子的人。总想干点事，找点刺激，甚至没有是非观念，为土匪出力。或许有人会说，黄文炳是个恶人，梁山好汉杀黄文炳是替天行道，所以侯健帮梁山出力不能算是没有是非观念。细想想看，黄文炳确实不是什么好人，但他总共害过几个人呢？梁山好汉江州城一场大闹就杀了五百多人，伤者不计其数，法场上官军才有几个，多数都是围观的老百姓。梁山跟黄文炳相比，谁更恶？再者说，梁山好汉杀黄文炳本来也不是替天行道呀，明明就是宋江要报私仇。退一步说，就算侯健有除恶扬善之心，想借梁山之手灭了黄文炳这个恶人，那你把情报告诉薛永，自己逃命去也就是了，为什么要跟薛永一起出城见宋江呢？分明就是他自己想当土匪。

得到了侯健这个内应，宋江顺利干掉了黄文炳，报了大仇，侯健也顺利地跟着上了梁山，从此落草为寇。侯健上了梁山以后宋江给了他一个什么职位呢？用书中的话说，是掌管专造一应旌旗袍袄。说白了，还是当裁缝。梁山屡次出征，都没有侯健的身影。侯健最后是个什么结局呢？征方腊时，因座船沉没而又不识水性被淹死在水里了。

中国有句古话，叫善泳者溺。善于游泳的人经常下水，容易被淹死。而不会游泳的人，见着水就躲得远远的，反而不容易被淹死。侯健恰恰是个反例，作为一个不识水性的人，却偏偏走水路，结果淹死了，或许这就是侯健一生的写照。本来是个技术不错的裁缝，却不想老老实实做衣服，总想试试别的，到自己不擅长的领域体验体验。拜个师父练武艺还不够，还想当山大王，加入土匪团伙。结果上了山也当不了大王，还是当裁缝。有意思的是，梁山排座次，侯健的排名比他学武艺的师父病大虫薛永还要高。为什么会这样呢？想想也简单，就因为侯健有会做衣服这一特长，贡献比他的师父更高。侯健自己不愿意当裁缝，而他被别人看中却恰恰因为他是个裁缝，不知道这是不是一种黑色幽默。

或许有人会说，爱好广泛不是坏事呀，当裁缝太单调，体验体验别的有什么不对呢？这个问题，得往深层次去探讨。裁缝，是手艺人的一种。我们前面说过，手艺人普遍社会地位并不高，自保能力却很强，为什么呢？主要有两大原因。第一，手艺人是社会所必不可少的一类人。无论哪朝哪代，谁当皇帝，要吃饭就得有厨师，要穿衣就得有裁缝，养牲口就得有兽医。一定程度上说，手艺人本身就是一种资源，无论谁掌权谁得势都会积极地利用。第二，在战乱年代，手艺人往往在后方提供服务，不直接参与斗争，所以一般不会死在战场上。而且一定程度上没有什么鲜明的政治立场。比如梁山上萧让、乐和、金大坚这些人，没有直接参与过犯罪活动，水泊梁山的杀人放火，跟他们没关系。所以尽管他们也是土匪，但他们的身份更容易洗白。常言道：一朝天子一朝臣，但从来没听说哪个皇帝登基以后，把厨子裁缝处理一批的。这就是手艺人的优势，对于无钱无势无产业的底层老百姓而言，学一门手艺傍身是很好的出路。技术精湛，能出人头地，技术平平，也足以养家糊口。生活稳定，风险小。

　　然而，如果有一门手艺却不好好干，老想找点刺激，那就等于主动放弃了自保能力强这一优势，而社会地位低的劣势还在，那么在其他领域也不太可能取得什么成就。比如说侯健，想练武，只能拜打把式卖艺的病大虫薛永为师，病大虫薛永的武功是个什么水平？在梁山上恐怕算三流都很勉强。师父是这个水平，徒弟啥样就可想而知了。要知道，镇三山黄信能拜霹雳火秦明为师，因为黄信本身是兵马都监。九纹龙史进能拜八十万禁军教头王进为师，因为史进他爸爸是一方土豪。通臂猿侯健一个裁缝，如果想拜高手为师，各位想想，人家高手搭理他吗？在古代，习文练武是正路，官二代富二代没有去学手艺的。一个人如果是手艺人，那基本说明他不是什么富裕家庭出身。这个时候，如果还不好好干自己的本行，老想三心二意干别的，就等于是干一件风险极高而收益极低的事，最后往往得不偿失。当然，我们不否认有天赋极高的人存在，比如齐白石先生，木匠出身，转行学画，成为一代宗师。但是想想看，有齐先生这么高天赋的人，恐怕一百万人里也不一定有一个吧。大部分人都是普通人，想要有作为还是踏踏实实地干本行。比如神医安道全，医术高明，招安后成为太医馆的金紫医官。圣手书生萧让，书法精湛，招安后成为蔡京太师府里的门馆先生。铁叫子乐和，精通乐器，招安后在王都太尉府留用。这些水平高的手艺人，根本就没参与南征方腊，直接在京城得到任用了。侯健呢？估计到最后他的裁缝水平已经下降了，只是平平而已，没有留用京城的机会，只能随军南征。一个做衣服的上战场，就如同不会游泳的人非要下水，能不淹死吗？

其实，侯健应该不是什么奸恶之徒，并不是一门心思地就想杀人放火当土匪，也不像宋江、吴用，不惜一切就想当个大官。我个人的观点，他只是心里长草。他的外号是什么？通臂猿，说白了就是个猴子，猴子脾气不定性，三心二意，干着这个想那个，最后什么都干不好。

　　再往深里说，侯健这个通臂猿其实就是人的"心猿"。人的心意，也就是情绪和欲望，尤其是在年轻的时候，都有点像猴子一样控制不住。人只有降伏这只"心猿"，排除杂念，抵挡诱惑，专心做自己应该做的事情，才能真正地有所作为。如果不能降伏心猿，反过来被"心猿"所支配，就会任性妄为，甚至于走火入魔，性命不保。心猿难定，考验的是一个人的修为与涵养。

　　还有个残酷的现实我们要认清：有资本的人，作死也不会死，而没有资本的人，作死，没人救你。

20. 舍己救人谓之侠
——地阖星火眼狻猊邓飞

侠，在中国人的意识中并不陌生，很多人就是看着武侠小说长大的。著名的武侠小说家梁羽生曾经说过，武侠小说可以没有武，但绝对不能没有侠。或许有人会问，武都没了，还有侠吗？有的。武功高强并不是衡量侠者风范的唯一标准，有的人武功并不高，但行侠仗义、慷慨豪迈，颇有侠者之风。《水浒传》中就有一位，就是我们今天要说的——地阖星火眼狻猊邓飞。

梁山好汉闹江州劫法场救了宋江之后，入云龙公孙胜回乡探母，下山了就没回来。宋江派神行太保戴宗下山打探公孙胜的消息，就在戴宗寻访途中，路经饮马川，遇见了一伙强人，为首的就是火眼狻猊邓飞，由于与戴宗同行的锦豹子杨林与邓飞是旧相识，所以不但没打起来，反而几个人叙起了兄弟之情：

> 四筹好汉说话间，杨林问道："二位兄弟在此聚义几时了？"邓飞道："不瞒兄长说，也有一年多了。只半载前，在这遇着一个哥哥，姓裴，名宣，祖贯是京兆府人氏。原是本府六案孔目出身，极好刀笔。为人忠直聪明，分毫不肯苟且，本处人都称他铁面孔目。亦会拈枪使棒，舞剑轮刀，智勇足备。为因朝廷除将一员贪滥知府到来，

把他寻事，刺配沙门岛，从我这里经过，被我们杀了防送公人，救了他在此安身，聚集得一二百人。这裴宣使得好双剑，让他年长，现在山寨中为主，烦请二位义士同往小寨相会片时。"便叫小喽啰牵过马来。戴宗，杨林卸下甲马，骑上马，望山寨来。

邓飞本是绿林中人，与玉幡杆孟康在饮马川落草。有一位清官叫铁面孔目裴宣。孔目，大概类似于今天的法官或检察官之类的干部，铁面孔目，就是形容裴宣执法严明，从不徇私舞弊。有这样的人当干部，实在是一方百姓之福。可惜上级调来了一个贪赃枉法的市长，裴宣因为刚直不阿，得罪了上司，被刺配沙门岛。清官被害，天理难容，邓飞带着人去杀了押送公人，把裴宣救了。不但救了裴宣，还请裴宣上山，把自己的首领之位让给了裴宣。

从古到今，中国人心中都有个侠客梦，希望在世道不公的时候，有一位大侠出现来匡扶正义。清官被害之后被大侠救了的情节在早期的武侠小说中很常见，包公案中包拯被害，就是南侠展昭出手相救；彭公案中彭朋被害，也是锦衣韦陀黄三泰出手相救。在水浒这一段情节中，裴宣就是人们心目中的清官，而邓飞就是匡扶正义、除恶扬善的大侠。

主动让贤，在整部水浒中也不多见，宋江几次对新上山的人说请为山寨之主，恐怕没一次是真心的；朱武、杨春等人让寨主之位给九纹龙史进，主要是因为几个人在史进手里败得很惨；小霸王周通让寨主之位给打虎将李忠，也是因为周通想劫李忠却没打过李忠。主动搭救落难之人，并把寨主之位让出来的，全书只有两次，一次是晁盖救宋江，另一次就是邓飞救裴宣。可见邓飞的豪迈气概，起码不在托塔天王晁盖之下。

寥寥二百余字，一位惩恶扬善、胸襟宽广的大侠形象出现在我们眼前。邓飞外号火眼狻猊，什么是狻猊？传说中龙的第五子，是一种神兽。为什么是火眼呢？因为他的眼睛火红火红的。古人常说眼为心之门户，他有一双火红的眼睛，就说明他有一颗火红的心，满腔的热血。书中对邓飞有这样一首赞诗：

原是襄阳关扑汉，江湖飘荡不思归。

多餐人肉双睛赤，火眼狻猊是邓飞。

这首赞诗给读者造了个疑惑，"多餐人肉双睛赤"。邓飞吃过人吗？如果他吃过人，那可有点不符合除暴安良的大侠形象了。可是我们翻遍整部水浒，并没任何内容提到过邓飞吃人。水浒中确实有人吃过人，比如说孙二娘，经常拿人肉包包子。比如说清风山的锦毛虎燕顺，差点把宋江吃了。但却从未提到邓飞吃人，那为什么要说"多餐人肉双睛赤"呢？很多评论家给出过不同的答案，我这里留个悬念，到后面说说我个人的观点。咱们接着说邓飞：

邓飞和孟康把戴宗迎上了山，大摆筵席招待戴宗，戴宗见几个好汉颇有义气，就劝几个人投梁山入伙，裴宣、邓飞等人早闻水泊梁山的大名，自然欣然同意，邓飞从此也成了梁山的一员。那么，邓飞到了梁山之后表现如何呢？

这边秦明和祝龙斗到十合之上，祝龙如何敌得秦明过。庄门里面那教师栾廷玉带了铁锤，上马挺枪，杀将出来。欧鹏便来迎住栾廷玉厮杀。栾廷玉也不来交马，带住枪时，刺斜里便走。欧鹏赶将去，被栾廷玉一飞锤，正打着，翻筋斗跌下马去。邓飞大叫："孩儿们！救人！"舞着铁链逐奔栾廷玉。宋江急唤小喽啰救得欧鹏上马。……

栾廷玉卖个破绽，落荒即走。秦明舞棍逐赶将去。栾廷玉便望荒草之中，跑马入去。秦明不知是计，也追入去。原来祝家庄那等去处都有人埋伏；见秦明马到，拽起马索来，连人和马都绊翻了，发声喊，捉住了秦明。邓飞见秦明坠马，慌忙来救时，见绊马索起，待回身，两下里叫声"着，"挠似乱麻一般搭来，就马上活捉了去。

……

宋江引诸将摆开阵势迎敌，对阵史文恭出马。宋江看见好马，心头火起，便令前军迎敌。秦明得令，飞奔坐下马来迎。二骑相交，军器并举。约二十余合，秦明力怯，望本阵便走。史文恭奋勇赶来，神枪到处，秦明后腿股上早著，倒跌下马来。吕方、郭盛、马麟、邓飞四将齐出死命来救。

……

宋军阵上，急先锋索超平生性急，挥起大斧，也不打话，飞奔出来，便斗石宝。两马相交，二将猛战，未及十合，石宝卖个破绽，回马便走。索超追赶，关胜急叫休去时，索超脸上着一锤，打下马去。邓飞急去救时，石宝马到，邓飞措手不及，又被石宝一刀，砍做两段。城中宝光国师，引了数员猛将，冲杀出来，宋兵大败，望北而走。

邓飞上山之后，侠者之风不减，随军出战，只做了一件事——救人，严格地说是舍己救人。每次有人遇到危险，邓飞从来都是挺身而出，而不顾及自己的安危，最终死在了救人的路上。征方腊时，为救索超，被大将石宝一刀砍为两段。水泊梁山一百零八个好汉，能如邓飞这样舍己救人的人有几个？花和尚鲁智深算一个，拼命三郎石秀算一个，美髯公朱仝算一个，行者武松只能算半个，连邓飞一起，梁山上也不过这四个半舍己为人的侠客了。鲁智深、武松都是武艺高强之人，他们行侠仗义，风险不大。而邓飞的武艺如何呢？恐怕只是稀松平常而已，否则也不至于四次救人，两次遇险了。如果邓飞有鲁智深那么好的武功，说不定能把石宝反杀了。正因为邓飞武艺平常，而每次都能挺身而出才尤为彰显他的大侠本色。有一种明知不可为而为之的气魄，有一种虽刀山火海吾往矣的胸襟，有一种为了别人的安危把自己的生死置之度外的精神。什么是真正的侠？飞檐走壁未必是侠，力能扛鼎未必是侠，宝刀快马未必是侠，烈酒美女未必是侠，只有舍己为人的人才是真正的大侠！邓飞就是侠，一个没有武的大侠。

说到这，可能有人会说，邓飞不是傻吗？没那个本事你往上冲啥呀？再说秦明、索超跟你也没啥深交，为了他俩把自己命搭上，也太不值了。说实在的，有这种想法的读者肯定不在少数。这里就涉及一个问题，关于道德的问题：

道德是用来约束自己的，不是用来绑架他人的。芸芸众生，道德水准极高的恐怕只是凤毛麟角，绝大多数人都是普通人。要求每个人都像邓飞那样舍己救人，那根本不现实，不可能人人都是大侠。但人一旦落入险地，就会希望有个大侠出现。那些觉得邓飞太傻的人，你如果碰见劫道的，希不希望有一个傻子风风火火地来救你？说白了，我们不必要求自己或别人成为道德模范，但对于道德模范我们应该给予认可和支持。

社会上有一种风气，把正面人物抹黑。有那么一群人，特别喜欢捕风捉影地给模范人物挑毛病，编"黑历史"。在这些人的心里，我做不到的，别人也不可能做到，道德水准高的人都是假的，本质都跟我一样缺德。回到前面提到的那个问题，为什么施耐庵先生在塑造一个大侠的同时又写了一笔"多餐人肉双睛赤"呢？多半是施先生想写这种社会风气：为了体现自己道德水平不差，而特意把道德水平高的人抹黑。"邓飞吃人"很有可能就是被人编的"黑历史"。在当时很有可能发生过如下的对话：

甲：邓飞这个人舍己为人，真是个大侠呀。

乙：他还是大侠？你被洗脑了吧，他吃过人你不知道？

甲：邓飞吃过人吗？你咋知道的？

乙：是呀，吃过人，都知道啊，大家都这么说。

甲：你有啥证据？

乙：他……他眼睛是红色的，像兔子似的，那不就是吃过人吗？

甲：兔子也不吃人呀。

乙：兔子……不有那么句话吗，兔子急了还咬人呢，所以说兔子就吃人，邓飞跟兔子似的，所以邓飞肯定也吃人。

甲：你这么说还有点道理。

乙：对吧，哪有什么大侠呀，全是给你们这些人洗脑的。

甲：……

几句对话，就把一个匡扶正义的大侠变成了吃人的魔王。抹黑英雄人物，这种风气古代有（施耐庵先生刻画得入木三分），现代更甚。如今，类似于这样的对话几乎每天都在各种网络平台上发生，我们的道德模范、英雄形象已经被黑得差不多了。如果这种风气长期发展下去，越来越多的人将不再相信有品德高尚的人，越来越多的人也就不愿意向品德高尚的方向努力，社会的整体道德水准势必不断下降。社会需要正能量，也就需要给英雄正名。还是那句话，你可以不做英雄，但请你不要抹黑英雄。

在我心目中，火眼狻猊邓飞就是大侠，我相信他没吃过人肉。

21. 忠义千秋美髯公

——天满星美髯公朱仝

要做官，杀人放火受招安。这是《水浒传》中的一种观点。其实在宋朝采取和平手段解决对立问题是有优良传统的，宋太祖就有杯酒释兵权的典故。到了北宋末年，落草为寇的强盗受招安进入体制内做官的现象已经屡见不鲜，比如后来高俅征剿梁山所调动的十路节度使，大部分都是受招安的强盗。宋江主张招安，并不只是给自己的强盗身份洗白，更有回到体制内为官的意图。或许招安后成为掌权一方的节度使（类似于今天的军区司令）是宋江的最高理想吧。那么宋江实现了吗？没实现。可这个理想被宋江手下的一个人实现了。谁呢？就是梁山排名第十二位的好汉——天满星美髯公朱仝。

朱仝有一副长胡子，外号美髯公。在古代人的观念中，人的毛发是气血旺盛的标志。因此，往往英雄豪杰都有一副长胡子。例如三国时的关公就有一副长胡子，号为美髯公。且看朱仝的赞诗："一表堂堂神鬼怕，形容凛凛威风，面如金枣色通红；云长重出世，人号美髯公。"可见，施耐庵先生把关羽的美髯公称号给了朱仝，就是要写一个关羽一样的人物，让朱仝能跟忠义千秋的关老爷相媲美。那么，朱仝能跟关羽相比吗？个人认为：在官职和武功方面或许比不上，但在忠义方面，朱仝绝对比得上。

朱仝原是郓城县的马军都头，和步军都头插翅虎雷横既是同僚，又是好友。两人在书中同时出场：

> 这马兵都头姓朱，名仝；身长八尺四五，有一虎须髯，长一尺五寸；面如重枣，目若朗星，似关云长模样；满县人都称他做"美髯公"；原是本处富户，只因他仗义疏财，结识江湖上好汉，学得一身好武艺。
>
> 那步兵都头姓雷，名横；身长七尺五寸，紫棠色面皮，有一部扇圈胡须；为他膂力过人，能跳三二丈阔涧，满县人都称他做"插翅虎"；原是本县打铁匠人出身；后来开张碓房，杀牛放赌；虽然仗义，只有些心地褊窄，也学得一身好武艺。
>
> 那朱仝，雷横，两个专管擒拿贼盗。
>
> 当日，知县呼唤两个上厅来，声了喏，取台旨。知县道："我自到任以来，闻知本府济州管下所属水乡梁山泊贼盗，聚众打劫，拒敌官军。亦恐各乡村盗贼猖狂，小人甚多。今唤你等两个，休辞辛苦，与我将带本管士兵人等，一个出西门，一个出东门，分投巡捕。若有贼人，随即剿获申解。不可扰动乡民。体知东溪村山上有株大红叶树，别处皆无，你们众人采几片来县里呈纳，方表你们曾巡到那里。若无红叶，便是汝等虚妄，定行责罚不恕。"两个都领了台旨，各自回归，点了本管士兵，分投自去巡察。

两人同时出场，作者的评价却不同。朱仝仗义疏财，结识江湖上好汉，学得一身好武艺。而雷横虽然仗义，只有些心地褊窄，也学得一身好武艺。两人武艺都不错，可是一个仗义疏财，一个心地有些褊窄。接下来的情节就印证了这一点：两个人各带手下出去巡逻，目的地是同一个地方，也就是晁盖做保正的东溪村，雷横到了目的地以后，就到晁盖家里大吃大喝，临走还收了晁盖十两银子的贿赂，放了刘唐。同样是到东溪村巡逻，朱仝这个时候为什么不来吃喝呢？可见朱仝虽称不上是什么官，却也是个廉吏，不对老百姓吃拿卡要。想必朱都头在郓城县里声望肯定不错。

很快，智取生辰纲事发了，郓城县知县派雷横和朱仝来缉拿晁盖。两个人都有暗放晁盖之心。暗放晁盖在雷横或许是吃人嘴短，拿人手短，但在朱仝，却纯系义薄云天。朱仝不像雷横那样经常上晁盖庄上吃喝，甚至他可能跟晁盖之前根本就没见过面，但两人都是仗义疏财之人，想必当时都是名声在外，就凭这一点，朱仝就把晁盖放了。这是何等义气！

不久，宋江杀了阎婆惜，知县又派朱雷二人缉拿。宋江跟二人是同事，想必平素关系交好，这次又是二人都有暗放宋江之心。这次情况却有些不同，宋江躲在家里的密室里。朱仝把住宋江的家门，让雷横搜，雷横搜了一圈自然没搜到。朱仝又让雷横把着门，自己去屋里搜，他早就猜到宋江藏在密室里，直接就去密室找到了宋江。奇怪，宋江家的密室雷横不知道，朱仝却知道。为什么？宋江曾经告诉过朱仝自己家的密室所在。宋江是何等精细的人，为什么把密室告诉朱仝？只能说明在宋江的心里，朱仝是个关键时刻可信赖可托付的人。果然，朱仝在密室找到宋江，帮宋江谋划出路，并且向宋江保证帮他上下打点官司，让宋江尽快逃走。不但如此，从密室出来的朱仝故意对雷横说："宋江找不到，咱们把宋太公（宋江的父亲）抓回去吧。"朱仝在这里为什么说要抓宋江的父亲呢？其实他并不想抓宋太公，在古代，马军地位高于步军，所以马军都头级别比步军都头级别要高，朱仝是雷横的上级，如果朱仝想抓人，何必跟雷横商量。那他为什么要对雷横说这么一句话呢？他算准了雷横也想放宋江，如果他提议抓宋太公，雷横必然出来解劝，雷横一劝，宋家必然感激雷横的恩情。朱仝不但义释宋江，而且不自己独占人情，而是让宋家感激自己的同时也感激雷横，朱仝的这一做法，尤其令人钦佩。要知道，世上做好事的人多，做了好事能把人情推给别人的就不容易了。各位想一想，如果身边有一个像朱仝这样的人，谁不愿意和他交朋友呢？朱仝和雷横没抓到宋江，回到县衙，朱仝果然拿出钱来上下打点，并且用钱稳住苦主，让她不要上州府衙门告状。后来，宋江的人命案大事化小，可以说主要是朱仝的功劳。

又一次，雷横也犯事了。打死了知县的情妇白秀英，被解往州府判刑。负责押运的正是朱仝。行到半路，朱仝把雷横也放了：

> 朱仝独自带过雷横，只做水火，来後面僻静处，开了枷，放开雷横，分付道：贤弟自回，快去取了老母，星夜去别处逃难。这里我自替你吃官司。雷横道：小弟走了自不妨，必须要连累了哥哥。朱仝道：兄弟，你不知；知县怪你打死了他婊子，把这文案都做死了，解到州里，必是要你偿命。我放了你，我须不该死罪。况兼我又无父母挂念，家私尽可赔偿。你顾前程万里，快去。

兄弟，你若去了，必然判死刑，我若放了你，却不至于死刑，你快走吧，前程要紧。寥寥数语，体现了朱仝的深重义气。放走了死刑犯，真的不判死罪吗？即便不判死罪，难道不判活罪吗？他让雷横顾前程万里，难道不顾自己的前程了吗？以朱仝之义气，宁可自己获罪，也不愿意眼睁睁看着自己兄弟被砍头。这里有一个问题，朱仝为什么不跟雷横一起跑呢？朱仝已经猜想到了，放了雷横，雷横没有别处可去，只有可能投奔晁盖、宋江，上梁山落草。而朱仝呢，如果他跟雷横一起走，必然也得上梁山，他这个时候显然是不愿意当强盗的。落草为寇，每日里烧杀抢掠，朱仝不愿意过这样的日子。放了雷横，他就自己回衙门请罪，知县喜爱朱仝，有心出脱他，果然不判死罪，判了个刺配沧州。朱仝的都头做不成了，到沧州服刑。

到了沧州，沧州知府同样喜爱朱仝，并不让他到牢里去服刑，而是让他在府中使唤。而且知府四岁的小衙内非常喜欢朱仝，知府就让朱仝每天带着小衙内。可见尽管朱仝是罪犯，但沧州知府对他还是非常信任，信任到可以让他帮自己看孩子的地步。各位可以想一想，在书中奸臣当道的背景下，为什么没关系没背景的朱仝到哪都能遇见器重自己的好领导呢？那些整天抱怨自己运气不好，没遇见好领导好同事的人，看看朱仝，反思反思自己吧。

树欲静而风不止，不想上梁山当强盗的朱仝迎来了梁山上下来的专门拉朱仝入伙的工作小组，组长是吴用，组员有雷横和李逵。三个人一个有智，一个有勇，一个跟朱仝有交情。宋江派出这个队伍来拉朱仝入伙，显然是志在必得的。那么拉拢过程顺利吗？

不顺利，吴用和雷横晓之以理，动之以情，朱仝都不为所动。表示自己愿意挣扎还乡，复为良民。吴用早就算准了朱仝不愿意上山，使用了一条毒计。在吴用和雷横与朱仝交谈时，让李逵把朱仝带着的小衙内抱到树林里杀了，彻底断了朱仝的良民之路，逼朱仝上山。朱仝见到小衙内被杀，火冒三丈，来跟李逵拼命。天不怕地不怕的李逵竟也不敢跟朱仝相斗，只得逃到柴进的庄上。众人一起劝朱仝，朱仝一时不能与李逵相斗，但也立誓，如果李逵在梁山上，自己绝不上梁山。在众多被逼上梁山的人中，朱仝是被逼得最狠的人之一，但却是上梁山上的最有骨气的，誓不与李逵这样的人为伍，这是朱仝为人的底线，这个底线，吴用触碰不了，只好让李逵暂住在柴进的府上。直到上梁山很久以后，李逵回山，朱仝仍旧要拼命。这种气节，梁山上几人能有？晁盖劫了杨志押运的生辰纲，杨志不也拜晁盖为大哥了吗？秦明被宋江陷害全家被杀，秦明不也拜宋江为老大了吗？李逵杀了扈三娘全家，扈三娘不也入伙了吗？这些人跟朱仝相比，可差得远了。

后来为什么朱仝跟李逵和解了呢？表面上看，是宋江的调解。但我个人观点：朱仝从上山那一刻起，就想好了自己有朝一日要下山。梁山只不过是暂居之地，所以跟李逵和解也只是表面和解，是过渡时期的一种暂时的妥协。或许有人会说，朱仝不是忠义吗？不是小关公吗？有骨气就不要上梁山呀。你错了，就是关公自己当年不也投降过曹操吗？屯土山约三事，为曹操服务了十几年，最后千里走单骑跟刘备团聚。这里朱仝其实也一样，走投无路的情况下，暂时落草，一有机会就要离开。他跟李逵和解，只不过是身在曹营心在汉的一种表现形式而已。不但不是不忠，恰恰是忠义的一种更高的境界，这种忠义是令人钦佩和仰慕的。当年曹操明知道关羽最后要走，但对关羽三日一小宴、五日一大宴、上马一锭金、下马一锭银。宋江对朱仝呢？也是礼遇有加。梁山排座次，朱仝排在第12位，不但比李逵高得多，比鲁智深、武松等主要人物都要高。并且封朱仝为八骠骑之一，要知道，梁山五虎八骠都是正规军武将出身，只有朱仝是警察出身。忠义之人，即使是贼窝里，也是大受欢迎的。

关羽在离开曹操之前，斩颜良诛文丑解白马之围，报答了曹操收留之恩。那么朱仝为梁山立功了吗？立了，二打曾头市时，朱仝攻打正西大寨，刺死了曾头市的大将曾密。那么朱仝就要离开梁山了吗？朱仝已经不用离开了。因为整个梁山都要招安了，自己也就跟着一起招安了。当年被断了的良民之路，重新又铺好了。招安之后，朱仝屡建奇功。征辽时，攻破了水星阵，生擒番将曲利出清。征方腊时，朱仝斩了飞云大将军苟正，生擒飞熊大将军徐方。又枪挑方腊的元帅谭高。江南平定后，朱仝是少数幸存的梁山好汉之一，受封为武节将军，保定府都统制。宋江和卢俊义等人被奸臣所害，朱仝的官运却越来越顺（为何没人害朱仝），后来随刘光世大破金兵，官至太平节度使，实现了宋江一生努力都没有实现的理想。

纵观朱仝的一生，对朝廷忠，对朋友义。尽管一生多遭磨难，但凭着自己的云天高义，博得处处美名，最后圆满收场。他是天满星，他是关羽的化身，他是忠义千秋的美髯公！

最后说一个小问题，既然施耐庵先生已经写了一个小关羽朱仝了，后面为什么又写了一个大刀关胜呢？水浒中有两个小关羽吗？是不是施耐庵先生偷懒了，不想再塑造新人物了，就拿一个现成的人物来凑108这个数呢？当然不是，关胜这个人物自然有关胜的意义，请看下回：忠义招牌挂堂前。

22. 忠义招牌挂堂前
——天勇星大刀关胜

古往今来，一个组织要想持续发展，必须有一个大家共同认可的纲领或口号。企业有企业文化，学校有校训就是这个道理。既能团结自己人，又能对外树立良好的形象。说白了，就是给自己贴个标签，挂个招牌，自己人能够获得认同，外部的人能直观地认识你。招牌立得好，组织的发展潜力就大，招牌立得不好，组织就有瓦解的风险。

梁山领袖宋江深谙此道。他给水泊梁山立了两个招牌，一个是替天行道，另一个就是忠义。有两个标志性的事件，一个是在梁山立起了替天行道的大旗，另一个是把梁山的聚义厅改名为忠义堂。这两块招牌的用处有所不同，替天行道是用来团结自己人的，梁山好汉出身比较复杂，要想团结大家必须给大家设一个共同的大目标，这个目标就是替天行道。无论你是百姓出身、土匪出身还是富翁出身、底层官吏出身、高官出身，这个目标都是你能接受的。可以说108将能团结在一起，靠的就是替天行道的大旗。忠义的招牌呢，则是给朝廷看的，我是忠义的，尽管我屡次与官军作战，但我是忠于朝廷的，有朝一日我是要招安的。在梁山上立一面替天行道的大旗，每个梁山好汉都能看到。但在梁山上设一个忠义堂，朝廷能看到吗？看不到。所以仅靠一个忠义堂的牌匾不足以给梁山立起来忠义的招牌。宋江明白，还需要给梁山立一个更大的忠义招牌。

这个忠义招牌立起来了吗？立起来了。就是梁山的第五位好汉——天勇星大刀关胜。

有人可能会说，关胜不是一个人吗，咋是招牌呢？其实人是最有说服力的招牌。几乎每个人都有这种记忆，小的时候自己的小伙伴中往往会有父母比较喜欢的"别人家孩子"。大家一起出去玩，有的时候父母不放心，怕惹祸，就不让去。这时候如果说某某某（父母喜欢的别人家孩子）也一起去，家长往往就放心了，也就让去了。这里的"别人家孩子"其实就是一个活招牌。父母觉得他是好孩子，因此跟他一起出去干的事也肯定是好事。这个道理放在梁山上也一样，如果有一个大家公认忠义的人入伙，那就说明梁山上的好汉肯定是忠义的，这个招牌最有说服力。可能有人会说，朱仝不就已经是忠义的人了吗？为什么不能做忠义的招牌呢？当然不能，朱仝虽然忠义，但他一个都头出身，影响力太小，整个大宋朝有多少人知道朱仝之名呢？梁山需要的是一个万众知名的忠义人物，大刀关胜是最合适的人选。

关胜是谁？汉寿亭侯关羽之后。了不起！在中国民间，关羽可以说是威望最高的人，比孔圣人还要高得多。关帝庙在中国比其他任何庙宇的数量都多，而且几乎各个行业各个阶层的人都拜关公，当官的拜关公、经商的也拜关公、黑道的人也拜关公、普通老百姓也拜关公。以至于人们对任何跟关公有关的事物都有一种崇拜，在过去戏台上，所有跟关公有关的戏都被称为老爷戏，在后台扮演关公的演员只要把脸画好了，其他的演员工作人员就不能随便说笑了，甚至高声说话都不行，因为在关公面前，不能轻浮无礼，可见人们对关老爷的敬仰。人们为什么如此仰慕关羽呢？就是因为他忠义。挂印封金、千里走单骑，单刀赴会，试问古往今来几人做得到呢？关羽在中国人心中向来就是忠义的化身。

演员画上关公的脸，在人们的心目中都有关公之威。那么作为关羽的后人，关胜自然也就成了忠义的代表：

蔡京把大名危急之事备细说了一遍，"如今将何计策，用何良将，可退贼兵，以保城郭？"说罢，众官互相厮觑，各有惧色。只见那步军太尉背後。转出一人，乃衙门防御保义使，姓宣，名赞。

出班来禀太师道："小将当初在乡中，有个相识；此乃是汉末三分义勇武安王嫡派子孙，姓关，名胜；生得规模与祖上云长相似，使一口青龙偃月刀，人称为'大刀关胜'；现做蒲东巡检，屈在下僚。此人幼读兵书，深通武艺，有万夫不当之勇；若以礼币请他，拜为上将，可以扫清水寨，殄灭狂徒，保国安民。乞取钧旨。"蔡京听罢大喜。

太师蔡京想选一员良将讨伐梁山，宣赞就推荐了关胜，在介绍关胜之前首先介绍此乃是汉末三分义勇武安王嫡派子孙，姓关，名胜。先说祖宗关羽，再介绍关胜，言下之意此人忠义可靠呀。蔡京听罢大喜，立即差人调关胜到东京领兵。关胜来到蔡京面前，蔡京又是大喜，为什么呢？蔡太师见关胜端得一表人材：堂堂八尺五六身躯，细细三柳髭须，两眉入鬓，凤眼朝天；面如重枣，唇若涂朱。就因为外貌长得像关公。蔡京前后两喜，就因为他觉得这次选出来的战将一定忠义勇武，像关公那样的，能不忠吗？能不义吗？关胜率兵征讨梁山，宋江一见也喜欢上了：

关胜得知便唤小校："快牵我那马来！"霍地立起身，绰青龙刀，骑火炭马，门旗开处，直临阵前。

宋江看见关胜一表堂堂，与吴用指指点点喝采。

宋江见到关胜的相貌也十分欢喜，与吴用指指点点喝采。这时候宋江已有了收降关胜之心了。这是最好的忠义招牌呀！关公的后代，相貌和关公差不多，如果这样的人上了梁山，梁山必然忠义之名远播。以后人人提起梁山，肯定会说，梁山上都是忠义的好汉呀，要不然关老爷的后人能入伙吗？梁山忠义的大招牌也就立起来了。很快，关胜中了梁山的诈降计，被生擒了：

> 关胜看了一班头领，义气深重，回顾宣赞，郝思文道："我们被擒在此，所事若何？"二人答道："并听将令。"
>
> 关胜道："无面还京，愿赐早死！"
>
> 宋江道："何故发此言？将军，倘蒙不弃微贱，可以一同替天行道；若是不肯，不敢苦留，只今便送回京。"
>
> 关胜道："人称忠义宋公明，果然有之！人生世上，君知我报君，友知我报友。今日既已心动，愿住帐下为一小卒。"
>
> 宋江大喜。

劝降关胜的过程比预想的简单得多，一句君知我报君，友知我报友，就入伙了。宋江当然大喜，他给关胜排在梁山好汉的五位，五虎上将之首。在武将中排名最高，比三朝元老同样武艺高强的豹子头林冲还高一位。有了关胜，梁山忠义的活招牌也就立起来了。这块招牌有用吗？太有用了！后文中圣水将单廷珪和神火将魏定国讨伐梁山，几乎可以说是一见到关胜就投降了，圣水神火根本没用上。是所有讨伐梁山官军中投降最干脆的人。为什么这么轻易就投降了？很简单，关老爷的后人都投降了，我们还不投降吗？不仅如此，在后来梁山的招安过程中，关胜的存在，或许也是梁山的一个重要砝码。关老爷的后人，顶着忠义光环的人，朝廷就不想要吗？

梁山招安以后，朝廷会追究关胜的投敌责任吗？不会。关胜是忠义的化身，朝廷怎么能给忠义之人降罪呢？岂不是要让天下人心冷。关胜随梁山好汉南征北战之后，受封为武节将军、大名府正兵马总管。比之前的蒲东巡检的官职高升了不少。关胜的一生，朝廷喜欢、蔡京喜欢、宋江也喜欢，就因为他的忠义之名。那么关胜真的忠义吗？跟他的祖先比，格局差得有点远。屯土山约三事呢？挂印封金呢？千里走单骑呢？过关斩将呢？仅凭一句君知我报君，友知我报友就入伙了。恐怕关胜只是一块忠义的招牌罢了。

最后关胜的死很耐人寻味。因为酒醉，失足落马身亡。忠义招牌，宋江不敢动、蔡京不敢动，甚至于皇上也不敢动，但哑巴畜生却敢动。当年关羽关云长兵败身死，他的坐骑赤兔马绝食自尽，而关胜的坐骑呢？却把自己醉酒的主人摔死了。个中滋味，请君自品。

23. 石中有宝

——南离大将军石宝

在珠宝界有一种投资叫赌石。简单理解就是投资买矿石，如果石头里面有一块宝玉，那么投资者就可以大赚特赚。可如果石头里没有玉，就是一块顽石，或者虽然有玉，但玉质很差，那投资者必然血本无归。这种投资，风险是非常大的，近乎于赌博，可以说是输多赢少，倾家荡产者多，一夜暴富者少。但由于巨额利润的诱惑，敢于豪赌的人却从来不少。《水浒传》中的宋江大哥其实就是个大赌客。

　　吴用问道："兄长今日朝贺天子回来，何以愁闷？"宋江叹口气道："想我生来八字浅薄，命运蹇滞。破辽平寇，东征西讨，受了许多劳苦，今日连累众兄弟无功，因此愁闷。"吴用答道："兄长既知造化未通，何故不乐？万事分有，不必多忧。"

　　……

　　那老人道："客人原来不知。如今江南草寇方腊反了，占了八州二十五县，从睦州起，直至润州，自号为一国，早晚来打扬州。因此朝廷已差下张招讨，刘都督去捕。"燕青，李逵听了这话，慌忙还了茶钱，离了小巷，迳奔出城，回到营中，来见军师吴学究，报知此事。吴用见说，心中大喜，来对宋先锋说知江南方腊造反，朝廷已遣张招讨领兵。宋江听了道："我等诸将军马，闲居在此，甚是不宜；不若使人去告知宿太尉，令其于天子前保奏，我等情愿起兵，前去征进。"当时会集诸将商议，尽皆欢喜。

梁山一百零八将招安以后，被朝廷派去征讨大辽，大获全胜班师回朝。讨伐敌国立了大功，朝廷不但赦免了梁山的聚众反叛之罪，而且对一众梁山好汉各个封赏，人人都洗白了自己的草寇身份，进入体制内得了官职（注：一百二十回本还有征田虎和征王庆的情节，但个人认为这两部分并非施耐庵先生的原著，而是后人续貂之作，因此这两部分情节不做讨论）。按说发展到这一步，以宋江为首的招安派理想得以实现，应该是个圆满的大结局。但是宋江本人却不满意。为什么呢？

因为封的官太小了。原以为伐辽立功之后，不封个节度使，也该封个安抚使，可是呢，只封了个小小的皇城使，宋江自然心有不满。但这个时候宋江已经没有资格跟朝廷讲条件了，即便不满也不敢表达出来。那怎么办呢？宋江有办法，一众好汉尚在，如果再有机会上阵杀敌立功，那么自然又有机会受封了。正巧这个时候江南方腊反了，宋江心里高兴，我的机会来了。我带着一众好汉，南下把方腊一灭，得胜还朝，连升三级也不在话下。于是，宋江又找人托关系，为自己争取了南下平叛的机会。有些影视作品里，把朝廷派宋江带梁山好汉征方腊演绎成朝廷削弱梁山势力的阴谋，但在原著当中却并非如此，征方腊是宋江想办法为自己争取来的。

说句实在话，这个时候，宋江的心目中方腊的实力简直不值一提。梁山兵将连朝廷十几万征讨大军都能打败，那么大的大辽国都让我们打投降了，剿灭江南那么一撮叛军还不是手到擒来？好比赌石，宋江觉得方腊就是块顽石，没啥了不起的，消灭他如同捏个软柿子。然而，就是捏软柿子这一下，把宋江的手扎了。方腊这块石头不是顽石，石头里面有好几块宝玉，其中最耀眼的一块正是石中之宝——南离大将军石宝。

当日宋江引军到北关门搦战，石宝带了流星锤上马，手里横着劈风刀，开了城门，出来迎敌。宋军阵上大刀关胜出马，与石宝交战。两个斗到二十余合，石宝拨回马便走，关胜急勒住马，也回本阵。宋江问道："缘何不去追赶？"关胜道："石宝刀法，不在关胜之下，虽然回马，必定有计。"

……

石宝首先出马来战。宋军阵上，急先锋索超平生性急，挥起大斧，也不打话，飞奔出来，便斗石宝。两马相交，二将猛战，未及十合，石宝卖个破绽，回马便走。索超追赶，关胜急叫休去时，索超脸上着一锤，打下马去。邓飞急去救时，石宝马到，邓飞措手不及，又被石宝一刀，砍做两段。城中宝光国师，引了数员猛将，冲杀出来，宋兵大败，望北而走。却得花荣、秦明等刺斜里杀将来，冲退南军，救得宋江回寨。石宝得胜，欢天喜地，回城中去了。

石宝是方腊集团的四大元帅之一，号为南离大将军，辅佐"太子"方天定镇守杭州。杭州城坚固异常，后来南宋就建都于此，自宋江南征以来，杭州是最不好打的一座城。攻打数日，接连折损了徐宁、郝思文、张顺等人。宋江只好等各路兵马会齐，四面攻打杭州城。两军对阵，石宝出战了。

第一阵对战梁山五虎将之首大刀关胜，两人打了二十几个回合不分胜负，石宝想用流星锤取胜，但关胜终究身经百战，经验丰富，见石宝刀法不在自己之下，却拨马败退，显然其中有诈，没有上当。石宝的诡计虽然没有得逞，但能让武圣玄孙说一句"石宝刀法，不在关胜之下"，足见石宝武功之高，刀法之妙，再加上流星锤的绝技，本领应当在关胜之上。

第二阵对战梁山八骠之一急先锋索超，索超就没有关胜的本事了，打了不到十个回合，就被流星锤打落马下。石宝不但打死了索超，还把赶来救人的火眼狻猊邓飞一刀砍为两段。一阵就杀了梁山两员大将，宋兵大败而走。

第三阵对战的是李逵战斗小队，共是四将，李逵、鲍旭、项充、李衮。石宝没留神步将，被李逵把马腿砍断了。可石宝临危不乱，翻身下马，躲在乱军之中，既没被打伤，也没被活捉，反而把贪功冒进的丧门神鲍旭一刀砍死，反败为胜。

数战杭州，宋江败兵折将。终于，宋江获得了重要的军事情报，截获了杭州城的运粮船。吴用献计，让梁山好汉扮作押粮军士，混进杭州城内放火，里应外合，终于打破了杭州城，杀死了"太子"方天定。可惜，石宝逃了，收拢败兵，且战且退，一路退守乌龙岭。

　　且说乌龙岭上石宝、邓元觉两个元帅，在寨中商议道："即目宋江兵马，退在桐庐县驻扎，倘或被他私越小路，度过岭后，睦州咫尺危矣。不若国师亲往清溪大内，面见天子，奏请添调军马，守护这条岭隘，可保长久。"邓元觉道："元帅之言极当，小僧便往。"
　　……
　　方腊道："各处军兵，已都调尽。近日又为歙州昱岭上关隘甚紧，又分去了数万军兵。止有御林军马，寡人要护御大内，如何四散调得开去？"邓元觉又奏道："陛下不发救兵，臣僧无奈。若是宋兵度岭之后，睦州焉能保守？"左丞相娄敏中出班奏曰："这乌龙岭关隘，亦是要紧去处。臣知御林军兵，总有三万，可分一万，跟国师去保守关隘。乞我王圣鉴。"方腊不听娄敏中之言，坚执不肯调拨御林军马，去救乌龙岭。

石宝一人虽能，终究敌不住宋兵势大，杭州失守，退守富阳县。富阳县又失守，退守桐庐县。一路上虽然也创出了一人战退吕方、郭盛的战绩，但终究是节节后退，一直退到乌龙岭。准备依仗乌龙岭险隘，与宋军继续周旋。但此时石宝意识到了一个重要的问题，乌龙岭虽险，守军却已不多，一旦宋军探明小路，绕过关去，两面夹攻，自己非输不可。因此，石宝拜托国师邓元觉，回朝向方腊搬援兵，固守乌龙岭，与宋江决战。

可是，方腊的决定让石宝失望了。我的兵马还得守卫大内，哪有多余的部队去增援你？娄敏中提了个折中的建议，在御林军中拨出一万人马增援乌龙岭，可惜也被否了。总之，方腊是一兵一卒的援兵也不派（方腊并没意识到，乌龙岭再丢了，他就彻底完了，有再多御林军有什么用？）。得知这一消息的石宝大为失望，最后做出了一个决定，方腊不发兵救我，我也不再救他，只率本部残兵坚守乌龙岭，守得一天算是一天。

探马飞报将来："西门乌龙岭上，马麟被白钦一标枪标下去，石宝赶上，复了一刀，把马麟剁做两段。燕顺见了，便向前来战时，又被那石宝，一流星锤打死。"

……

这边关胜等众将步行，都杀上岭来，两面尽是宋兵，已杀到岭上。石宝看见两边全无去路，恐吃捉了受辱，便用劈风刀自刎而死。

石宝被困岭上，殊死搏斗，最后一战还拼死斩了宋军两员大将。一刀把马麟剁为两段，又流星锤打死了锦毛虎燕顺，但终究还是寡不敌众。关胜等勇将杀上岭来，石宝自知难以抵挡，又不愿意身陷敌手，只好用自己的劈风刀结束了自己的性命。

石宝这个人物，以梁山好汉死敌的身份出现，本来是个反面，但不得不说，是全书中一个光彩夺目的人物：

首先，作为武将，石宝有勇。不但能战平梁山武将之首的大刀关胜，而且先后斩杀了梁山五员战将。还有几位梁山好汉间接死在石宝之手（如解珍解宝，在乌龙岭中了埋伏，坠崖而死）。无论是刀法还是流星锤的绝技，在全书来看，石宝都称得上一流。

其次，石宝有胆识有谋略。对战李逵时，石宝马腿被砍断，本来形势已十分危急。纵观全书，马上之将一旦落马，基本没什么好下场。但石宝临危不乱，果断避入乱军之中，不但保全了自身，还反劈死了宋军一员战将，战势反败为胜。再说退守乌龙岭之后，其实石宝对战争形势分析得十分准确，如果方腊能够听从石宝的建议，说不定跟宋江还有一拼之力。

再次，石宝有气节，最后关头，宁死不辱。临终拼死一搏，还干掉了梁山两员战将。最后寡不敌众，自刎而死，大有宁为玉碎不为瓦全的气魄。呼延灼、关胜都是朝廷的高级将领，兵败之后都投降了，虽然投降得比较体面，但终究还是降了。可叹将门虎子、武圣之后，论气节都不及石宝。

最后，不得不说，石宝是书中少有的有信仰的人。辅佐方腊起义，为的是反抗昏君奸臣当道的大宋朝廷。当意识到方腊不过自守之贼，其实跟大宋皇帝是一路货色，甚至还不如的时候（这个问题，将来说方腊的时候细说），石宝毅然决定不再保方腊了。孤守乌龙岭，只为自己的信仰而战。壮士虽死，浩气长存！

石宝有勇有谋有胆识有气节，不在古之名将之下，只可惜玉在石中。细读原著会发现，关胜和石宝经常成对出现。论武艺，两人棋逢对手一般平，论气节，石宝犹在关胜之上，但是论出身，石宝比关胜差得太远了。关胜赤面长髯青龙刀，关老爷的后人，谁见了不钦敬？奸臣蔡京一见，心里都生出爱将之意。石宝呢？草根出身，靠自己一刀一锤上战场上去拼。同样是宝玉，关胜这块玉露在明面上，谁见了都爱，石宝这块宝玉埋在石头里，不识货的往往随手丢弃了。

石中有宝玉，草根出英雄。孙悟空就是石头里蹦出来的，贾宝玉也是石头变成的人形。中国人自古是有石崇拜的，向来认为石头有一种神秘的力量，可是真正慧眼能识石中宝玉的人并不多。宋江南征方腊是赌石，帝王任用人才又何尝不是赌石。可叹古之帝王，能看清石中宝玉的人太少太少。徽宗末年，大宋朝廷已是内忧外患，石宝大将之才，却流落民间得不到重用，甚至被逼到朝廷的对立面上去了。倘若千千万万个石宝一样的草根英雄，能够得以选拔任用，则内可平乱党，外能御强敌，何愁天下不平？

石中有宝，看你有没有慧眼。

24. 君子和而不流
——天富星扑天雕李应

电影《一代宗师》中有一句非常经典的台词："刀的真义不在于杀而在于藏。"武艺精湛的高手往往英华内敛，不露锋芒，只在关键时刻施展本领。"不鸣则已，一鸣惊人"才是真正的大师风采。在水泊梁山上就有这样一位宗师，在他的背后藏着五口飞刀，飞刀取人，百无一失，却自始至终几乎没出过刀。他是谁呢？他就是我们今天要说的天富星扑天雕李应。

　　这里东村上是杜兴的主人，姓李名应，能使一条浑铁点钢枪，背铁飞刀五口，百步取人，神出鬼没。这三村结下生死誓愿，同心共意；但有吉凶，递相救应。惟恐梁山泊好汉过来借粮，因此三村准备下抵敌他。如今小弟引二位到庄上见了李大官人，求书去搭救时迁。杨雄又问道："你那李大官人。莫不是江湖上唤作扑天雕的李应？"杜兴道："正是他。"

杨雄、石秀、时迁三人投梁山入伙的途中，跟祝家庄的人起了争斗，时迁被祝家庄活捉。杨雄、石秀正不知如何搭救时迁，遇上了一个老朋友鬼脸儿杜兴。杜兴给杨雄和石秀出了个主意，找自己的主人帮忙，靠主人的面子请祝家庄放人。杜兴的主人是谁？就是扑天雕李应，李大官人。

李应是什么人呢？李家庄的庄主。名气大，武功好。杜兴一提起，杨雄就知道是江湖上唤作扑天雕的李应。后文中宋江提议打祝家庄的理由之一也是想借此机会拉李应入伙。可见李应这个人在江湖上威望很高，黑白两道都有一定影响。而且李家庄和祝家庄、扈家庄是盟友关系。独龙冈距离梁山水泊不远，独龙冈上的三个庄子恐怕梁山发兵来"借粮"，因此结成了攻守同盟。三庄之间，平时想必来往不少，扈家庄的扈三娘就与祝家庄的祝彪定了亲。在封建时代，通过联姻来强化联盟关系是一种常见的策略，大到国家民族，小到家族家庭，这种情况经常出现。可见，三庄之间的关系是非常亲密的，按说李应的面子应该能让祝家庄顺利放人。可是事情的发展出乎意料。李应派人两番给祝家庄送信，结果祝家不但不放人，还把送信人臭骂一顿，把李应的亲笔信给撕了，还威胁说要把李应也当梁山贼寇抓了送到官府。这可把李应激怒了，提枪上马，带着庄客来祝家庄问罪：

只见庄门开处，拥出五六十骑马来。当先一骑似火炭赤的马上坐着祝朝奉第三子祝彪。李应指着大骂道："你这厮口边奶腥未退，头上胎发犹存！你爷与我结生死之交，誓愿同心共意，保护村坊！你家有事情，要取人时，早来早放；要取物件，无有不奉！我今一个平人，二次修书来讨，你如何扯了我的书札，耻辱我名？是何道理？"

祝彪道："俺家虽和你结生死之交，誓愿同心协意，共捉梁山泊反贼，扫清山寨！你如何结连反贼，意在谋叛？"李应喝道："你说他是梁山泊甚人？你这厮平人做贼，当得何罪？"祝彪道："贼人时迁已自招了，你休要在这里胡说乱道！撺掩不过！你去便去！不去时，连你捉了也做贼人解送！"

李应大怒，拍坐下马，挺手中枪，便奔祝彪。祝彪纵马去战李应。两个就独龙冈前，一来一往，斗了十七八合。祝彪战李应不过，拨回马便走。李应纵马赶将去。祝彪把枪横担在马上，左手拈弓，右手取箭，搭上箭，拽满弓，觑得较亲，背翻身一箭，李应急躲时，臂上早着。李应翻筋斗坠下马来。祝彪便勒马来抢人。杨雄、石秀见了，大喝一声，挺两把朴刀直奔祝彪马前杀将来。

李家庄和祝家庄是盟友关系，时迁此时也并不是梁山人，那么李家庄庄主的面子为什么不能让祝家庄放人呢？很简单，三庄结盟是上一辈的事，说白了，结盟的是李应、祝太公和扈太公。当时结盟的目的是抵挡梁山的侵略。可祝太公的三个儿子，也就是祝家三杰长大成人，学成了点武艺之后，形势就变了。祝家三杰，尤其祝彪是典型的"中二"少年，有点本事，自己觉得自己了不得了，不是天下第一也差不多少。他们不再满足于抵挡梁山，而是想要捉梁山反贼，扫清山寨，扬名天下。他们为什么捉了时迁不放硬要栽成梁山贼寇呢？就是因为捉了梁山贼寇有面子呀。梁山那么大势力，他们的人都被我捉了，那我是不是更厉害。他们觉得自己太厉害了，以至于可以不要盟友了，直接威胁李应，你要不老实，把你也抓了，当成梁山贼寇。这句话激怒了李应，跟祝彪斗了起来，十几个回合就把祝彪打跑了。这也从一个侧面显示了李应的武艺，后文中花荣与祝彪相斗，十几个回合不分胜负，可见，李应的武艺起码不在八骠之首的小李广花荣之下。可是祝彪暗箭伤人，李应中箭落马，这一仗，李家庄打输了。可能有人会问，李应大战祝彪，为何不用飞刀取胜呢？再者说，李应也是使暗器的行家，为什么会轻易被暗箭射中呢？是呀，为什么呢？我们往下看：

杨雄、石秀与杜兴说道："既是大官人被那厮无礼，又中了箭，时迁亦不能救出来，都是我等连累大官人了。我弟兄两个只得上梁山泊去恳告晁，宋二公并众头领来与大官人报雠，就救时迁。因辞谢了李应。"李应道："非是我不用心，实出无奈，两位壮士只得休怪。"叫杜兴取些金银相赠。杨雄，石秀那里肯受。李应道："江湖之上，二位不必推。"两个方收受，拜辞了李应。杜兴送出村口，指与大路。杜兴作别了，自回李家庄，不在话下。

李应又写信又动武，祝家庄也没放人，杨雄、石秀没办法，只好去梁山搬兵。二人辞别李应，李应又以金银相赠。按说，李应跟杨雄、石秀并没有交情，为了帮助二人，李应两次修书，一次动武，可以说是仁至义尽了。临走为什么还送金银呢？推测一下，这些金银是给杨雄、石秀的补偿。李应或许是这样的心理：我答应了你们这件事，可是事没办成，给你们这些钱做补偿吧。以后这件事别再来找我了，你们是去官府报官也好，是去梁山搬兵也好，那是你们的事，跟我毫无关系了。此时的李应已经意识到，这浑水不能再蹚了，再蹚下去，我就真成了梁山一伙的了。其实，李应自始至终是不愿意跟梁山贼寇扯上关系的，祝彪激怒李应就因为一句"连你捉了也做贼人解送"。那么，李应会跟祝家庄、扈家庄携手共同抵抗梁山吗？也不会，跟祝彪的几句对话、一次交手就已经让李应意识到了，祝家三杰根本就是几个狂妄无知的小子，胆大包天，能力却很一般。跟这哥仁一伙，也不会有什么好下场。回看刚才那个问题，李应为什么不用飞刀取胜？很简单，到了动武的境地，如果飞刀斩了祝彪，自己跟祝家庄就彻底决裂了，跟梁山的关系也就撇不清了。李应为什么中了祝彪一箭？因为我中了你的箭，将来梁山打你，你还好意思请我帮忙吗？李家庄跟祝家庄的盟约就此撕毁了。李应祝家庄中箭在前，赠杨雄、石秀金银在后，等于对祝家庄和梁山的冲突置身事

164

外，你们的事你们解决，跟我没关系，都别来找我。李应的手段很高明，既跟双方都留了回旋的余地，又和双方都划清了界限。甚至大胆地推测，李应对祝彪的怒都不是真怒，只是想借机试探一下口出大言的祝彪到底有多大本事，结果祝彪连自己十几招都接不住。没本事还狂妄，李应意识到不能继续跟祝家庄混了，这才中了祝彪一箭，撕毁了与祝家庄的盟约。

可是，尽管李应想置身事外，但宋江却很想拉李应入伙。扑天雕李应本事又大、威望又高、家底又厚，如能拉拢上山必能使梁山势力大增。因此，宋江带兵来到独龙冈，还准备了礼物去李家庄拜访李应：

> 宋江带同花荣、杨雄、石秀上了马，随行三百马军，取路投李家庄来；到得庄前，早见门楼紧闭，吊桥高拽起了；墙里摆列着许多庄兵人马，门楼上早擂起鼓来。宋江在马上叫道："俺是梁山泊义士宋江，特来谒见大官人，别无他意，休要提备。"
>
> ……
>
> "相烦足下对李大官人说：俺梁山泊宋江久闻大官人大名，无缘不曾拜会。今因祝家庄要和俺们做对头，经过此间，特献彩缎名马羊酒薄礼，只求一见，别无他意。"杜兴领了言语，再渡过庄来，直到厅前。
>
> 李应带伤披被坐在床上。杜兴把宋江要求见的言语说了。李应道："他是梁山泊造反的人，我如何与他厮见？无私有意。你可回他话道：只说我卧病在床，动止不得，难以相见；改日得拜会；所赐礼物，不敢祗受。"

宋江备了厚礼，亲自来拜访李应，可是吃了闭门羹，连李应的面都没见着，全靠鬼脸儿杜兴带话。李应不想见宋江，对杜兴说得很明白，他是造反的贼寇，我怎能见他呢？见了他我跟贼寇就扯上关系了。所以不见，他的礼物也不收。可见，此时的李应拿定了隔岸观火的主意，既不助祝家庄狂徒，也不帮梁山贼寇。

"中二"少年，自然成不了什么大器。随着豹子头林冲、智多星吴用、病尉迟孙立等能人先后来到战场，祝家庄之败在所难免。最终祝家庄、扈家庄庄毁人亡，只有扈成、栾廷玉等寥寥几人逃走了。假如李家庄与祝家庄的盟约不撕毁，恐怕也是这个下场。可见李应跟祝家庄划清界限划得很及时，那么李应跟梁山的界限划得清吗？划不清。因为宋江和吴用会用计骗李应上山：

　　且说扑天雕李应恰将息得箭疮平复，闭门在庄上不出，暗地使人常常去探听祝家庄消息，已知被宋江打破了，惊喜相半。只见庄客入来报说："有本州知府带领三五十部汉到庄，便问祝家庄事情。"

　　……

　　知府道："胡说！祝家庄见有状子告你结连梁山泊强寇，引诱他军马打破了庄，前日又受他鞍马羊酒，彩缎金银；你如何赖得过？"李应告道："小人是知法度的人，如何敢受他的东西？"知府道："难信你说！且提去府里，你自与他对理明白！"喝教狱卒牢子，"捉了！带他州里去与祝家分辩！"

　　……

　　行不过三十余里，只见林子边撞出宋江、林冲、花荣、杨雄、石秀一班人马拦住去路。林冲大喝道："梁山泊好汉合夥在此！"那知府人等不抵敌，撇了李应、杜兴逃命去了。宋江喝叫赶上。众人赶了一程，回来说道："我们若赶上时，也把这个鸟知府杀了；但已不知去向。"便与李应、杜兴解了缚索，开了锁，便牵两匹马过来，与他两个骑了。宋江便道："且请大官人上梁山泊躲几时如何？"李

166

应道："是使不得。知府是你们杀了，不干我事。"宋江笑道："官司里怎肯与你如此分辩？我们去了，必然要负累了你。然大官人不肯落草，且在山寨稍停几日，打听得没事了时，再下山来未迟。"

……

李应禀宋江道："小可两个已送将军到大寨了；既与众头领亦都相见了；在此趋侍不妨，只不知家中老小如何，可教小人下山则个。"吴学究笑道："大官人差矣。宝眷已都取到山寨了。贵庄一把火已都烧做白地，大官人回到那里去？"李应不信，早见车仗人马队队上山来。李应看时，见是自家的庄客并老小人等。李应连忙来问时，妻子说道："你被知府捉了来，随后又有两个巡检引着四个都头，带三百来士兵，到来抄扎家私；把我们好好地叫上车子，将家里一应有箱笼牛羊马匹驴骡等项都拿了去；又把庄院放起火来都烧了。"李应听罢，只得叫苦。晁盖、宋江都下厅伏罪道："我等兄弟们端的久闻大官人好处，因此行出这条计来。万望大官人情恕。"李应见了如此言语，只得随顺了。

李应一面在庄子里养伤，一面密切地注视着战局。得知祝家庄一败涂地，李应"惊喜相半"。他喜的是什么？蛮横霸道的祝家庄被灭了，那他惊的是什么？想不到梁山这么厉害，这么快就把祝家庄整个端了。有一个小细节，其实李应也一直在备战，宋江来拜访李应的时候，李家庄"门楼紧闭，吊桥高拽，墙里摆列着许多庄兵人马"。可以说是处于一级战备的状态。李应对局势看得很清楚，祝家庄如果打败了梁山，很有可能将得胜之兵来李家庄问罪，梁山如果打败了祝家庄，也很有可能顺道把李家庄也平了，火烧大了，很可能也烧着隔岸观火的人。李应处事相当谨慎，祝家庄中箭在先，赠杨雄、石秀金银在后，跟双方划清界限的同时，也跟双方都留了回旋的余地。同时，李家庄也在厉兵秣马，加紧防御，李应自保的准备相当充分。

但尽管李应做好了各方面的准备，他还是失算了，因为他没想到梁山的阴谋诡计竟会如此狠毒：梁山好汉扮知府和官差，把李应骗出了李家庄，再派人劫道，假装把知府杀了。之后宋江劝李应，咱们把知府都杀了，官司岂能罢休？大官人快上梁山避避再说吧。可上了山的李应还想离开，提出回家看望老小。这时吴用告诉李应，李大官人呀，你家已经被我们一把火烧了，你的一家老小也都接来了，你还回哪去呀，就在山上入伙得了。李应只得叫苦。自己千方百计不想跟梁山为伍，结果还是中了梁山的诡计。现在不想入伙还来得及吗？恐怕来不及了，身陷山寨根本出不去，即便李大官人武艺绝伦，能杀出重围，可你的一家老小怎么办呢？飞刀取了宋江的性命，那下场就是两败俱伤。李应会怎么做？

用书中的话说，"李应随顺了"，也就是同意入伙了。随顺这个词用得很精准，李应的入伙跟其他好汉的意气相投、慨然应允不同，只是随顺了。说白了，就是接受现实，表面上顺从了，内心里是不愿意的，或者换句话说，虽然入伙了，但李应还是有底线的。这个底线是什么？虽然我加入了你们，但我不跟你们同流合污。你们攻城略地、烧杀抢劫的事别找我。这个底线宋江能挑战吗？别看宋江是黑道领袖，李应的这个底线，宋江也不敢挑战。要知道，以李应的家资和威望，同意入伙已经是给了你莫大的面子，人家捍卫底线的五口飞刀可还没出鞘呢。一旦逼急了，李应舍生取义跟你来个以命换命，飞刀一出，你宋江的命不也只有一条吗？所以宋江也不敢挑战李应的底线。不但不敢挑战底线，而且宋江对李应十分厚待。梁山排座次，李应排在第十一位，这个排名相当高。比忠义千秋的美髯公朱仝排名高，比鲁智深、武松这些核心人物的排名高，比李逵、穆弘这些宋江的铁杆心腹的排名高。而且李应的职务是什么？和梁山大股东柴进一起掌管钱粮。说白了，就是梁山的财政部副部长。管钱管粮，很有实权，而且不用出去参与战斗，烧杀抢掠你不愿意干可以不干。可以说在宋江心目中，李应的分量相当重。

或许有人会说了，李应那五把飞刀怎么不拿出来用呢？不会是吓唬人的吧。当然不是了，到了该用的时候自然是要用的。梁山招安以后，李应随大军征讨方腊，睦州大战，李应飞刀出鞘，斩了方腊的大将伍应星。为什么这个时候李应出刀了呢？大胆推测一下，我觉得可能有三方面原因。第一，之前在梁山上出征是犯上作乱，而征方腊是征讨反贼，意义不同，李应需要斩将立功来折加入梁山的罪。第二，睦州之战是征方腊的关键一战，睦州乌龙岭防线是方腊手里的最后一个要塞了，这个要塞拿下来，方腊就完了。所以这一战的胜负至关重要，值得使用飞刀。第三，或许混战中，伍应星确实威胁到了李应的安全，李应不得不放大招。总之，无论是哪种原因，都说明李应的飞刀是一定要在紧要关头才使用的，一旦使用，必然成功。这与其他暗器高手不同，比如没羽箭张清，擅打飞蝗石，也很厉害。但他的暗器经常使，几乎每次出战都要使用，结果后来每次他一出战，敌将已经先有了准备，渐渐地效果就没那么好了。在这一点上，跟张清相比，李应高明多了。

消灭了方腊集团，李应是幸存下来的梁山好汉之一（既有五口飞刀做最后的防线，自然十分安全），回京受朝廷的封赏，被授为武节将军、中山府郓州都统制（有点类似于今天的团长）。职位比梁山高管之一智多星吴用那个有职无权的承宣使要好。可见在朝廷心目中李应分量也是不轻的。然而，李应只任职半年就辞官不做，带着鬼脸儿杜兴回了独龙冈李家庄，又做回了一方富豪李大官人，逍遥地度过了后半生，最后得以善终。

纵观李应的一生，非常潇洒。虽然屡屡身陷险境，却总能化险为夷；不轻易跟人发生冲突，却没有一个人敢轻视于他；处于黑白两道的旋涡之中，却总能守住自己的底线。李应外号是什么？扑天雕。雕这种动物太厉害了，攻则迅如雷霆，守则远飞天外，实力远在狮虎豹子这些猛兽之上。李应何尝不是如此？

对人谦和以待不发生冲突，却又不同流合污，守得住自己的原则，又能留有余地，这就是君子。君子和而不流，这是大智慧，更是在乱世中自保的策略。北宋末年官场黑暗，黑道凶险，李应既不想做官，也不想当寇，只想做逍遥自在的李大官人。梁山用诡计骗李应上了山，李应没有翻脸拼命，也没有和贼寇同流合污，随顺地度过了梁山生涯。招安之后，沙场斩将立功，将功折罪，朝廷封了官。李应也没有马上推辞驳朝廷的面子，而是平稳地任职了一段时间，看小旋风柴进辞官了，这才以身体状况不好为由辞官还乡。李应不对抗任何人，黑白两道却也没有人敢来挑战李应的底线。要知道，谦和有礼的君子背后还背着五口飞刀，虽然几乎不拔刀，但鞘里的刀似乎更有力量，刀的真义不在于杀而在于藏。

李应，理应，施耐庵先生给这个人物取了这个名字，说明施耐庵觉得做人"理应"如此。其实李应的经历和施耐庵本人的经历最像。施耐庵先生文武双全，一生中过科举，做过官，混过黑道，造过反，最后隐居了。相传明朝政府屡次邀请施耐庵出山做官，都被施耐庵拒绝了。为什么拒绝了呢？施先生早已勘破世相，官场黑暗，黑道凶险，都不如寄情于山水之间。或许正是施先生的这个观点，形成了笔下的扑天雕李应这个人物。

邦有道则智，邦无道则愚，这是典型的儒家思想。梁山上有两个人是儒家思想的代表，一个是忠臣义士，忠义千秋的美髯公朱全，最后入世做了高官。另一个是谦和君子，和而不流的扑天雕李应，最后出世做了富家翁。两种人生，同样精彩。

25. 人贵有自知之明

——天贵星小旋风柴进

古人云："知人者智，自知者明。"人应该有自知之明，正确地认识自己的身份，了解自己的能力，摆正自己的位置。这样才能真正发挥自己的优势，实现良好的发展与提高。如果不能正确认识自己，总觉得自己了不起，总想做出格的事，那早晚要吃大亏，水泊梁山上就有一个活生生的例子。他是谁呢？就是我们今天要说的——天贵星小旋风柴进。

林冲等得不耐烦，把桌子敲着，说道："你这店主人好欺客，见我是个犯人，便不来睬着！我须不白吃你的！是甚道理？"主人说道："你这人原来不知我的好意。"林冲道："不卖酒肉与我，有甚好意？"店主人道："你不知；俺这村中有个大财主，姓柴，名进，此间称为柴大官人，江湖上都唤做小旋风。他是大周柴世宗子孙。自陈桥让位，太祖武德皇帝敕赐与他'誓书铁券'在家，无人敢欺负他。专一招集天下往来的好汉，三五十个养在家中。常常嘱付我们酒店里：'如有流配的犯人，可叫他投我庄上来，我自资助他。'我如今卖酒肉与你吃得面皮红了，他道你自有盘缠，便不助你。我是好意。"林冲听了，对两个公人道："我在东京教军时常常听得军中人传说柴大官人名字，却原来在这里。我们何不同去投奔他？"

......

　　宋江答道："久闻大官人大名，如雷贯耳。虽然节次收得华翰，只恨贱役无闲，不能彀相会。今日宋江不才，做出一件没出豁的事来；弟兄二人寻思，无处安身，想起大官人仗义疏财，特来投奔。"柴进听罢，笑道："兄长放心；遮莫做下十恶大罪，既到敝庄，俱不用忧心。不是柴进夸口，任他捕盗官军，不敢正眼儿觑着小庄。"宋江便把杀了阎婆惜的事一一告诉了一遍。柴进笑将起来，说道："兄长放心。便杀了朝廷的命官，劫了府库的财务，柴进也敢藏在庄里。"

　　柴进这个人，论出身确实不简单，是前朝皇室之后，大周柴世宗的子孙。宋太祖黄袍加身，把柴氏的大周天下改为大宋，自己当了皇帝。因此，对柴氏家族有一份感激之情，专门赐给他们家"誓书铁券"，也叫丹书铁券，就是我们今天说的免死金牌。柴氏的子孙后代犯法了也不要紧，一律免罪，这对于柴氏家族的传人来说可是极高的荣誉。尤其到了柴进这一代，更加觉得自己牛。牛到什么程度？反正法律管不了我，我就专门结交罪犯。好多被官府通缉的罪犯，柴进都养在自己的庄上，充当这些罪犯的保护伞。宋江、武松都曾经在柴进的庄上避祸。甚至那些占山为王的强盗，柴进也出资赞助，白衣秀士王伦占据梁山的起家资本，就是柴进赞助的。但凡有充军发配的罪犯，经过自己的家，柴进一律款待一番，临走还资助一笔盘缠。总结一句话，柴进采用各种手段帮助犯法的人，专门跟国法对抗。

　　柴进为什么要这么做呢？或许有人会说，柴进这个人喜好结交英雄好汉，尤其是那些武艺高强的人，犯法的罪犯中不乏精通武艺之士，所以柴进不惜重金，着意结交。比如豹子头林冲，顶级武学高人，不就是充军发配的罪犯之一吗？柴进仰慕这样的英雄，所以即便是有罪的人，柴进也愿意结交。很多影视作品里就是这么演的，柴进门招天下客，为的是敬仰英雄，结交好汉。那么真的是这样吗？我们看看林冲在柴进庄上的一段情节。

只见庄客来报道："教师来也。"柴进道："就请来一处坐地相会亦好。快抬一张桌子。"林冲起身看时，只见那个教师入来，歪戴着一顶头巾，挺着脯子，来到后堂。林冲寻思道："庄客称他做教师，必是大官人的师父。"急急躬身唱喏道："林冲谨参。"那人全不睬着，也不还礼。

……

柴进起身道："二位教头，较量一棒。"林冲自肚里寻思道："这洪教头必是柴大官人师父；我若一棒打翻了他，柴大官人面上须不好看。"柴进见林冲踌躇，便道："此位洪教头也到此不多时。此间又无对手。林武师休得要推辞。小可也正要看二位教头的本事。"柴进说这话，原来只怕林冲碍柴进的面皮，不肯使出本事来。林冲见柴进说开就里，方才放心。

……

柴进叫道："且住。"叫庄客取出十锭银来，重二十五两。无一时，至面前。柴进乃道："二位教头比试，非比其他。这锭银子权为利物。若还赢的，便将此银子去。"柴进心中只要林冲把出本事来，故意将银子丢在地下。

这一段是《水浒传》中的精彩情节——棒打洪教头。原来正在柴进设宴招待林冲的时候，来了一位洪教头，这位洪教头什么身份呢？柴进庄上的嘉宾，应该也是一位有点名气的武师，柴进的庄客都称呼洪教头为"教师"，估计也曾传授过柴进一招两式。以至于这位洪教头有点目中无人，丝毫不把林冲放在眼里，要在席间跟林冲比划比划。

林冲是个能忍的，深知自己此时的配军身份，因此尽管洪教头对自己无礼，林冲也没放在心上。洪教头要跟林冲较量，林冲看在柴进的面子上，也不想应战。林冲心里明白，两个人较量，必有一个输的。我输了，实在没脸，洪教头输了，不但洪教头没脸，柴大官人面子上也不好看。因此，不想接受洪教头的挑战。这时候柴进说了，这个洪教头在我这时间不长，没遇到过什么对手，我正想看看你俩的精彩对抗，你就别推辞了，跟他打一场吧。言下之意，你就揍他吧，不用考虑我的面子。不但如此，还拿出十锭大银子做比武的彩头，十锭大银子全扔地下，谁赢了谁过来弯腰捡钱。

柴进真的敬仰这些武艺高强的好汉吗？恐怕不是。虽然柴进舍得花钱，但柴进对自己的宾客可并不是什么以礼相待，根本不考虑这些宾客的面子。我愿意看你们表演武艺，你们就打一场给我看。输了的自己没脸，赢了的我给奖金，都扔地下了，谁赢了谁过来捡吧。说句不好听的，柴进看武学高手比武，跟看斗鸡耍猴的心态差不多，我爱看，你们就给我表演，丝毫没有敬仰之心。为什么他舍得花钱呢？因为他有的是钱，这点钱不算什么。进一步想想，在没比武之前，为什么洪教头敢对林冲如此无礼呢？恐怕很重要的一个原因是，平素柴大官人对这些宾客也不怎么放在心上。如果洪教头把林冲打了，那柴进也不会生气。假如柴大官人对庄上的嘉宾个个十分礼遇，那么洪教头再狂，也不敢冒犯林冲。后面出场的武松就是个例子，住在柴进的庄上，刚开始还像样地招待招待，慢慢就不行了，后来武松生了病，柴大官人都没给请个大夫看看，武松只能自己在走廊里烤火取暖。武松是武功高手吗？当然是。柴进有仰慕武学高手之心吗？显然没有。柴进只是随手撒点钱，心里对这些人并没有什么尊敬之意。棒打洪教头这一段，多亏林冲是个能屈能伸能忍的，换一个自尊心强的，说不定扭头就走。大家想想，花和尚鲁智深也曾经逃难在外，流浪江湖，为什么不来投靠柴大官人呢？宋江为什么在柴进庄上住了一阵就转而去投靠清风寨的花荣了呢？

说到这就有一个问题了，既然柴进内心里并不敬仰这些人，为什么还不惜花钱，花精力去结识资助这些罪犯呢？大胆推测一下，原因很简单，就是因为柴进任性。而且自己认为自己有任性的资本，我有免死金牌，做了犯法的事也没罪，不做点出格的事好像都对不起祖传的丹书铁券。所以柴进专门结交罪犯，包庇罪犯，资助罪犯，等于在向世人炫耀自己的特权：我这个人就是任性，我想干啥就能干啥，我公然支持犯罪，谁也不能把我咋地，我厉害吧。

那么，柴进祖传的免死金牌真能庇佑柴进一生平安吗？

柴进施礼罢，便问事情，继室答道：此间新任知府高廉，兼管本州兵马，是东京高太尉的叔伯兄弟；倚仗他哥哥势要，在这里无所不为；带将一个妻舅殷天锡来，人尽称他做殷直阁。那厮年纪小，又倚仗他姊夫的势要，又在这里无所不为。有那等献勤的卖科对他说我家宅后有个花园，水亭盖造得好，那厮带许多奸诈不良的三二十人，进入家里，来宅子后看了，便要发遣我们出去，他要来住。皇城对他说道："我家是金枝玉叶，有先朝丹书铁券在门，诸人不许欺侮。你如何敢夺占我的住宅？赶我老小那里去？"那厮不容所言，定要我们出屋。皇城去扯他，反被这厮推抢殴打；因此，受这口气，一卧不起，饮食不吃，服药无效，眼见得上天远，入地近！今日得大官人来家做个主张，便有山高水低，也更不忧。柴进答道：尊婶放心。只顾请好医士调治叔叔。但有门户，小侄自使人回沧州家里去取丹书铁券来，和他理会。便告到官府，今上御前，也不怕他。

......

正说之间，里面侍妾慌忙来请大官人看视皇城。柴进入到里面卧榻前，只见皇城阁著两眼泪，对柴进说道："贤侄志气轩昂，不辱祖宗。我今被殷天锡殴死，你可看骨肉之面，亲往京师拦驾告状，与我报雠。九泉之下也感贤侄亲意！保重，保重，再不多嘱！"

柴进有个叔叔柴皇城（根据细节推断应该不是柴进的嫡亲叔叔），在高唐州居住，也是家大业大的人，尤其家里的后花园修得十分气派。高唐州新来了个知府高廉，是太尉高俅的叔伯兄弟，高廉的小舅子殷天锡看中了柴皇城家的花园，想要占了。柴皇城怒了，我是金枝玉叶，家里有丹书铁券，你还敢欺负我？结果殷天锡还真就敢欺负柴皇城，带着手下人打了柴皇城一顿就走了。柴皇城咽不下这口气，心里想不明白，我是家里有免死金牌的人，咋还有人敢欺负我呢？越想越憋气，派人把柴进从沧州请来，想让柴进拿着丹书铁券上北京拦驾告御状。柴进来了一听，也气得够呛，跟柴皇城说，叔叔你别怕，我这就派人回沧州取丹书铁券来，咱们还怕他殷天锡、高廉吗？上京城见皇上咱们都不怕。

那么柴进镇住殷天锡了吗？没有。殷天锡不但没被镇住，还指挥手下人打柴进，这时黑旋风李逵冲了出来（由于朱仝不容李逵，此时的李逵正在柴进处安身），一拳把殷天锡打死了。事情闹大了，柴进劝李逵快走，李逵说我走了大官人你怎么办呀？柴进说我不怕呀，我有丹书铁券，谁能把我咋地？到了这个时候，柴进仍然认为自己丹书铁券在手，纵横天下自由。结果很快高廉就带兵到了，把柴进抓回衙门，一顿棍棒就给他打服了，安上了指使家丁打死人命的罪名，押进大牢，查抄了柴皇城的家产。

这时，梁山兵到了，原来李逵回梁山报信，宋江带兵攻打高唐州，准备解救柴进。没想到高廉不是好对付的，曾学过些法术，手下有三百神兵，城下一战，梁山兵吃了亏，损失一千多人。多亏入云龙公孙胜赶到，斗法胜了高廉，这才打破高唐州，救了柴进。被救时柴进凄惨无比，被打得皮开肉绽扔进了枯井，再晚来几天，柴进必死无疑。

被搭救的柴进没机会回沧州老家了，只能跟着上了梁山。柴进和叔叔柴皇城的全部家产（那想必是很大一笔钱），都成了水泊梁山的了。

按说，柴进是水泊梁山的投资人，第一大股东，到了梁山上应该是高管的身份。可是呢？梁山排座次，柴进排在第十位。不但不在四大高管之列，而且排名在五虎将之后，甚至八骠之首小李广花荣排名也在柴进之前。职务呢？是跟扑天雕李应一起掌管钱粮，也就是财政部长，看似挺有实权。但是想想看，一个企业的投资人，最大的股东，沦落到给企业打工，管财务还有个分权的，柴进心里当作何想？

本来柴进的先天条件是很不错的。皇室的血脉，富甲一方的财富，再加上祖传的丹书铁券护身，这个条件是梁山上任何人都比不了的。玉麒麟卢俊义也是大官人，可跟柴进一比，只能算个土大款。大刀关胜也是名门之后，可武圣的传奇终究已经远去，论名望不能跟柴进相比。那么柴进有这么好的条件，为什么会混得这么惨呢？很简单，我们前面已经说过了，就因为他任性。或者换句话说，他摆不正自己的位置。自己丹书铁券在手，觉得皇帝都应该敬我三分，不把任何人放在眼里，公然做违法的事。结果呢？别说皇帝，别说那些权臣，就是一个知府的小舅子他都对付不了。这是何等的讽刺。他之前帮助过的罪犯，倒还讲义气，关键时刻救了他一命，顺带收了他的家产。或许有人会说，这哪是义气呀，这不是强盗逻辑吗？对呀，梁山上本来就都是强盗，强盗能不讲强盗逻辑吗？资助的都是犯罪分子，自己心里没数吗？

其实，强占柴皇城花园这件事，如果柴进好好坐下来跟高廉、殷天锡交涉，未必不能妥善解决。以柴进的身份地位，完全有能力请有面子的人来居中斡旋。可是呢，柴进一上来就吓唬人家，你可别惹我呀，我家可有丹书铁券，皇帝都得让着我。结果和平谈判变成武力解决了，柴进能有什么好果子吃。

或许有人会问，柴进不是有丹书铁券吗？太祖皇帝御赐的，关键时刻怎么没起作用呢？下面我们就专门分析一下这个丹书铁券。丹书铁券的本质是什么？是承诺。说白了，相当于领导对下属许下的诺言。兑现了，就是丹书铁券，不兑现，那就是个破铁片子。如果是现任领导许下的承诺，还有几分兑现的指望。前任领导的承诺，就别抱着兑现的希望了。大宋江山，传到徽宗皇帝这，已经是第八任皇帝了。想想看，第八任领导，有义务兑现第一任领导的承诺吗？或许有人会说，咋没义务呢？古人最讲君臣父子之节，太祖说过的话，徽宗必须照办才行。说出这个话的人，想法还是比较单纯。就算徽宗有兑现承诺的义务，那么他可以履行这个义务，也可以不履行这个义务，还可以表面上履行实际上不履行这个义务。柴进真能拿着丹书铁券上皇帝面前讲理吗？恐怕还没等他到京城，就已经被干掉了。就算他历尽千辛万苦见到了皇帝，皇帝只要说一句，你这个丹书铁券是假的，柴进长一百张嘴也说不清，还多了个伪造太祖御赐之物的大罪，还是得被干掉。总结一句话，丹书铁券有用吗？其实啥用没有。柴进拿着个啥用没有的铁片子当自己任性的资本，结果可想而知了。

说到这，再深入探讨几句。对于篡权得天下的朝代来说，如何处理前朝遗族是个问题。赶尽杀绝太残暴，大加封赏又恐怕养虎遗患。翻开史书看看，被篡权的朝代皇族大部分会在历史上不知不觉的不见了，要么被秘密干掉了，要么改名换姓了，这些都不会被写进史书。不得不说，跟其他朝代相比，宋朝对于柴氏家族已经是十分优待了。一直到了南宋，柴氏还是大族，柴氏的后人还被封官。可以说在这种环境下，只要柴氏的后人摆正自己的位置，安分守己当自己的大官人，完全可以过一辈子荣华富贵的生活。偏偏柴进是个任性的，自己作死，那就离死不远了。

不过，毕竟是皇室后裔，在经历了一系列打击和教训之后，柴进悔悟了。知错能改，善莫大焉。

且说小旋风柴进在京师，见戴宗纳还官诰，求闲去了，又见说朝廷追夺了阮小七官诰，不合戴了方腊的平天冠、龙衣玉带，意在学他造反，罚为庶反，寻思："我亦曾在方腊处做驸马，倘或日后奸臣们知得，于天子前谗佞，见责起来，追了诰命，岂不受辱？不如自识时务，免受玷辱。"推称风疾病患，不时举发，难以任用，情愿纳还官诰，求闲为农。辞别众官，再回沧州横海郡为民，自在过活。

梁山招安后南征方腊，柴进化名柯引到敌营卧底，方腊见柴进一表人才，有王者风范，招他做了驸马。后来柴进与宋军里应外合，端了方腊的老巢清溪县帮源洞，立下大功，受封为横海军沧州都统制。但此时的柴进，一点嚣张气焰都没有了，知道自己身上有污点，与其将来被罢官免职，还不如自己辞官不做，回沧州横海郡当个自在的柴大官人。祖传的丹书铁券呢？柴进自己都不再提了。从此以后，小旋风柴进还是安享富贵的柴大官人，江湖之上还会有柴大官人的传说，但是哪个罪犯想投靠柴大官人，哪个山大王想得到柴大官人的资助，那是绝无可能了。

小旋风柴进上应天贵星，贵有自知之明，更贵在知错能改。

26. 死要面子活受罪

——地恶星没面目焦挺

人，或多或少都是爱面子的。面子这种东西，虽然不会给人带来实际的效益，但是会让人获得心里的愉悦。因此，在日常生活中，有些人特别爱面子，自尊心特别强，虚荣心也特别强，与人相处呢，总想着我得高人一头，人人都得仰视我。甚至有些人，为了享受这种被人仰慕的感觉，打肿脸充胖子，死撑自己的面子。这样一来，往往自己的实际利益严重受损，也就是所谓的"死要面子活受罪"。水泊梁山上有这么一位，总觉得自己没面子，到处给自己找面子的老兄。他是谁呢？就是我们今天要说的——地恶星没面目焦挺。

行不得一日，正走之间，官道傍边，只见走过一条大汉，直上直下相李逵。李逵见那人看他，便道：你那厮看老爷怎地？那汉便答道：你是谁的老爷？李逵便抢将入来，那汉子手起一拳，打个塔墩，李逵寻思道：这个汉子倒使得好拳！坐在地下，仰着脸，问道：你这汉子姓甚名谁？那汉道：老爷没姓，要厮打便和你厮打！你敢起来！李逵大怒，正待跳将起来，被那汉子，肋窝里只一脚，又踢了一交。李逵叫道：赢你不得！爬将起来便走。那汉叫住问道：这黑汉子，你姓甚名谁？那里人氏？李逵道：今日输与你，不好说出。

又可惜你是条好汉，不忍瞒你：梁山泊黑旋风李逵的便是我！那汉道：你端的是不是？不要说慌。李逵道：你不信，只看我这两把斧。

……

那汉听了，纳头便拜。李逵道：你便与我说罢，端的姓甚名谁？那汉道：小人原是中山府人氏，祖传三代，相扑为生，却才手脚，父子相传，不教徒弟。平生最无面目，到处投人不着；山东，河北都叫我做没面目焦挺。近日打听得寇州地面有座山，名为枯树山；山上有个强人，平生只好杀人，世人把他比做丧门神，姓鲍，名旭，他在那山里打家劫舍。我如今待要去那里入夥。李逵道：你有这本事，如何不来投奔俺哥哥宋公明？焦挺道：我多时要奔大寨入夥，却没条门路。今日得遇兄长，愿随哥哥。

李逵背着宋江独自下山，要去打凌州城，走到半路上，遇见一个大汉，两人打起来了。因为啥打起来的呢？原因很简单，李逵见大汉看自己，就问："你瞅啥？"大汉说："瞅你咋地。"结果两人就打起来了。这种情节，现在经常在一些段子或喜剧小品里面出现，有一种搞笑的效果。但这种情节要真发生在现实生活中，可就不搞笑了。两个既暴躁又鲁莽的人碰到一块，谁也不愿意稍微礼让一下，都想压倒对方，自然一句话不对付就能打起来。李逵不用说了，杀人魔王，任性惯了，谁都得给我让道。那个大汉也不是个省油灯，谁也不服，谁也别想让我低头，我必须得压住你。这两人碰一块，不打起来算怪了。

没想到的是，这个大汉还真有本事，李逵完全不是他的对手，连人家一招都接不住。李逵也挺识相，知道自己打不过人家，扭头就要走，结果被大汉拦住了，问李逵的姓名。李逵不是人家的对手，交代了两句场面话之后如实地报了自己的姓名身份。这大汉一听对方是大名鼎鼎的黑旋风李逵，态度也变了，纳头便拜，也说了自己的身世。原来这个大汉就是焦挺，一身家传的相扑本领，也称得上是个高手。可是，焦挺一身的本事，却四处投人不着。这让焦挺觉得自己很没有面子，因此得了个外号，叫没面目。也就是觉得自己丢人，没面子的意思。

说到这得简单解释一下，四处投人不着是什么意思呢？在古代，在某一方面有特长的人，往往会投靠一个有资源有平台的人，这样就有施展自己才能的机会。比如我们前面说的高俅，会各种才艺，就到有权有势的人家去帮闲，果然得到了发展的机会。再比如梁山招安以后的圣手书生萧让，给太师蔡京做了门馆先生，也算是有了一个施展才艺的平台，比他在乡下做个穷酸秀才强上百倍了。焦挺呢，也有一身相扑的本事，可惜四处投人不着，说白了，就是没有人愿意给他提供平台，让他施展自己的本领。爱面子的焦挺很生气，觉得那些人不给自己面子，自己太没有面子了。决定继续去找人投靠，他准备投靠的下一个对象是谁呢？枯树山的寨主——丧门神鲍旭。这个鲍旭是个什么人呢？也是个占山为王的土匪头子，用书中的话说，这个鲍旭平生只好杀人。《水浒传》当中，很多人都杀过人，但以杀人为爱好的人，也就是鲍旭和李逵这唯二的两人了。说句不好听的，这鲍旭就是个心理变态的杀人狂。爱面子的焦挺，为什么要去投靠一个杀人狂呢？大胆推测一下，可能他觉得也就鲍旭这样的人能给自己面子了。

说到这或许有人会疑惑，焦挺的本事也不小，能一招制服李逵，那也是个高手了。为什么会四处投人不着呢？为什么没有人愿意给他提供施展才能的平台呢？真的是因为他没面子吗？我觉得，焦挺四处投人不着并不是因为他没面子，恰恰相反，就是因为他太看重自己的面子了，到哪都想给自己争面子，到哪都觉得我不能向人低头，我不能让步，你们都得仰视我，我才能有面子。就像跟李逵动手一样，在大道上上下打量人家本来就很无礼，人家问一句你瞅啥就跟人动起手来，丝毫不肯退让半分。多亏遇见的是李逵，本事并非一流，万一遇见的是武松，是鲁智深，焦挺恐怕要倒霉。跟他的名字一样，焦挺焦挺，已经烧焦了，为了面子还在硬挺，这就是死要面子活受罪。或许有人会说，焦挺也不是特别蛮横不给人面子呀，后来知道了李逵的身份，不是也纳头便拜了吗？注意，焦挺这个时候纳头便拜，是在已经打败了李逵，李逵自己承认自己不如焦挺的基础上。说白了，只有焦挺觉得自己面子赚够了的时候，才能想起来给别人匀点面子。试问这样一个人，去投靠谁会喜欢呢？谁会愿意给这样一个人提供平台呢？也难怪他四处投人不着了，最后只能去投靠一个占山为王的变态杀人狂了。变态杀人狂能给焦挺提供个什么样的平台呢？不用想也知道，杀人放火呗。四处投人不着的焦挺其实已经走上了邪路。

在这里，焦挺跟高俅形成了一个鲜明的对比，同样是身怀本领，同样是投靠别人，高俅每次都能受到重视，平台越来越大，最后得以在端王府施展才艺，得到高层人物的垂青，成为殿帅府太尉。而焦挺呢，四处投人不着，到哪都没人愿意接纳，最后只好去投靠一个心理变态的杀人狂魔。是什么原因造成了两人的巨大差别呢？焦挺认为是因为自己没面子，别人都不给自己面子。真的是这样吗？恐怕不是，这不是有没有面子的问题。高俅就比焦挺有面子吗？并没有，高俅在给人帮闲的时候恐怕还不如焦挺有面子，随随便便就让人打一顿。但高俅懂礼节，知进退，即便是施展才艺的时候，也没有丝毫炫耀自夸的意思。因此，人人都愿意接纳他，也放心往更高的平台上推荐他。如果高俅是个不懂礼数的，在端王府看见端王在踢球，他在旁边来一句："你们这踢的是啥呀，就这两下子还好意思踢呢？来，让爷给你们踢一个，小刀割屁股，让你们开开眼儿。"试想一下，高俅要是这样，球技再高能当太尉吗？说不定当场就被乱棍打出了，连小王都太尉都会受牵连。高俅懂得给别人面子，别人也就给他面子，自然有面子。焦挺呢？抢别人的面子往自己脸上贴，人人都不愿意给他面子，反而没面子。这就是两人的差距。当然，高俅当上太尉以后，自我膨胀，成为反面人物，那是后话。仅对比施展自己才艺谋求发展的过程，高俅比焦挺高明得太多了。

　　说到这可能有人会说了，那高俅不就是善于阿谀奉承吗？焦挺呢，有骨气，自尊心强，所以不受那些权贵的喜欢。还是焦挺比高俅更有人格魅力。这种说法我认为看似有道理，其实是有问题的。人有自尊心是好的，所谓知耻而后勇，有了自尊心，也就有了进步的动力。但是，人在维护自己的自尊时不能以损害别人的自尊为前提，不愿意让步要建立在没有侵害别人的基础上，在大道上上下打量人家已经是无礼的行为，人家不乐意也很正常，不看就是了，为何要动手打人呢？这不是自尊心强，这就是蛮横不讲理。去投靠别人，摆明了是要别人拿出资源来支持自己，这个时候是你该给别人面子的时候，如果你只想着自己的面子，丝毫不给人留面子，那人家凭什么给你提供平台呢？当然，所谓给人面子，并不是教人毫无廉耻之心地去对权贵阿谀奉承，而是谦虚有礼，行事得体。不学礼，无以立。从古到今，礼貌在不同的时代有不同的表现形式，但有一点是不变的，不懂礼貌的人在任何时代都是不受欢迎的。尤其是那些身怀一定本领寻找发展机会的人，是必须守礼的，未曾学艺先学礼，就是这个道理。一个人对别人有礼，并不丢面子，反而是个人素质的体现，而不懂礼貌，并不是有面子、有个性的表现，只能说明这个人没有教养。

　　我们说回焦挺，遇见了李逵的焦挺可以不用去投靠杀人狂鲍旭了，而是跟鲍旭一起投靠了梁山。宋江是怎么对待他的呢？按说焦挺有一招制服李逵的本事，应该地位不低吧。梁山排座次，焦挺排在了第九十八位，在一百零八条好汉中排了个倒数。担任步兵将校，说句不好听的，其实跟小喽啰差不太多。爱面子的焦挺投靠梁山，还是没得到自己想要的面子。想来宋江也不喜欢这样性格的人。梁山招安以后，焦挺随梁山大军征讨方腊，在攻打润州的战斗中，在乱军之中被箭射死，马踏身亡。堂堂一个高手，毫无存在感。还有面子吗？其实一直都没有。

　　没面目焦挺，太看重自己的面目，反而没了面目。明明烧焦了，还要硬挺。我们不得不说一句：死要面子活受罪。

184

27. 高穷丑的烦恼
——地健星险道神郁保四

当今社会经常用"高富帅"来形容优质男性。顾名思义，就是身材比较高，形象气质比较好，比较有钱。可以说，能够兼有这三个优点的人实在是凤毛麟角。从大众的角度分析，能够占有其中的一个或两个优点的人也不算多，这在一定的范围内可以称为优秀人士了。因此，往往跟这几个优点能符合上一点的人都会觉得自己挺不错的，应该受到人们的称赞和敬仰。《水浒传》中就有这么一位高穷丑——地健星险道神郁保四。

> 段景住跑来，对林冲等说道："我与杨林、石勇前往北地买马，到彼选得壮审有筋力好毛片骏马，买了二百余匹；回至青州地面，被一夥强人，为头一个唤做'险道神'郁保四，聚集二百余人，尽数把马劫夺，解送曾头市去了！石勇、杨林不知去向。小弟连夜逃来，报知此事。"

郁保四是什么人？也是强盗出身，聚集二百余人，做打家劫舍的勾当。"险道神"是他的外号，可见这个人身材是很高的。中国古代民间出殡一般有一个纸扎的险道神在前面开路，传说险道神身长丈余、发赤面蓝、相貌凶恶，能震慑鬼魅。郁保四以险道神为外号，可见他的身材必然十分雄壮，没有一丈，也得有两米，绝对称得上一个"高"字。但是，估计称不上"帅"了，相貌凶恶，鬼见了都害怕的长相，肯定跟"帅"不沾边。那么，郁保四是穷还是富呢？应该是不穷的，毕竟是个强盗头目，有二百多小弟呢，平日抢劫来的财物估计不少。但郁保四本人是不满足的，他觉得自己的高大形象应该有更好的发展平台，不能只满足于"高"，而应该做一个名副其实的"高富"。于是他劫了梁山买的马匹当作见面礼，带着小弟投曾头市入伙了。曾头市在当时可是一股很大的势力，聚集着几千人，又有一流高手史文恭坐镇。梁山的队伍曾经被曾头市打败过，托塔天王晁盖就丧命于此。郁保四选择加盟曾头市，想必是想以此为平台，大显身手，做出一番事业。那么他的想法能实现吗？

次日，时迁回寨报说：小弟直到曾头市里面探知备细。见今扎下五个寨栅。曾头市前面，二千余人守住村口。总寨内是教师史文恭执掌，北寨是曾涂与副教师苏定，南寨是次子曾密，西寨是三子曾索，东寨是四子曾魁，中寨是第五子曾升与父亲曾弄守把。这个青州郁保四，身长一丈，腰阔数围，绰号"险道神"，将这夺的许多马匹都喂养在法华寺内。

曾头市的首领曾长官知道梁山早晚要兴兵来报仇，因此做好了战斗准备。设下五个大寨，分别为曾长官五个儿子与副教师苏定负责驻守，教师史文恭坐镇总寨，居中指挥。郁保四呢？负责在法华寺里喂马。看来，郁保四这个"险道神"在曾头市并没有受到什么重用，只领了个喂马的差事。当然，郁保四还有机会，如果能在与梁山的战斗中一显身手，说不定也能在曾头市做个头领或教师之类的。

很快，梁山的兵马杀到了，这时的梁山可不是上次跟曾头市交手时候的梁山了。一方面，梁山东征西讨，积累了丰富的战斗经验，连大宋朝四京之一的北京大名府都被梁山打破了。另一方面，有很多能人先后加入了梁山，其中不乏大刀关胜、玉麒麟卢俊义这样武艺和威望都处于顶尖水平的人物。此时的梁山，兵精粮足，宋江一声令下，就调动了两万多军队，兵分六路，杀奔曾头市。几仗打下来曾头市就折了两员大将——曾涂和曾索。两个儿子被杀，曾长官有点顶不住了，派人跟宋江讲和。

宋江开出了条件：归还两次夺走的马匹，交出夺马凶徒郁保四，献出金帛犒劳军士。曾头市方面怎么回应的呢？二百多匹马都还给了梁山，但第一次夺走的照夜玉狮子马却不能归还，郁保四可以交给梁山，犒劳军士的金帛也可献上，但怕梁山撕毁合约，希望梁山也派出一个人当人质。其他几点且不说，单看这两点：照夜玉狮子马是教师史文恭的坐骑，不能交给梁山；夺马人郁保四可以交给梁山。可见，在曾长官心目中郁保四的价值还不如史文恭座下的一匹马。不知道此时郁保四心中做何感想？

> 宋江听得这话便与吴用商量。尚然未决，忽有人来报道：青州、凌州两路有军马到来。宋江道：那厮们知得，必然变卦。暗传下号令，就差关胜、单廷珪、魏定国去迎青州军马，花荣、马麟、邓飞去迎凌州军马。暗地叫出郁保四来，用好言抚恤他，十分恩义相待，说道：你若肯建这场功劳，山寨里也教你做个头领。夺马之雠，折箭为誓，一齐都罢。你若不从，曾头市破在旦夕。任从你心。郁保四听言，情愿投拜，从命帐下。

宋江和吴用设下一条计策，引曾头市来劫寨，趁机全歼曾头市的主力。为了顺利实施这个计策，宋江亲自劝降郁保四：你投降梁山吧，如果助梁山打破曾头市，夺马之仇既往不咎，而且给你安排个好职位。如果不投降的话，你自己看着办吧。郁保四当然万分愿意投降，他投靠曾头市也是想有个好的发展平台，并非跟曾长官有什么感情。现在他心里很清楚，曾头市根本没把他当回事，还不如加入梁山，梁山的实力远胜过曾头市，何况梁山的老大宋江已经承诺了，让自己当个头领，何乐而不为呢？郁保四于是投拜帐下，归顺了梁山，并且充当间谍回到曾头市，传递假情报。曾头市果然中计，起兵劫寨，结果中了梁山的埋伏，曾家五个儿子先后战死，教师史文恭被活捉，曾长官上吊自杀，曾头市被彻底平灭。

从此，郁保四成为了梁山的头领之一。梁山上他的地位怎么样呢？估计也不怎么好。梁山上头领很多，有上百位，他基本属于末尾的。堂堂"险道神"当然不甘心，如果有机会还是想显示一下自己的价值。很快，机会来了：

> 宋江领兵前到东平府，离城只有四十里路，地名安山镇，扎住军马。宋江道：东平府太守程万里和一个兵马都监，乃是河东上党郡人氏。此人姓董，名平，善使双枪，人皆称为"双枪将"；有万夫不当之勇。虽然去打他城子，也和他通些礼数，差两个人，一封战书去那里下。若肯归降，免致动兵；若不听从，那时大行杀戮，使人无怨。谁敢与我先去下书？
>
> 只见部下走过郁保四道：小人认得董平，情愿书去下。又见部下转过王定六道：小弟新来，也并不曾与山寨中出力，今日情愿帮他去走一遭。宋江大喜，随即写了战书与郁保四、王定六两个去下。书上只说借粮一事。
>
> ……
>
> 董平听了大怒，叫推出去，即便斩首。程太守说道：不可！自

古"两国相战，不斩来使"。於礼不当。只将二人各打二十讯棍，发回原寨，看他如何。董平怒气未息，喝把郁保四、王定六一索捆翻，打得皮开肉绽，推出城去。两个回到大寨，哭告宋江说：董平那厮无礼，好生眇视大寨！宋江见打了两个，怒气填胸，便要平吞州郡。

宋江带兵攻打东昌府。东昌府兵马都监乃是一员勇将，叫双枪将董平。宋江准备先礼后兵，派人去下书劝降。这时郁保四站了出来：大哥，我跟董平有交情，我去下书劝降。

在古代战争中，下书这项任务风险是很大的，双方剑拔弩张了，你去送信，尤其是劝降，很有可能直接被对方干掉。虽然两国交兵不斩来使是一种美德，但你知道对方讲不讲美德呀？何况你水泊梁山根本称不上一国。但是郁保四还是有信心的，他的信心从何而来呢？就因为他跟董平曾经认识。所以他觉得董平应该能给他面子，即便不同意投降，也不会伤害自己。说句实在话，郁保四这个想法实在是幼稚。在《西游记》中有这样一个情节，唐僧被红孩儿抓了，孙悟空觉得自己跟红孩儿的父亲牛魔王曾经结拜过兄弟，想去跟红孩儿攀交情，放了唐僧。这时沙僧在一旁给孙悟空泼了盆冷水："大师兄，三年不上门，当亲也不亲，你与他相别五六百年，又不曾往还杯酒，又没个节礼相邀，他哪里与你认什么亲耶？"在很多人心目中，沙僧是最为忠厚老实之人，其实真正研读过《西游记》原著的人会清楚，沙僧是师徒四人中最精于世故的。这句劝孙悟空的话大有道理，即便是亲戚，几年不走动也不亲了，这么多年没有往来，你上门就求人这么大的事，人家能愿意吗？可惜孙悟空不听，上门去果然吃了亏。想想看，孙悟空堂堂齐天大圣，去求红孩儿放人尚且没成功。你郁保四一个草寇去劝兵马都监投降能成功吗？郁保四没想到这些，以为自己肯定成功。于是宋江写了书信，信上只说借粮之事，之前不是说劝降吗？怎么书信上只写借粮呢？很简单，宋江也知道郁保四去劝降绝无成功的可能。只说借粮，董平或许火气能小点，还能留郁保四条命。

果然不出所料，董平看了郁保四带来的书信火冒三丈，要把他杀了。多亏太守在旁说了一句两国交兵不斩来使，打一顿算了。这才饶了性命，但是把郁保四和王定六打了个皮开肉绽，推出城去。两人任务没完成，回到大寨哭告宋江。这个场景可有点滑稽，宋江身高不高，而郁保四呢，两米多高。想象一下，一个两米多高的大汉，痛哭流涕，一把鼻涕一把泪地向一个一米六左右的人说："大哥呀！他们给我打太惨了，你得给我报仇呀。"这是个什么场景？如果我是宋江，我一定哭笑不得。分析一下郁保四这个险道神一样的壮汉怎么会哭得如此伤心？大胆推测，他很失落，又很委屈。好不容易有机会立个大功，能露个脸，结果现了个眼，不但董平没把自己放在眼里，在梁山兄弟中也颜面全无了。以后估计再没有立功的机会了，自己也就只能默默无闻一辈子了。

那么后来郁保四在梁山发展如何呢？宋江还是会用人的，或许他从最早劝郁保四归降时就已经看好了郁保四的价值。郁保四个子高，这一点还是值得利用的。梁山排座次，郁保四排在第一百零五位，职位呢？负责把捧帅字旗。打仗的时候，他负责捧着帅字旗。因为他个子高，所以他挥舞大旗在千军万马中特别鲜明，可以说他高这一优势被发挥得淋漓尽致。但是这项工作是非常危险的，要知道古代两军交战，帅字旗是双方进攻的主要目标，往往是众矢之的，何况郁保四身材高大，那么大个靶子，太容易中箭受伤了。郁保四最后就死在了这条路上，征方腊时，被方腊大将杜微用飞刀杀死。

回顾郁保四的一生，这个大个子活得相当憋屈。想要出人头地，投靠曾头市，被安排去喂马，梁山兵马一到，就被献出去了。曾头市根本不管他的死活，在曾长官眼里，他的价值比不上一匹马。投靠梁山，承担了一个高危职责，108 将排名还排了个倒数第 4。看来在宋江眼中，郁保四的价值也没高到哪去，他的死活也并不怎么重要。

为什么会这样呢？归根结底，郁保四这个高穷丑除了高以外，没有其他任何优势了。只有高大的身材，没有真实的本领。如果他有史文恭那样的本事，曾头市会轻易把他献出去吗？肯定让他协助守寨。上了梁山也必受重用，不是五虎，也是八骠。可是他恐怕连史文恭十分之一的本事也没有，利用价值只剩下高了，专捧帅字旗这一高危岗位也算是针对他个人价值的最好职位了。

郁保四这个高穷丑给了我们两点启示：第一，对于一个人来说，被人利用并不可怕，可怕的是你连被利用的价值都没有了。第二，人要想谋求长远的发展，必须正确认识自己的价值，找准自己的定位。否则，盲目追求平台上的提升，恐怕下场不会太好。

28. 活成偶像的影子

——小温侯吕方赛仁贵郭盛

《水浒传》的情节发展中涉及的州城府县，如青州、登州、江州、大名府、郓城县等多数是确实存在的地名。而涉及的绿林好汉啸聚山林的山头名，如清风山、桃花山、二龙山、枯树山等，却多数是作者在创作过程中自己起的。这些山的名字是施耐庵先生随便起的吗？当然不是，它们的名字各有各的意义，各自与人物及情节相关。例如这座山——对影山。

宋江、花荣等人大闹清风寨，收了秦明、燕顺、王英等一众兄弟，一起投梁山去入伙，途中就经过了对影山，发生了一个小情节：

> 且说宋江、花荣两个骑马在前头，背后车辆载着老小，与后面人马，只隔着二十来里远近。前面到一个去处。地名唤对影山，两边两座高山，一般形势，中间却是一条大驿路。两个在马上正行之间，只听得前山里锣鸣鼓响。
>
> 花荣便道："前面必有强人！"把带住，取弓箭来，整顿得端正，再插放飞鱼袋内；一面叫骑马的军士催趱后面两起军马上来，且把车辆人马扎住了。
>
> 宋江和花荣两个，引了二十余骑军马向前探路。至前面半里多

路，早见一簇人马，约有一百余人，尽是红衣红甲，拥有一个笔红少年壮士，横戟立马在山坡前，大叫道："今日我和你比试，分个胜败，见个输赢！"只见对过山冈子背后，早拥出一队人马来，也有百十余人，都是白衣白甲，也拥着一个穿白少年壮士，手中也使一支方天画戟。这边都是素白旗号，那壁都是绛红旗号。只见两边红白旗摇，震地花腔鼓擂，那两个壮士，更不打话，各人挺手中戟，纵坐下马。两个就中间大阔路上战到三十余合，不分胜败。

宋江、花荣等人经过对影山，忽听见锣鼓声音响，花荣以为前方有强盗要抢劫钱财，做好了战斗准备，却发现原来是两伙人在打架。为首的两个看上去颇有大将风采，看这两个人的打扮：

一个头上三叉冠，金圈玉钿；身上百花袍，锦织团花。甲披千道火龙麟，带束一条红玛瑙，骑一匹胭脂抹就如龙马，使一条朱红画杆方天戟。如同三国第一勇将温侯吕布一般。

另一个头上三叉冠，顶一团瑞雪；身上斌铁甲，披千点寒霜。素罗袍光射太阳，银花带色欺明月。坐下骑一匹征宛玉兽，手中抡一支寒戟银绞。如同跨海东征大唐名将薛仁贵一般。

初看两个人的装束，读者不禁大为称赞，好威风，堪与古今名将比肩！再看两个人比试如何：

只看那两个壮士战到间深里，这两支戟上，一支是金钱豹子尾，一支是金钱五色，却搅做一团，上面绒绦结住了，那里分拆得开？花荣在马上看了，便把马带住，左手去飞鱼袋内取弓，右手向走兽壶中拔箭；搭上箭，拽满弓，觑着豹尾绒绦较亲处，飕的一箭，恰好正把绒绦射断。只见两支画戟分开做两下。

两人打了几十个回合，两支戟的绒穗绞在一起分不开了，假想一下，真的吕布或是薛仁贵在此，会出现这种情况吗？花荣一箭就把双戟分开了（两人的本事在这跟花荣对比简直是天壤之别），露了这一手，把两个人镇住了，赶快过来拜见宋江和花荣。原来两个人一个叫吕方，因为崇拜温侯吕布，处处模仿吕布，得了个外号小温侯。另一个叫郭盛，因为跟师父练得戟法，得了个外号赛仁贵（估计也崇拜薛仁贵）。

　　原来这两个是名将的粉丝，怪不得两个人装束打扮都和名将一模一样。可是两个人外表和名将一样，本事跟名将比呢？别说是跟吕布和薛仁贵比，就是眼前的花荣，只怕也能甩他俩几条街。这座山的名字叫什么？对影山。施耐庵先生这个名字取得好恰当，山上这两人真好像是一对影子，自己偶像的影子。处处模仿自己的偶像，要知道，在那个时代，一副盔甲袍带称得上是相当昂贵的奢侈品，聚集一两百人占山为王的草寇实力是比较小的。别说跟后来的梁山比，就是跟二龙山、清风山、少华山等山寨比，对影山人力、财力也差远了。两个人用弱小的财力置办了一身奢侈的铠甲，为什么？就为了模仿自己的偶像。可是模仿来模仿去，没有偶像身上最重要的东西——真才实学。梁山排座次，两个人一个是地佐星，一个是地佑星，都只是活成了偶像的影子，成为不了偶像。

　　上梁山后，吕方参加大小战役，还是出战过几次的。曾头市大战曾涂，大败而回，郭盛出马和吕方两人打曾涂一个，戟穗又缠到一起了，多亏花荣及时放了一箭，射伤了曾涂，救了两人性命。征方腊吕方大战石宝，又是大败而回。唯一的一次取胜，是与方腊手下的四大元帅之一厉天润的弟弟厉天佑交战，取了厉天佑的性命。地佐星打败了厉天佑，并不能说明吕方武艺有多高，只能说是影子打败了影子。吕方是吕布的影子，厉天佑多半是哥哥厉天润的影子。纵观全书，吕方跟人动手只有两次不败，都是跟影子交手，一次是跟薛仁贵的影子，地佑星郭盛，另一次是跟厉天润的影子厉天佑（都有个佑字）。跟郭盛无论是交手还是联手抗敌，只要哥俩在一起，戟穗肯定绞在一起分不开。为什么呢？两个影子靠在一起，当然分不清哪个是哪个的影子了。

最后吕方、郭盛是什么结局？征方腊大战乌龙岭时战死的。吕方的死特别耐人寻味：

> 这面岭东关胜望见岭上大乱，情知岭西有宋兵上岭了，急招众将，一齐都杀上去。两面夹攻，岭上混战。吕方却好迎着白钦，两个交手杀。斗不到三合，白钦一枪搠来，吕方闪个过，白钦那条枪从吕方肋下戳个空。吕方这支戟，却被白钦拨个倒横。两将在马上，各施展不得，都弃了手中军器，在马上你我相揪住。原来正遇着山岭峻处，那马如何立得脚牢，二将使得力猛，不想连人和马都滚下岭去。这两将做一处死在那岭下。

在乌龙岭上跟敌将白钦动手，战了几个回合，两人兵器就都脱手了，结果两人像市井流氓打架一样，你抓我揪你滚成一团，最后掉到山下摔死了。方天画戟是吕方模仿吕布最重要的道具，兵器没了，吕方一生的信仰也就粉碎了，仿佛一道阳光照向影子，影子立马不见了，吕方仅有的一点武艺也没了，只能揪住对方扭打，最后掉落悬崖。吕方一生从生到死，始终没有自我，生是吕布的影子，死和白钦抱在一起摔成一堆肉泥，分不清哪是吕方哪是白钦。

吕方、郭盛是可悲的，悲在模仿一生，没有学到偶像的精髓，只活成了偶像的影子。不但偶像没学成，自我也迷失了。从古到今，崇拜偶像的人所在多有，尤其是今天的年轻人，追星的更是不可数计。有崇拜歌星影星的、也有崇拜体坛健将的，有崇拜商界大鳄的、也有崇拜政坛领袖的，有崇拜业界精英的，也有崇拜学术权威的。偶像之所以能成为偶像，必因其有过人之处。模仿偶像，应该去其糟粕，取其精华，向偶像的才华看齐。反观当今部分追星一族，天天抱着各种八卦新闻，研究明星爱吃什么、爱喝什么、爱穿什么、哪个明星又出轨了、哪个明星又秀恩爱了、哪个明星又和别人吵起来了，动不动就搞个明星同款，这种追星有意义吗？这种形象几百年前施耐庵先生就塑造出来了，对影山上的一对影子，不正是我们今天说的脑残粉吗？

崇拜偶像，当学习偶像的才华，如果仅仅模仿偶像的皮毛，活成了偶像的影子，最终迷失了自我，那是多么可悲可叹的事呀！

29. 自古红颜多薄命
——地彗星一丈青扈三娘

水泊梁山有一百零八名好汉。其中，男性角色一百零五名，女性角色只有三名。一个母夜叉，一个母大虫，还有一个一丈青。从这几位的外号可以看出，在梁山好汉中，称得上美女的恐怕只有一位。就是我们今天要说的——地彗星一丈青扈三娘。

一丈青是什么意思呢？有人说是因为扈三娘身高一丈，脸色发青，所以叫一丈青。这显然是错误的观点。一丈青其实是古代的一种首饰，类似于发簪一类的头饰，在《红楼梦》中曾经出现过。扈三娘以一种首饰为外号，显然是非常美丽的，称她为美女绝不为过。而另外两个女将呢？一个母夜叉，一个母大虫，估计都是女汉子。然而美女一丈青却上应地彗星。彗星是什么？就是老百姓说的扫帚星。传统观点认为，见了扫帚星的人往往要倒霉。那么扈三娘命合地彗星，恐怕一生都是悲剧。有人会问，在看脸的社会，美女的人生应该一帆风顺才对呀，怎么会命运坎坷呢？是呀，一个美女，为什么命运坎坷呢？我们来看一看：

此间独龙冈前面有三座冈，列着三个村坊：中间是祝家庄，西边是扈家庄，东边是李家庄。这三处庄上，三村里算来总有一二万军马人家。惟有祝家庄最是豪杰。为头家长唤做祝朝奉，有三个儿子，名为祝氏三杰：长子祝龙，次子祝虎，三子祝彪。又有一个教师，唤做铁棒栾廷玉，此人有万夫不当之勇。庄上自有一二千了得的庄客。西边那个扈家庄。庄主扈太公，有个儿子，唤做飞天虎扈成，也十分了得。惟有一个女儿最英雄，名唤一丈青扈三娘；使两口日月双刀，马上刀法了得。

通过这段叙述可以了解到，扈三娘出身土豪之家，是独龙冈三庄之一扈家庄庄主扈太公的千金，练就了一身好武艺，一对日月双刀十分了得，并且与另一大土豪祝家庄的三公子祝彪定了亲事。从这看，扈三娘出身富贵之家，自身本领高强，结亲豪门子弟，命还是很好的，一点也不坎坷。但是一个重要事件改变了她的人生轨迹。

祝家庄捉住了即将投靠梁山的偷鸡贼时迁，跟水泊梁山结下了梁子，宋江率领六七千人马，攻打祝家庄。扈家庄与祝家庄是儿女亲家，自然和祝家庄并肩抵挡梁山的进攻。武功高强的扈三娘冲锋在前，第一阵就生擒了梁山战将矮脚虎王英，第二阵与摩云金翅欧鹏战了个不分上下，第三阵又战退了铁笛仙马麟。连续取胜的扈三娘拍马直取宋江，准备一举生擒梁山首领，结束战斗。此时梁山多名战将被擒，宋江本人也不擅武艺，不敢与武艺高强的扈三娘相斗，只好拨马败退，扈三娘随后紧追不舍。所谓擒贼先擒王，扈三娘只要生擒宋江，就能击败梁山，扬名天下，成为独龙冈三庄的大功臣、大英雄。然而，就在扈三娘马上要追上宋江的时候，梁山方面又来了一员大将，谁？豹子头林冲。

只见树林边转出十数骑马军来，当先簇拥着一个壮士，正是豹子头林冲，在马上大喝道："兀那婆娘走那里去！"一丈青飞刀纵马，直奔林冲。林冲挺丈八蛇矛迎敌。两个斗不到十合，林冲卖个破绽，放一丈青两口刀砍入来，林冲把蛇矛逼个住，两口刀逼斜了，赶拢去，轻舒猿臂，款扭狼腰，把一丈青只一拽，活挟过马来。宋江看见，喝声采，不知高低。

本想生擒宋江，结果却被林冲擒了。不是因为自己不强，而是因为对手太强了。扈三娘的武艺高强只是跟普通人相比比较高强，对付王英、马麟这些三流人物绰绰有余，但是跟豹子头林冲这样的人一比可就差得远了。林冲轻舒猿臂，款扭狼腰，很轻松就把扈三娘赢了。虽说胜败乃兵家常事，但这一战肯定对扈三娘的打击很大。试想一下，扈三娘在独龙冈三庄这个小圈子里，武功是顶尖水平，再加上出身豪门，扈三娘必定受过无数的夸奖与赞美，说不定隐隐然在她心中觉得自己即便不是天下第一，也差不了多少。然而遇见林冲才知道，真正厉害的人比自己强得太多太多。就像今天的某些学生一样，上中学时是十里八乡有名的学霸，高考考到名牌大学才知道，原来自己只不过泯然众人，比自己厉害的多得多的人有的是，自信心受到严重的打击，很多学生就此堕落沉沦、沉迷网络了。扈三娘会不会就此沉沦呢？假如祝家庄和扈家庄联手击退梁山，或许不会。如果祝家庄和扈家庄被梁山打破，扈三娘的精神支柱彻底崩塌，那就很可能会就此沉沦，甘受命运摆布。

很快，孙立、孙新、解珍、解宝等人到祝家庄卧底，和梁山的人里应外合打破了祝家庄，祝氏三杰被杀，铁棒栾廷玉逃走，扈家庄惨遭屠庄，梁山泊取得了彻底的胜利。已经家破人亡的扈三娘呢？成为了梁山的战利品。那么宋江会如何处置扈三娘这个战利品呢？把他许配给了矮脚虎王英。有的评论者认为宋江最初想让扈三娘当自己的压寨夫人，扈三娘誓死不从，宋江想恶心她，就把她许配给了其貌不扬，人品也不佳的王矮虎。对于这个观点，我是很不赞同的。翻遍整部水浒，没有宋江贪恋女色的情节。对于梁山而言，多次出征，缴获美女的机会很多，假如宋江有选压寨夫人的想法，十个八个也有了，为什么到最后一个也没有呢？还有，如果扈三娘誓死不从宋江，那为什么能从王英呢？也有人说是因为李逵把事情喊破了，宋江没面子，所以不能再娶扈三娘。这个观点也有漏洞，要知道，李逵是宋江最贴心的心腹，如果宋江真有意娶扈三娘，李逵会跳出来阻大哥的好事？就算李逵不明白，宋江是多精明的人，他有的是办法让李逵没机会把事情说破。所以，把扈三娘许配给王英，是宋江真心实意的。有人可能会问，像扈三娘这样既漂亮，武功又高的美女，为什么要许配给人品不佳、其貌不扬的王英呢？按照郎才女貌的标准应该许配给林冲呀，再说扈三娘就是林冲生擒的呀，跟林冲结亲多般配。是呀，为什么不许配林冲，偏偏许配王英呢？原来宋江曾经承诺过王英，许给他一门亲事。

> 燕顺便问道："刘高的妻今在何处？"王矮虎答道："今番须与小弟做个押寨夫人。"燕顺道："与却与你；且唤他出来，我有一句话说。"宋江便道："我正要问他。"王矮虎便唤到厅前。那婆娘哭着告饶。宋江喝道："你这泼妇！我好意救你下山，念你是个命官的恭人，你如何反将冤报？今日擒来，有何理说？"燕顺跳起身来，便道："这等淫妇，问他则甚！"拔出腰刀，一刀挥为两段。王矮虎见砍了这妇人，心中大怒，夺过一把朴刀，便要和燕顺交并。宋江等起身来劝住。宋江便道："燕顺杀了这妇人也是。兄弟，你看我这等一力救了他下山，教他夫妻团圆完聚，尚兀自转过脸来，叫丈夫害我。贤弟，你留在身边，久后有损无益。宋江日后别娶一个好的，教贤弟满意。"燕顺道："兄弟便是这等寻思，不杀他，久后必被他害了。"王矮虎被众人劝了，默默无言。

在清风山时，因为燕顺杀了王英准备做压寨夫人的女子，王英要跟燕顺拼命。宋江出面解劝，承诺王英，将来一定给王英许配一个更好的夫人，王英这才作罢。看来宋江把扈三娘许配给王英，是为了兑现当年的承诺。但在我的观点看来，这只是一个表面原因，宋江还有更深远的考虑。

扈三娘上山时，正是梁山的快速发展阶段，在这一阶段，上山入伙的人很多，有主动的，也有被动的。我们前面说过，在梁山发展初期，晁盖靠义气领导一众好汉，这在人数较少，人员成分简单的情况下是没问题的，可是随着上山的人越来越多，好汉的身份越来越复杂，靠义气团结大家显然是不够的。宋江靠什么团结大家呢？靠政治口号——替天行道。可是光有政治口号也显然不够。好比现代的一家企业，企业文化做得好，能招揽人才，可是如果企业只有企业文化，薪酬待遇都跟不上，那恐怕也留不住人才。留住人才还是得靠实利，宋江深知这一点。所以给手下人画的饼，必须得逐渐实现。可是把所有人想要的都实现显然是不可能的，人力成本太高了。那怎么办呢？选择有代表性的人实现。给大家立个标杆，你们看，承诺王英的我已经兑现了，其他人的以后也会慢慢实现，你们踏踏实实跟我干就行了，肯定亏待不了大家。宋江的这一做法可以说是一箭双雕，既满足了好色的王英的需求，兑现了自己的承诺，又给梁山众好汉立起了获得实利的标杆，维持了梁山的长久稳定。说到这，我们不禁想起《三国演义》里的一个情节，李儒劝说董卓把貂蝉赏给吕布，可是董卓不肯，自己霸占了貂蝉，结果董卓被吕布杀了。从这个角度看，宋江的卓识远见，比董卓高多了。

把扈三娘许配给王英，给一众梁山人立起了人力管理的标杆，体现了宋江的领导才能。可这里还有一个问题：扈三娘不是金银，不是玉器，她是一个人。宋江把她配给王英，考虑她的感受了吗？很显然，没有。扈三娘就是一个牺牲品，她已经没有了反抗命运的能力。可能有人会感叹，这样一个美女，沦为了管理山寨的牺牲品，太可惜了。其实想想看，"自古红颜多薄命"，绝世美女多半命运坎坷，沉鱼落雁闭月羞花，羡煞世人的四大美女哪个不是牺牲品？出塞的王昭君，是政治联姻的牺牲品，貂蝉西施是政治斗争的牺牲品，杨玉环呢？一捧黄土葬娇容，被活活勒死，是唐明皇平定士兵哗变的牺牲品。到底是她们太美所以成了牺牲品，还是因为她们是牺牲品所以在人们的心目中很美呢？这个问题我始终没有找到答案。

后来扈三娘在梁山上过得怎么样？书中没有明说。但是屡次征战，扈三娘多次亮相，为梁山立下了很多功劳，可以说适应了自己梁山好汉的身份，放下了灭门之仇，接受了命运的安排，最后在征方腊的过程中战死。或许她早就已经死了，人没死，但心已经死了。哀，莫大于心死。或许在得知全家被杀的时候，她就已经死了。或许在败给林冲自信被摧毁的时候，她就已经死了。想想她的外号，一丈青，一种首饰，没有生命，跟金银玉器一样，虽然珍贵，但只是器物而已，逃脱不了任人摆布的命运。

有的悲剧是可以避免的，而有的悲剧却避免不了。避免不了的悲剧有一个共同的标签，上面写着——命运。

30. 是珍宝也是蛇蝎
——两头蛇解珍双尾蝎解宝

水泊梁山 108 将，分为两大类。36 天罡，是为一类，72 地煞，是为一类。总体来看，凡是位列天罡的，都是书中的主要人物，要么笔墨较多，要么本事很大。凡位列地煞的，本领和威望都不能跟 36 天罡相比。但有两个人物却是例外，引发了各方评论家的热议，他们就是两头蛇解珍和双尾蝎解宝两兄弟。

解珍解宝两兄弟论笔墨并不多，只在三打祝家庄前后出场了一下。论本领也不见得有多高，跟他们同时入伙的有孙立、孙新、顾大嫂、乐和等人，且不说孙立，即是孙新和顾大嫂也应该排名在解珍解宝之前。但是，梁山排座次时却把解珍解宝列入天罡，孙立等人都归地煞。这是什么原因呢？各路评论家都有自己的解释，各种阴谋论、派系论，等等。然而，这些观点我都不太认同。

《水浒传》一书是在南宋人龚开的《三十六人赞》基础上丰富著作而成的。也就是说 36 天罡人物其实龚开早就已经创作出来了，并不都是施耐庵先生塑造的。解珍解宝本来就在《三十六人赞》中，那么他们在水浒中能进 36 天罡也就很正常了。这就可以勉强解释为什么他们两兄弟能入天罡，可是还有一个问题解释不通，既然解珍解宝已经在《三十六人赞》中了，施耐庵先生在创作的时候也准备接受这个排名，那为什么施先生不在他们两兄弟身上多花些笔墨呢？即便不花笔墨，也应该把他们武艺写高一点呀。可能有人会说，为什么这么写，就是情节需要呗，施先生创作的时候可能也没想这么多，问题都是后人臆想出来的。这么说确实能把所有问题都解释通，但事情真的这么简单吗？我觉得不是。

中华上下五千年，著作浩如烟海，为什么只有红楼西游三国水浒能位列四大名著呢？主要是因其含义深远，每一处笔墨都妙到颠毫。施先生所创作的《水浒传》对于人物的刻画与描写更是神乎其技。梁山上108个人物，再加上一些相关的人物，有的详写，有的略写，每一个人物都有存在的意义，绝对没有无用的笔墨。详写的人物，如宋江、吴用、鲁智深等人，讲的都是完整的人生历程，向读者展示不同选择下的人生道路；略写的人物，如薛永、侯健、郁保四等人，都从某一个点给读者以人生的启示。解珍解宝两兄弟，虽然笔墨少，但是给读者的警示意义却很大。从这个角度讲，也是书中的主要人物。

毒蛇，最毒之处莫过于毒牙，如果一条毒蛇长着两个蛇头，那肯定是让人心惊胆寒，而解珍恰恰外号叫两头蛇。同样，蝎子最毒之处莫过于尾部的毒钩，而解宝恰恰外号叫双尾蝎。这两个兄弟的外号正是最毒的毒物，然后两兄弟一个名珍，一个名宝，合起来就是珍宝。既然叫珍宝，为什么又是毒物呢？读过《捕蛇者说》的人都知道，蛇毒能毒人致死，但本身也是一种治病良药，蝎子同样也是如此。可见毒物如果驾驭得了，可以成为珍宝，而珍宝如果运用不好，却有可能成为害人性命的毒物。且看解珍解宝的经历：

解珍解宝原是登州登云山附近的猎户，以打猎为生。登云山上出了一只老虎，经常伤害过往的行人，地方官员便发布公文，召集猎户，杖限捉虎。何为杖限捉虎？就是限定抓虎的期限，到期捉住老虎有重赏，到期捉不住老虎，都要受杖刑。兄弟俩上山抓虎，还真把老虎打死了，可是老虎掉进本地一个土豪毛太公家的园子里了，兄弟俩就上门去要虎：

此时方天明，两个敲开庄门入去，庄客报与太公知道。多时，毛太公出来。解珍，解宝放下钢叉，声了喏，说道："伯伯，多时不见，今日特来拜扰。"

毛太公道："贤侄如何来得这这等早？有甚话说？"

解珍道："无事不敢惊动伯伯睡寝，如今小侄因为官司委了甘限文书，要捕获大虫，一连等了三日；今早五更射得一个，不想从后山滚下在伯伯园里。望烦借一路取大虫则个。"

毛太公道："不妨。既是落在我园里，二位且少坐。敢是肚饥了？些早饭去取。"叫庄客且去安排早膳来相待。当时劝二位了酒饭。

解珍，解宝起身谢道："感承伯伯厚意，望烦去取大虫还小侄。"

毛太公道："既是在我庄后，怕怎地？且坐茶，去取未迟。"

解珍，解宝不敢相违，只得又坐下。

庄客拿茶来教二位了。毛太公道："如今和贤侄去取大虫。"

解珍，解宝道："深谢伯伯。"毛太公引了二人，入到庄后，方叫庄客把钥匙来开门，百般开不开。

毛太公道："这园多时不曾有人来开，敢是锁簧了，因此开不得。去取铁来打开罢了。"庄客身边取出铁，打开了锁，众人都入园里去看时，遍山边去看，寻不见。毛太公道："贤侄，你两个莫不错看了，认不仔细，敢不曾落在我园里？"解珍道："怎地得我两个错看了？是这里生长的人，如何认不得？"毛太公道："你自寻便了，有时自去。"解宝道："哥哥，你且来看。这里一带草滚得平平地都倒了，又有血迹在上头。如何说不在这里？必是伯伯家庄客过了。"毛太公道："你休这等说；我家庄上的人如何得知大虫在园里，便又得过？你也须看见方当面敲开锁来，和你两个一同入园里来寻。你如何这般说话？"解珍道："伯伯你须还我这个大虫去解官。"

太公道："你两个好无道理！我好意请你酒饭，你颠倒赖我大虫！"解宝道："有甚么赖处！你家也见当里正，官府中也委了甘限文书；没本事去捉，倒来就我见成，你倒将去请天，教我兄弟两个限棒！"毛太公道："你限棒，干我甚事！"

解珍，解宝睁起眼来，便道："你敢教我搜么？"毛太公道："我家比你家！各有内外！你看这两个叫化头倒来无礼！"解宝抢近厅前，寻不见，心中火起，便在厅前打将起来。解珍也就厅前攀折拦杆，打将入去。毛太公叫道："解珍，解宝白昼抢劫！"那两个打碎了厅前桌椅，见庄上都有准备，两个便拔步出门，指着庄上，骂着："你赖我大虫，和你官司里去理会！"那两个正骂之间，只见两三匹马投庄上来，引着一夥伴当。解珍认得是毛太公儿子毛仲义，接着说道："你家庄上庄客捉过了我大虫，你爹不讨还我，颠倒要打我弟兄两个！"

毛仲义道："这村人不省事，我父亲必是被他们瞒过了；你两个不要发怒，随我到家里，讨还你便了。"解珍，解宝谢了。毛仲义叫开庄门，教他两个进去；待得解珍，解宝入得门来，便叫关上庄门，喝一声"下手！"两廊下走出二三十个庄客。恰马后带来的都是做公的。那兄弟两个措手不及。众人一齐上，把解珍，解宝绑了。

毛仲义道："我家昨夜射得一个大虫，如何来白赖我的？乘势抢掳我家财，打碎家中什物，当得何罪？解上本州，也与本州除了一害！"原来毛仲义五更时先把大虫解上州里去了；带了若干做公的来捉解珍，解宝。不想他这两个不识局面，正中了他的计策，分说不得。毛太公教把两个使的钢叉做一包赃物，扛了计多打碎的家伙什物，将解珍，解宝剥得赤条条地，背剪绑了，解上州里来。

解珍解宝两兄弟有本事打虎，却没本事留虎，不但虎被毛太公强占了，两兄弟还被打成抢劫罪关进大牢。这个结局表面看因为毛太公厚颜无耻，强占横夺，倘若深入思考，也有两兄弟自身的原因：

首先，上门索虎是没问题的，但是毛太公安排两兄弟吃饭，两个人就应该有所警觉。你是山中猎户，毛太公是一方土豪，你上门索虎，是你有求于人，人家干什么要请你吃饭喝茶？其次，在园子里发现了老虎的痕迹又不见老虎，就应该知道人家有所准备，这时候大打出手不但占不到便宜，反而容易让人抓住把柄。再次，都离开毛太公家了，遇见毛太公的儿子又跟毛太公的儿子回了毛太公家，以为毛太公的儿子能替自己讨回公道，最后被庄客一拥而上捉住了。梳理整个过程，不难发现，解珍解宝两兄弟对自己所处的险境毫无察觉，其实两个人是有很多机会全身而退的，可是两人毫无警惕性，难逃被诬陷的下场。当然，事件的主要责任还是在于毛太公，对解珍解宝则只能说他们是警惕不足。不能因为人警惕不足，就说人被害是活该，害人的人就没有责任。而且纵观整个事件，即便解珍解宝全身而退，下场也不会太好。到期交不上来老虎，受杖责是肯定的了。如果到衙门跟毛太公打官司，能赢得了吗？说不定到最后还是被打入大牢。其实从他们打死老虎那一刻，他们的悲剧就已经注定了。

在这里，老虎就暗指着"珍宝"，解珍解宝打死老虎，这个"珍宝"就归两兄弟所有了。珍宝到手，哪个不眼红，危险可也就随之而来了。老虎落进了毛太公的园子，毛太公就来巧取豪夺，要是落在别人家呢？别人会不会也要想办法强占？假如解珍解宝武艺高强，无人敢惹，或许就不会让"珍宝"被人强占了。可是二人本事如何呢？恐怕也只是平平而已，二三十个庄客就把他俩收拾了。假如庄客围住的是豹子头林冲，是鲁智深，是武松，会是这个结果吗？解珍解宝自己本事稀松平常，偏偏珍宝在手，而自己对所处的险境毫无察觉，后面的事就可想而知了。

其实，世上万物都是一样的道理，地位、财富、金钱、美女哪样不是珍宝，可是你想获得这些珍宝就要有相应的本事，否则即便你获得了，也只会给你带来源源不断的祸患。金庸先生的《笑傲江湖》就揭示了这个道理，林震南为什么惨遭灭门？就是因为自己本事不足，还掌握着人人垂涎的《辟邪剑谱》。《水浒传》中这样的例子也很多，屌丝武大郎娶到了女神潘金莲，结果如何？被奸夫淫妇合谋害死了。宝贵的东西，你能驾驭得了就是珍宝，能让你的身份地位锦上添花，你驾驭不了就是蛇蝎，把你送到万分危险的境地。解珍解宝兄弟最后下场如何？在征方腊的时候从悬崖上掉下来摔死了。读到此处，不由得赞叹施耐庵先生的妙笔，万丈悬崖，真是人间险地，珍宝就在这里殒命了。贪恋珍宝重器的人们，清醒清醒吧。

各位看官谨记：

珍似两头蛇，宝如双尾蝎。

痴心贪重器，临高需防跌。

31. 天生我材未必有用
——天雄星豹子头林冲

一个人要想在事业上有成就，最重要的因素是什么？能力？人品？背景？机遇？我想不同的人会给出不同的答案。但无论是谁都不会否认一点，如果一个人的业务能力已经达到了行业内的顶尖水平，那么他的发展前途一定十分光明。但是在梁山上就有这么一个例外，作为一个军官，他有着逆天的武功，但他的发展之路却相当坎坷，最后以悲剧收场，他是谁？就是我们今天要说的——天雄星豹子头林冲。

林冲是什么人？林冲出身于军人家庭，他的父亲曾做过提辖，林冲本人是八十万禁军枪棒教头。官大吗？不算大。八十万只是一个虚数，在徽宗年间，禁军的数量远没有八十万，而且禁军中教头的数量很多，林冲只是禁军众多教头中的一个。说白了，就是专门给禁军教枪棒武艺的教练，级别高不过营级或团级，属于中底层军官，或许比他父亲级别略高，或许跟他父亲差不多。但在禁军中供职，受殿帅府太尉高俅的直接领导，发展平台是很好的，再加上林冲本人业务能力很强，武功高得逆天，可以说林冲受到朝廷的重用，封妻荫子光耀门庭是早晚的事。可事情的发展却不是想象中的那样。

事情是从林冲的妻子被高俅的义子高衙内看上开始的。林冲和夫人去庙里还愿，夫人和丫鬟进庙里敬香，林冲出来散步，与花和尚鲁智深结识就是在这个时候。突然，丫鬟跑来报信，有人把夫人拦住了，还对夫人动手动脚。这还了得，林冲赶忙跑回庙里要痛打惹事的流氓一顿。结果拳头刚举起来，林冲就怂了，原来不是市井流氓，而是自己领导的儿子高衙内。打了高衙内可就得罪了高俅，林冲想了想，还是把这口气忍了，眼睁睁看着高衙内走了。这时，林冲刚结识的鲁智深带着一群人来了，要帮林冲打架（交朋友就该交鲁智深这样的朋友），也被林冲劝住了。为什么？林冲怕得罪自己的领导。看在高俅面子上，妻子被调戏的委屈受也就受了。

事情到这只是一个开始，高衙内并没有善罢甘休，而是勾结林冲的同事陆谦，让陆谦请林冲到酒楼喝酒，趁机把林夫人骗到陆谦家，意图再次调戏。结果又是丫鬟报信，林冲及时赶到，高衙内未能得逞。林冲得知是陆谦骗自己，火冒三丈。不敢打高衙内，我还不敢打你陆谦。林冲先把陆谦家里砸了个粉碎，又来到酒楼里打陆谦。陆谦自知没脸见林冲，又知道自己本事跟林冲差得太远，遇到林冲至少得被打个半死，只好躲到了高太尉的府上。林冲就在陆谦家门口守着，一直守了三天，陆谦一直没敢回家。砸了陆谦的家，又逼得陆谦好几天不敢回家，林冲的气消了不少，就去找鲁智深喝酒了，这次的事也就这么算了。

影响林冲一生的重大事件来临了。一天林冲"运气好"，低价买到了一把罕见宝刀，第二天高太尉就托人送信来，要跟林冲比比谁的刀好。林冲带着刀就跟送信的人去了，结果被送信的人引到了殿帅府的白虎堂。白虎堂是军机重地。按照林冲的身份，是不能进的，而带刀进白虎堂，更是大罪。林冲带刀"误入白虎堂"，要判死罪，但开封府尹爱惜林冲，没有判他死刑，判了个充军发配，刺配沧州。临行前，林冲给林夫人写了一纸休书，终结了两人的夫妻关系。事情发展到这一步，林冲的公职没了，家也没了，但这些林冲都忍了，他准备去沧州服刑，好好表现，以求再有出头之日。

然而，高俅和陆谦没给林冲留机会，陆谦带着太尉钧旨买通了林冲的押送公人，要在押往沧州的路上结果林冲的性命。多亏花和尚鲁智深赶到，大闹野猪林，救了林冲。尽管前面说过了，但这里想再说一次，交朋友就要交鲁智深这样的朋友，虽只几面之交，但嫉恶如仇，为了朋友两肋插刀在所不惜，是个顶天立地的大英雄。这里暂不细说，说鲁智深的时候再深入分析。鲁智深救了林冲，又护送了林冲一程，直到确定林冲没有危险了，这才返回东京相国寺，临走的时候还给了林冲一二十两银子，以供林冲到沧州后上下打点之用。为了不暴露自己，鲁智深始终没有对两个押送公人说自己是谁。然而鲁智深走后，林冲一句话就把鲁智深暴露了。"相国寺一株大柳树，都被他连根拔了。"鲁智深倒拔垂杨柳，京城闻名。林冲提起这件事，就等于告诉了押送公人，救我的人就是相国寺的鲁智深。提供了这条线索，救了两个公人，却坑苦了鲁智深，菜园子也看不了了，走上了流亡之路，差点丧命在孙二娘的黑店里。这些是题外话，我们接着说林冲。

　　到沧州的路上，又有一个小插曲。林冲到了小旋风柴进的府上，棒打洪教头，凭自己的武艺露了个大脸（这段故事，讲柴进的时候已细说）。林冲结交了柴大官人。柴进专门给沧州牢城营里的管营写了个条子，托他照顾林冲。林冲有了大官人柴进写的条子，又有上下打点的银子，到了沧州自然没受什么苦，得到一个看天王堂的美差。然而好景不长，陆谦和富安又到了，不杀林冲他们誓不罢休，这次他们设下一条毒计，把林冲调到草料场，要放火活活烧死林冲。然而林冲命好，放火时林冲恰好不在场内，逃了一条命。可是草料场被烧，林冲还是死罪。走投无路的林冲忍无可忍，终于爆发。山神庙前，杀了陆谦和富安，又杀了管营和差拨，背了四条人命和火烧草料场的大罪，投梁山入伙去了。

　　在梁山水泊边上的酒店里，压抑已久的林冲作了一首诗：

仗义是林冲，为人最朴忠。

江湖驰誉望，京国显英雄。

身世悲浮梗，功名类转蓬。

他年若得志，威镇泰山东。

这一首诗大概有三层意思，第一层意思：我林冲这个人是个好人呀，我又仗义又忠厚，我武功高呀，江湖上都知道我是英雄。第二层意思：可是我身世太悲凉了，功名转眼即逝，我咋就不能升官呢？第三层意思：哼哼，将来有一天我要是得志了，我让你们都见识见识我的厉害！

就是这首诗，惊动了酒店老板，原来酒店老板就是旱地忽律朱贵，梁山上负责打探消息的。武艺超群的豹子头林冲来入伙，朱贵相当高兴，带林冲上了山。

尽管有小旋风柴进的推荐信，可是林冲入伙却并不顺利，梁山此时的一把手白衣秀士王伦不愿意接纳林冲。或许有两个原因，第一林冲这个人能力太强，如果留在山上王伦觉得自己镇不住他；第二林冲犯的事太大，太尉高俅一旦发兵来剿，此时的梁山根本不能抵挡（可能还有更深层次原因，说王伦的时候已提过）。但经历了一些波折之后，王伦还是把林冲留下了。

可是，王伦的这个决定却埋下了祸根。不久以后，晁盖领导的智取生辰纲小队走投无路，也来投梁山入伙。王伦仍旧不愿意接纳，要把晁盖等人拒之门外。这时的林冲突然爆发，指着王伦说，你这个人，一没本事，二没胸襟，当什么老大！一贯忍让妥协的林冲此时像完全变了一个人，在吴用的挑拨之下，把王伦杀了。奉晁盖为梁山的老大。

从此，林冲成为了梁山的一根顶梁柱。无论是晁盖领导时期还是宋江领导时期，都对林冲相当倚重，可以说林冲每战必先，而且每逢与敌人单挑，林冲从来没输过，梁山上有的人就是阵前被林冲生擒来的（比如说扈三娘）。梁山排座次，林冲排在了第六位，五虎上将第二名，在武将之中仅次于大刀关胜。招安之后，跟着宋江南征北战，立下了不少战功，可是征方腊胜利之后，林冲突然患上了风瘫，无法回京受赏，只好在杭州六合寺养病，由已经残疾了的武松照顾了半年，最终在六合寺中病故了。

寥寥数笔，简单地勾勒出林冲的生平，下面谈谈开篇时我们提出的那个问题，林冲这样的人，有着行业内顶尖的业务能力，为何事业发展屡遭坎坷，最后以悲剧收场呢？

有人会说，这还用说吗？受奸臣的压迫呗。诚然，在整部《水浒传》中，林冲是官逼民反的典型。太尉高俅对林冲一再压迫，林冲一再忍让，最终林冲忍无可忍，这才杀官造反，上了梁山。这个说法是有一定道理的。这里我问一个问题：各位觉得林冲在梁山众将之中是招安派呢？还是反对招安派呢？如果林冲是被官逼得忍无可忍，对官府彻底失望，那么他应该是不折不扣的反招安派。很多影视作品就是这么演的，央视水浒中，林冲是宋江放了高俅活活气死的。田连元先生的评书中，更有林冲劝宋江不要招安的情节。可是这些都是后来人们的艺术加工，在原著之中，这些情节是没有的。在原著中，林冲对招安的态度如何呢？没有明说，我们只能揣测。这里说一个我自己大胆的猜测：林冲是支持招安的。也就是说被逼得忍无可忍的林冲对于官府还是怀有希望的。

很多人小时候都受过父亲这种教诲："爸爸这辈子是不行了，你要好好努力，你先天条件这么好，肯定比爸强多了，将来咱们家光宗耀祖就看你的了。"林冲的父亲做了一辈子底层军官，估计没少跟林冲说过类似的话。林冲确实先天条件好，要不然怎么会练成一身逆天的武功呢？或许在林冲的心里，一直有一个念头，我业务能力这么好，只要我不得罪领导，受到朝廷重用是早晚的事。这也是林冲能够一而再，再而三地忍让的根本原因。他觉得忍了这口气，熬过这一时，将来必有扬眉吐气的时候。自己有能力呀！说句实话，火烧草料场时，林冲是实在没有忍让的空间了，如果有，他肯定还会忍让。忍到有朝一日，朝廷知道自己的能力，能够提拔自己，到时候高官得坐，骏马得骑，太尉高俅也得高看自己一眼，收拾陆谦还不就是碾死个蚂蚁？

可是林冲的希望落空了，高俅、陆谦根本没给他留余地，直接把他逼到了死路上，没办法林冲只有杀人造反一条路了。柴大官人给他指了一条路——上梁山。来到梁山脚下的林冲，心情是复杂的，感叹自己怀才不遇，感叹自己命运悲苦，感叹自己家破人亡。然而，林冲并没有绝望，他觉得自己还有希望，自己本事大呀，天生我材必有用，朝廷还是会看见我的才能的。这才写下了"他年若得志，威镇泰山东"的话语。可见林冲上梁山并不只是把这当成避难所，而是要找机会东山再起，回到体制内做官。都落草为寇了，还能回体制内当官吗？能。要做官，杀人放火受招安。也不失为一条道路。

正因为有这个想法，林冲才会火拼王伦，才会奉晁盖为主，才会支持宋江接任。林冲能忍高俅，却不能忍王伦。为什么？因为高俅有权力给林冲升官呀，王伦有吗？没有。王伦处处打压林冲，这还罢了，王伦不接纳来投奔的人，梁山的实力就不能壮大，梁山的实力不壮大，就不能受官府的重视，怎么招安做官呀？跟王伦混太没前途了。高俅欺压我，我能忍；你敢欺压我，我宰了你！就这样，林冲把王伦杀了。林冲是个只会忍让的窝囊人吗？绝不是！奉晁盖为主，就是因为晁盖名气大呀，能吸引各路豪杰来入伙，梁山实力壮大，前途就光明了。再后来宋江来了，这是个力主招安的人，名气比晁盖又大得多。所以晁盖死后，林冲坚定支持宋江继任。其实，晁盖去世时，梁山上唯一有能力阻挡宋江接任的人就是林冲。此时林冲是梁山的元老级人物，本事大威望高，第二任领导就是他立起来的。而且林冲跟鲁智深、武松等主要人物的关系好，假如林冲挑头不支持宋江做首领，宋江想接任就不容易。甚至可以推测，晁盖就是想让林冲接任，晁盖遗言谁给他报仇谁就做山寨之主。试想一下，杀死晁盖的人是谁？史文恭。此时梁山上唯一能在武力上跟史文恭抗衡的就是林冲了（此时卢俊义、关胜等高手还未入伙）。宋江呢？八个宋江一起上，也拿不下来史文恭。或许晁盖是想让林冲接任的。可是，林冲让晁盖失望了：

> 林冲与吴用，公孙胜并众头领商议立宋公明为梁山泊之主，诸人拱听号令。次日清晨，香花灯烛，林冲为首，与众等请出宋公明在聚义厅上坐定。林冲开话道：哥哥听禀：国一日不可无君，家一日不可无主。晁头领是归天去了，山寨中事业，岂可无主？四海之内，皆闻哥哥大名；来日吉日良辰，请哥哥为山寨之主，诸人拱听号令。

林冲是第一个坚定支持宋江领导的。晁盖还是不够精细，他以为林冲被高俅害得家破人亡，应该是坚定的反官府分子，可是恰恰相反，林冲内心里是想招安的。所以带头支持有招安想法的宋江接任。此事如果晁盖泉下有知，不知会做何感想？

说到底，林冲还是想做官，不甘心自己做不成大官。天生我材必有用呀，我这么大本事，朝廷还不重用我吗？逆天的武艺反而成了林冲的包袱，为了不埋没自己的武艺，想尽一切办法往上爬，在爬的过程中愿意付出一切代价，各种妥协，各种忍辱负重。可能有人会说，林冲运气不好，遇见高俅这个领导，这才引发了一系列悲剧。如果林冲遇见的是个开明的领导，说不定早就高升了。真的是这样吗？我个人觉得不会这么简单。林冲事业受阻固然是因为受到高俅的迫害，但即便没有高俅的迫害，林冲要想升迁恐怕也很难。为什么呢？在林冲的身上，有严重的缺点。

林冲这个人，少情寡义。说出这个观点可能会有很多人不认同。作为深受读者喜爱的人物，怎么会少情寡义呢？但是不得不说，大部分读者还是通过各类影视作品了解的林冲，而影视作品中的林冲基本都是被美化过的。原著中的林冲确实是少情寡义。

　　林冲执手对丈人说道："泰山在上，年灾月厄，撞了高衙内，吃了一屈官司；今日有句话说，上禀泰山：自蒙泰山错受，将令爱嫁与小人，已经三载，不曾有半些儿差池；虽不曾生半个儿女，未曾红面赤，半点相争。今小人遭这场搬事，配去沧州，生死存亡未保。娘子在家，小人心去不稳，诚恐高衙内威逼这头亲事；况兼青春年少，休为林冲误了前程。却是林冲自行主张，非他人逼迫。小人今日就高邻在此，明白立纸休书，任从改嫁。并无争执。如此，林冲去得心稳，免得高衙内陷害。"

　　张教头道："贤婿，甚么言语！你是天年不齐，槽了横事，又不是你作将出来的。今日权且去沧州躲灾避难，早晚天可怜见，放你回来时，依旧夫妻完聚。老汉家中也颇有些过活，便取了我女家去，并锦儿，不拣怎的，三年五载养赡得他。又不叫他出入，高衙内便要见也不能彀。休要忧心，在老汉身上。你在沧州牢城，我自频频寄书并衣服与你。休得要胡思乱想。只顾放心去。"林冲道："感谢泰山厚意。只是林冲放心不下。枉自两相耽误。泰山可怜见林冲，依允人，便死也瞑目！"张教头那里肯应承。

　　众邻舍亦说行不得。

　　林冲道："若不依允小人之时，林冲便挣扎得回来，誓不与娘子相聚！"

　　张教头道："既然恁地时，权且繇你写下，我只不把女儿嫁人便了。"当时叫酒保寻个写文书的人来，买了一张纸来。

这是林冲休妻的一段，林冲为什么会休妻？是怕自己连累妻子？恐怕不是。在我看来恰恰相反，他是怕妻子连累自己。在林冲看来，高太尉为什么害自己，就是因为高衙内看上了自己的妻子，现在我把我妻子休了，让给高衙内了，太尉应该满意了吧。换句话说，林冲想以"让妻之慷慨"向高太尉表忠心。可是，不知林冲想过没有，如果嫁给高衙内这种花花大少，自己的夫人会有好日子过吗？如果不嫁给高衙内，有可能嫁给别人吗？哪一个敢娶？林冲此时的休妻等于把自己妻子的一生断送了。林冲的岳父意识到了这一点，百般劝说林冲，甚至左邻右舍也都说行不得，可是都没有动摇林冲的想法，还是把林夫人给休了。最后林夫人自缢身死，可以说高衙内害了一半，林冲害了一半。而且之后林冲结识柴进，沧州服刑，山神庙杀奸，落草梁山，一直到火并王伦之后，才想起来派个人去打探夫人的消息。之前呢？如果林冲对夫人有情，在柴进的庄上何不委托柴大官人派人探听夫人的消息，送些金银度日也好呀。林冲这么干了吗？没有。林冲对夫人有情吗？显然没有。

再说大闹野猪林之后，林冲暴露了鲁智深的身份。当然，林冲这时候很有可能不是有意说出鲁智深的身份的，只是无心之失而已。但是即便是无心之失，也说明他根本没把替鲁智深保密这个事放在心上。按说鲁智深舍命来救你，又不远千里长途跋涉保护你，临走又给你钱，林冲就应该高度警惕不向两个公人暴露鲁智深的身份才对，或者东拉西扯一些没用的线索，迷惑两个公人。可是呢？林冲一句话就把倒拔垂杨柳的事说了，点明了救我的人就是大相国寺的鲁智深。说明什么？林冲就没把保护鲁智深放在心上。

再说林冲火并王伦。王伦收留林冲的时候确实为难过林冲，话是难听了一点，脸是难看了一点。但是反过来想想，你林冲已经什么样了？已经是背了四条杀人大罪走投无路的人了。这时候王伦能收留你就已经不错了，可以说王伦是林冲的恩人。可林冲是怎么对这个恩人的，把恩人给杀了。虽然这里面有吴用的挑拨，但是人终究还是林冲杀的，在林冲的心里，对自己的恩人没有半点感激之情。

再说一个小细节，林冲误入白虎堂被判充军发配，临行时有他的夫人和岳父相送，还有左邻右舍相送，有他当教头时的部下和学生相送吗？一个都没有，可见林冲对部下也没什么恩义。操刀鬼曹正是林冲的徒弟，曹正的武艺如何？稀松平常，毫不起眼。林冲武功那么高，徒弟的武功却是平平，说明什么？林冲就没用心教。自己的徒弟都没好好教，更不用说军中那些普通学员了。

不只是少情寡义，在林冲的身上还有一个严重的缺点——格局小。

林冲表面上对上级百般忍让，但实际内心里，林冲并不尊敬自己的领导。

> 林冲叹了一口气。
>
> 陆虞候道："兄何故叹气？"
>
> 林冲道："陆兄不知！男子汉空有一身本事，不遇明主屈沉在小人之下，受这般腌臜气！"陆虞候道："如今禁军中虽有几个教头，谁人及兄的本事？太尉又看承得好，却受谁的气？"

这是林冲与陆谦喝酒时的一段对话。"不遇明主屈沉在小人之下，受这般腌臜气。"这句话骂谁呢？骂高俅。当着自己同事的面骂共同的领导。这类的狠话恐怕林冲平时不少说。难道一句也传不到高太尉的耳中？

> 林冲把这口刀翻来覆去看了一回，喝采道："端的好把刀！高太尉府中有一口宝刀，胡乱不肯教人看。我几番借看，也不肯将出来。今日我也买了这口好刀，慢慢和他比试。"林冲当晚不落手看了一

晚，夜间挂在壁上，未等天明又去看刀。

这是林冲刚买了宝刀后的心理，我这把刀真好，太尉家也有一把好刀，等哪天我跟他比比，他那刀肯定比不上我的。林冲啊林冲，一心想的是把太尉比下去，你只知道太尉害你的时候忍让，就不知道平日里多给太尉面子吗？说实话，高俅迫害林冲仅仅是因为高衙内看上了林冲的夫人吗？恐怕不是。说不定高俅早就想收拾林冲了，而高衙内只不过是个引子而已。

林冲为什么不尊敬自己的领导呢？大胆猜测一下，林冲觉得自己能耐大，比高俅大得多。高俅领导自己，林冲心里不服。对领导是这样，对平级呢？

关胜得知便唤小校："快牵我那马来！"霍地立起身，绰青龙刀，骑火炭马，门旗开处，直临阵前。宋江看见关胜天表亭亭，与吴用指指点点喝采，回头又高声众将道："将军英雄，名不虚传！"

只这一句，林冲大怒，叫道："我等弟兄，自上梁山，大小五七十阵，未尝挫锐气，今日何故灭自己威风！"说罢，挺枪出马来取关胜。

就因为宋江说了句将军英雄，林冲就大怒了。纵观全书，林冲大怒的时候很少，为什么这时候大怒了？说句不好听的，林冲嫉妒了。自己在梁山是头号武将，本事大功劳大，关胜一来就把自己威风压下去了，宋江说了一句将军英雄，名不虚传，林冲就受不了了。要跟关胜分个高低上下。还特意提了一句自上梁山，大小五七十阵，未尝挫锐气。为什么要提这个？就是为了告诉宋江，大哥你别忘了，我也是个有能耐的！

不服领导，嫉妒能人，可见林冲的胸襟如何。

当然，林冲是有优点的，他本事大，能力强，又能忍辱负重，这和他的两大缺点情义少，格局小是四位一体的。正因为能力强，所以格局小容不下别人。因为本事大，所以觉得自己肯定能有大的发展，正因为觉得自己能有大的发展，所以为了发展能够不惜一切代价，为负重，不惜忍辱，所以能忍让。而因为格局小，所有的忍让都不是胸襟豁达，而只是生闷气。也正是因为要忍让，所以什么情什么义都可以抛到脑后，所以情义少。

　　总的来说，林冲这个人，本事大，格局小，雄心大，恩义少。本来有希望出将入相，结果却落草为寇。一方面是奸臣高俅的迫害，另一方面更是自己性格的缺陷使然。或许施耐庵先生也为林冲感到惋惜，给林冲设计了一个特殊的结局：患上风瘫，在佛门清静之地卧床半年。或许是让林冲好好反思反思自己的一生吧。所谓"见不贤而内自省也"。林冲是个虚构的人物，他当然不可能反思，施先生这么写是为了让读者们反思。尤其是那些天赋高本事大的人，一定要谨记：

　　天生我材未必全都有用！

32. 老鼠过街人人喊打

——地耗星白日鼠白胜

老鼠，是四害之一，既祸害粮食，又传播疾病。古往今来都是不为人们所喜欢的，可以说是被消灭的对象。民间有句俗话，叫老鼠过街人人喊打，可见人们对老鼠的厌恶。但是，尽管人类一直想各种办法对付老鼠，但千百年来，老鼠并没有被人类消灭，仍然跟人类共同生活着。为什么会这样呢？因为老鼠这种动物自保能力很强。首先，擅长打洞，躲在人找不着的地方；其次，老鼠只在夜里出来活动，白天人类活动的时候老鼠就躲在洞里；最后，老鼠很机警，一嗅到危险的气息马上跑得远远的。总的来说，老鼠好像知道自己不受欢迎，躲避工作做得很好，保证了自身的安全。如果老鼠都是大摇大摆地白天出来，估计早被人类消灭了。但是，凡事都有例外，也有那不怕死的老鼠，白天跳出来蹦跶。水泊梁山上就有这么一位，白天出来的老鼠。他是谁呢？就是我们今天要说的——地耗星白日鼠白胜。

吴用道："保正梦见北斗七星坠在屋脊上，今日我等七人聚义举事，岂不应天垂象？此一套富贵，唾手而取。前日所说央刘兄去探听路程从那里来，今日天晚，来早便请登程。"公孙胜道："这一事不须去了。贫道已打听知他来的路数了，只是黄泥冈大路上来。"晁盖道："黄泥冈东十里路，地名安乐村，有一个闲汉叫做"白日鼠"白胜，也曾来投奔我，我曾赍助他盘缠。"吴用道："北斗上白光莫不是应在这人？自有用他处。"刘唐道："此处黄泥冈较远，何处可以容身？"吴用道："只这个白胜家，便是我们安身处。——亦还要用了白胜。"

白胜是什么人呢？是个闲汉。用现在的话说，就是二混子，社会闲散人员。这样的人，没啥本事，而且不务正业，没有正经的营生，天天就是喝酒赌钱混日子。这样的人，古往今来都不少，向来是不为人们所喜欢的。但是这类二混子毕竟还是跟流氓歹徒不一样，除了不参与劳动，对自己家有负面影响以外，对社会倒也没有太大的危害。所以，虽然人们不喜欢二混子，但只要二混子自己不跳出来干违法乱纪的事，那么多半也都相安无事。白胜住的那个村子的名字挺有意思，叫安乐村。安乐，安乐，正是白日鼠的一个安乐窝，假如白胜在安乐村里喝酒耍钱混一辈子，虽然没什么出息，但还算是安乐地度过一生。就像躲在洞里的老鼠，安安稳稳，没什么危险。

但是，一件事情的发生，彻底改变了白胜的人生轨迹。晁盖、吴用等七人准备劫取北京大名府梁中书给太师蔡京送的寿礼，也就是经典情节之一智取生辰纲。其中，吴用是这次行动的总策划，他在设计"智取生辰纲"计划时，把白胜也设计进了计划里。按说，让白胜这样的人参与"智取生辰纲"这样的大型犯罪活动是不合适的。为什么呢？白胜这样的人没有什么本事，队伍中多他一个不多，少他一个不少，而且像他这样的人一般来说在地方官府都是挂了号的，一旦犯了事，太容易暴露。换句话说，白胜加入智取生辰纲小队，并不能使这个队伍的实力提升，反而大大地提高了东窗事发的风险。既然如此，为什么吴用要把白胜设计进计划里呢？这个我们讲吴用的时候，已经分析过了，其实很简单。

智取生辰纲不是吴用的最终目的，吴用的终极目标是让晁盖掉头，带着大伙去投梁山。所以，故意给自己的计划留了白胜这个漏洞，就是想让这件事尽快暴露，官府一抓人，晁盖走投无路，那就只能带着大伙上梁山了。吴用的这个计划还是挺巧的，后来的事态也确实是这么发展的。

可是，这里面有一点是值得注意的，白胜这个人，为什么会愿意参与智取生辰纲这种大型犯罪活动呢？我们前面说过，老鼠有两大自保优势，一是会藏，二是警觉。在安乐村，安乐地藏着不挺好吗？为什么跳出来犯这么大的事呢？为了钱？钱确实是挺诱人的，但是这背后的危险气息，白胜就一点都嗅不到吗？命搭进去了，钱又有什么用？白胜只要稍微思考思考就能想明白，晁盖、吴用是什么人，干的是什么事？人家为什么喊你入伙，是看中你武艺高强？显然不是。是看中你足智多谋？也显然不是。是看中你德高望重？更显然不是。那为什么喊你入伙，还愿意分一份钱给你？简单一句话，就是让你当炮灰。如果白胜稍微有一点对危险的警觉，绝不会参与智取生辰纲这个行动。可惜，白胜是个白日鼠，鼠胆包天，白天就出来蹦跶，自然也就成了过街老鼠，不会有什么好下场。

果然，智取生辰纲事件不久，白胜就暴露了。

当下便差八个做公的，一同何涛，何清，连夜来到安乐村。叫了店主人做眼，迳奔到白胜家里，却是三更时分。叫店主人赚开门来打火，只听得白胜在床上做声，问他老婆时，却说道害热病不曾得汗。从床上拖将起来，见白胜面色红白，就把索子绑了，喝道："黄泥冈上做得好事！"白胜那里肯认；把那妇人捆了，也不肯招。众做公的绕屋寻赃。寻到床底下，见地面不平，众人掘开，不到三尺深，众多公人发声喊，白胜面如土色，就地取出一副金银。随即把白胜头脸包了，带他老婆，扛抬赃物，都连夜赶回济州城里来，却好五更天明时分。

把白胜押到厅前，便将索子捆了，问他主情造意。白胜抵赖，死不肯招晁保正等七人。连打三四顿，打得皮开肉绽，鲜血逆流。府尹喝道："贼首捕人已知是郓城县东溪村晁保正了，你这厮如何赖得过！你快说那六人是谁，便不打你了。"白胜又捱了一歇，打熬不过，只得招道："为首的是晁保正。他自同六人来纠合白胜与他挑酒，其实不认得那六人。"知府道："这个不难。只拿住晁保正，那六人便有下落。"先取一面二十斤死囚枷枷了白胜；他的老婆也锁了押去女牢里监收，随即押一纸公文，就差何涛亲自带领二十个眼明手快的公人迳去郓城县投下，着落本县立等要捉晁保正并不知姓名六个正贼；就带原解生辰纲的两个虞候作眼拿人。

事情败露，官府差人捉拿白胜，白日里的老鼠还不好抓吗，几个差人到白胜家就把白胜抓了，赃物也顺利追回。白胜被抓，严刑拷打是少不了的。白胜被连打好几顿，打得皮开肉绽，鲜血逆流，要多惨有多惨。刚开始，白胜还觉得自己是个英雄好汉，能挺过去，结果最后还是受不了了，只好招供。打也挨了，英雄好汉也没当成，还不如一开始就招了。招供之后，白胜也没受到什么优待，被一面二十斤的死囚枷枷了押入死牢。随后，知府差人去抓晁盖，晁盖有威望，有人脉，有武艺，可不像白胜这么容易抓。宋江报信在前，朱仝暗放在后，石碣村又一场大战，晁盖等人顺利摆脱了官府的追捕，上了梁山。

这里就充分体现了白胜和晁盖等人的区别。晁盖是保正，白胜一个二混子，出了事白胜先暴露；晁盖人脉广，出了事有人通风报信，白胜谁也不认识，出了事就被抓；晁盖有武艺，能杀退官差的追捕，白胜屁本事没有，官差来了，只能束手就擒。就是这些差别导致了两人的结果不同，晁盖上了梁山当了老大，白胜被打个半死，还带上死囚枷押进了死牢。换句话说，晁盖等人是虎豹豺狼，啸聚山林自在快活，白胜呢，就是个小耗子，还大白天的到人前晃悠，那自然是离死不远了。

按说，事情发展到这，白胜这个白日鼠也就到头了，在死牢里等着开刀问斩了。在吴用的计划里，也没给白胜安排什么后路，就拿他当个炮灰。但是晁盖毕竟是托塔天王，讲义气，毕竟是帮过忙出过力的兄弟，还是想办法把白胜从死牢里救了出来，并没追究他供出自己的责任，而是让他也上了梁山坐了一把交椅。那么白胜在梁山上过得怎么样呢？不怎么样，只能是跟着混，毫无存在感，梁山排座次，排在一百零六位，倒数第三。还是那句话，人家虎豹豺狼啸聚山林挺威风，白胜一个小耗子混在里面，能有什么存在感呢？梁山招安之后，白胜跟随梁山大军南征方腊，在杭州染上瘟疫，病死了。奇怪，老鼠就是传播瘟疫的动物，怎么会自己染上瘟疫病死了呢？很简单，白胜虽然是老鼠，但却是个白日鼠，老鼠的看家本领他一样也没有，最后死在了自己最不该死的地方。

天生万物，都有自己的生存之道。老鼠没什么大的能耐，也不讨人喜欢，但是天生机警擅躲藏，足以自保。人其实也一样，人虽然出身不同、天赋不同、能力不同，但是这世上没有一无是处的人。把自己的看家本事练好，都能过得挺好。好比白胜，虽然是个二混子，但只要他不跳出来做大案，在安乐村混一辈子不也挺好吗？怕就怕认不清自己的位置，不知道自己几斤几两，本来就是个小耗子，非要大白天跳出来与虎同行，那自然是不会有什么好下场了。

33. 天生丽质也自弃
——千古荡妇潘金莲

"天生丽质难自弃,一朝选在君王侧。"这两句是大诗人白居易《长恨歌》中的名句,描写的是中国古代四大美女之一的杨玉环。讲的是她天生倾国倾城之貌,自然不会被埋没,一有机会就得伴君王,成为宠妃。然而,现实当中往往没有诗中这么浪漫,古往今来,天生丽质的人不少,有杨玉环这样好时运的人却很有限。《水浒传》中就有这么一个女性角色,天生貌美,却命途艰险,最终以身败名裂收场。她是谁呢?就是在我国民间几乎家喻户晓的一位荡妇——潘金莲。

> 这武大郎身不满五尺,面目丑陋,头脑可笑;清河县人见他生得短矮,起他一个诨名,叫做三寸丁谷树皮。那清河县里,有一个大户人家,有个使女,娘家姓潘,小名唤做金莲;年方二十馀岁,颇有些颜色。因为那个大户要缠他,这女使只是去告主人婆,意下不肯依从。那个大户以此记恨於心,却倒陪些房奁,不要武大一文钱,白白地嫁与他。自从武大娶得那妇人之後,清河县里有几个奸诈的浮浪子弟们,却来他家里薅恼。原来这妇人见武大身材短矮,人物猥琐,不会风流;他倒无般不好,为头的爱偷汉子。那武大是个懦弱本分人,被这一班人不时间在门前叫道:"好一块羊肉,倒落

在狗口里！"因此，武大在清河县住不牢，搬来这阳谷县紫石街赁房居住，每日仍旧挑卖炊饼。

潘金莲本是大户人家的使女，也就是丫鬟。想必她的原生家庭很贫困，日子过不下去，只能卖女儿应急。可见，潘金莲是个苦出身，天生丫鬟命，童年回忆不怎么美好，都是苦日子。但随着潘金莲长大，她的一个天生优势体现出来了，那就是颜值非常高，用书中的话讲，是"颇有些颜色"。

这里必须插一句，我们说的潘金莲是《水浒传》里的潘金莲，而不是《金瓶梅》里的潘金莲。《金瓶梅》虽然很多情节与《水浒传》相似，但人物设定还是有区别的。《金瓶梅》里的潘金莲混过演艺界，弹奏乐器的才艺十分了得，也见过一些世面。而《水浒传》里的潘金莲却没有这些经历，只是丫鬟出身，除了干粗活之外没什么才艺，更不可能见过什么世面，唯一的优势就是相貌出众。

相貌出众这一点改变了潘金莲的人生轨迹。由于貌美，主人要"缠"她。用现在的话说，就是挑逗或骚扰她。面对主人的纠缠，潘金莲是怎么做的呢？她跑到主人的正室夫人那告状去了。潘金莲为什么这么做呢？是因为潘金莲恪守贞节还是她有什么别的目的？这里留个悬念，我们后面分析。总之，她去夫人那里告状，主人很生气，要报复一下她。这个主人报复的手段比较特殊，既不打，也不罚，而是把她嫁给了武大郎。

武大郎是个什么人呢？卖炊饼的。在中国古代，平民阶层的社会地位按士农工商的顺序排列，做小买卖的商人社会地位是最低的。而且卖炊饼这种生意本小利薄，挣不了多少钱，想必武大郎的日子过得也比较清苦。不但如此，武大郎自身条件也很差，外号三寸丁谷树皮，身高不满五尺，面目丑陋，头脑可笑。在古代，武大郎这样的人一辈子也娶不上媳妇，没想到天上掉下个"大馅饼"砸在头上了。大户主人不但不要彩礼钱，反倒倒贴给武大郎一笔钱，把潘金莲嫁给了他。对于大户主人来说，表面上看是把潘金莲嫁出去以撇清自己的关系，实际上却是整治潘金莲的高明一招。对于武大郎来说，表面上看是遇到了做梦也想不到的好事，实际上却是自己人生悲剧的开始。

武大郎和潘金莲结婚不久，麻烦就来了，总有一群泼皮流氓来嘲讽武大郎。潘金莲呢？用书中的话说："他倒无般不好，为头的爱偷汉子。"说白了，也常常跟这些流氓打情骂俏。武大郎呢？既不敢管流氓，也管不了潘金莲。最后，干脆在这个地方住不下去了，只好搬家到阳谷县。

说到这，我们回想前面那个问题，既然潘金莲为头的爱偷汉子，跟流氓无赖也能调情一番，那她绝不是什么贞洁烈女。为什么原来大户主人缠她时，她却去夫人那里告状呢？是潘金莲专喜欢流氓，不喜欢员外爷吗？肯定不是。大胆推测一下，潘金莲把主人缠她的事告诉夫人，有着更深远的目的。她希望夫人能够做主，让主人纳她为小妾。

中国古代家庭，实行的是一夫一妻众妾制，男主外女主内，男人纳妾是家里的事，一般是要经过正室妻子同意的，甚至有些时候，妻子会主动帮丈夫纳妾。潘金莲既然敢把主人缠她的事告诉夫人，说明夫人绝不是个醋坛子，否则没有她的好果子吃。她觉得以夫人的正室范性格，应该会劝主人纳她为妾。那么夫人是什么反应呢？书中没有明言，只说了主人记恨于心。大胆推测这背后的隐藏情节，潘金莲在大宅门里当丫鬟，平时不太检点，经常和男人嬉戏。有一回主人也挑逗了她一下，没想到她直接告诉夫人去了。夫人觉得大户人家主人调戏丫鬟传出去不好听，劝主人干脆纳她为妾算了。可是主人根本没有纳她为妾的意思，本以为一个经常跟人打情骂俏的女子，挑逗几句没什么，没想到潘金莲心比天高，想借这个机会嫁给主人。主人因此记恨于心，要报复她一下，怎么报复呢？把潘金莲嫁给武大郎。不得不说，这个主人的报复手段既高明又狠毒。潘金莲这样心气高又风流的人，嫁给武大郎这样的人，大祸临头是迟早的事。后来的事情，全在主人的预料之中。

武大郎和潘金莲搬到了阳谷县紫石街居住，避开了清河县的一众流氓无赖，得到了暂时的安定。但也只能说是暂时的安定，因为潘金莲这样"爱偷汉子"的人不会停下出轨的脚步。很快潘金莲又有新的目标了，这次她看中的是武大郎久别重逢的亲弟弟——武松。

> 三个人同到楼上坐了。那妇人看着武大，道："我陪侍着叔叔坐地。你去安排些酒食来管待叔叔。"武大应道："最好。——二哥，你且坐一坐，我便来也。"武大下楼去了。那妇人在楼上看了武松这表人物，自心里寻思道："武松与他是嫡亲一母兄弟，他又生得这般长大。我嫁得这等一个，也不枉了为人一世！你看我那三寸丁谷树皮，三分像人，七分似鬼，我直恁地晦气！据着武松，大虫也吃他打倒了，他必然好气力。说他又未曾婚娶，何不叫他搬来我家里住？……不想这段姻缘却在这里！……"

武松在景阳冈打死老虎，露了个大脸，被县令任命为都头，一时间成为县里的风云人物。难以想象，了不起的打虎英雄竟是"三寸丁谷树皮"武大郎的亲弟弟。兄弟阳谷县重逢，自然欢喜无限。嫂子潘金莲见到武松第一面，就对这个小叔子产生了非分之想，心里想道："嫁得这等一个，也不枉了为人一世，不想这段姻缘却在这里。"说实话，武松也是街头混混出身，确实比一般人长得魁梧高大，但绝非什么外貌出众的人，更谈不上什么举止得体，为什么潘金莲会对他"一见钟情"，甚至把自己的姻缘安排在武松身上呢？只有一种解释，潘金莲这个已经嫁作人妇的人，每天在家里想着找男人，想着自己的姻缘在哪，以至于是个男人她就能看上。清河县的流氓她也喜欢，自己的小叔子，见第一面就把以后结婚的事想好了。

　　武松是《水浒传》中最重要的人物之一，和鲁智深二人一起是书中佛家思想的代表，后面我们要详细分析，这里只简单说说。武松自幼父母双亡，由哥哥武大郎抚养长大。武松也是个不良少年出身，用书中的话说，喝醉了酒，经常在外面跟人打架斗殴，武大郎作为家长常常跟着吃官司，对这个弟弟可以说又爱又恨。武松对这个哥哥呢？估计过去也不太看得起，觉得武大郎窝囊，没本事。但是后来武松险些打死人命，逃走在外，流落江湖，投奔到柴进的庄上，渐渐地也被庄客疏慢，最后得了疟疾也没人照顾，只能自己在走廊里烤火。经历了人情冷暖世态炎凉的武松渐渐想起哥哥的好处，尤其跟宋江相处了十数日之后，内心深处的兄弟之情被唤醒了，拜别了柴进和宋江，回家寻哥哥去了。不良少年经历了生活的磨难，终于知道感恩自己的家长，可以说善莫大焉。此时武松跟哥哥武大郎的感情比普通的亲兄弟还要深厚得多。因此在阳谷县里见了哥哥，武松扑翻身便拜，第一次见着自己的嫂子，武松行推金山，倒玉柱的大礼，可见他对兄嫂的尊敬。此时的武松还不知道潘金莲这个嫂子对自己的非分之想，答应了搬回家里跟兄嫂同住的请求。

　　　　武松自此只在哥哥家里宿歇。武大依前上街挑卖炊饼。武松每日自去县里画卯，承应差使。不论归迟归早，那妇人顿羹顿饭，欢天喜地，服侍武松，武松倒过意不去。那妇人常把些言语来撩拨他，武松是个硬心直汉，却不见怪。

　　　　……

　　　　那妇人暖了一注子酒，来到房里，一只手拿着注子，一只手便去武松肩胛上只一捏，说道："叔叔，只穿这些衣裳，不冷？"武松已自有六七分不快意，也不应他。那妇人见他不应，劈手便来夺火箸，口里道："叔叔不会簇火，我与叔叔拨火；只要似火盆常热便好。"武松有八九分焦躁，只不做声。那妇人欲心似火，不看武松焦躁，便放了火箸，却筛一盏酒来，自呷了一口，剩了大半盏，看着武松道："你若有心，吃我这半盏儿残酒。"

武松劈手夺来，泼在地下，说道："嫂嫂！休要恁地不识羞耻！"把手只一推，争些儿把那妇人推一交。武松睁起眼来道："武二是个顶天立地噙齿戴发男子汉，不是那等败坏风俗没人伦的猪狗！嫂嫂休要这般不识廉耻！倘有些风吹草动，武二眼里认得是嫂嫂，拳头却不认得是嫂嫂！再来，休要恁地！"那妇人通红了脸，便拨开了杌子，口里说道："我自作乐耍子，不直得便当真起来！好不识人敬重！"搬了盏碟自向厨下去了。

武松搬来家里住，潘金莲开始了追求攻势，时常用言语和行为来撩拨武松。潘金莲不愧是撩人的好手，颇有手段，看得出是个情场老手，不知道撩拨过多少个人了。但武松也不知道是真不明白，还是装不明白，始终不为所动。潘金莲急了，找了个机会，直接跟武松摊牌。"你若有心，吃我这半盏儿残酒。"武松终于怒了。"嫂嫂休要这般不识廉耻！倘有些风吹草动，武二眼里认得是嫂嫂，拳头却不认得是嫂嫂！"细琢磨武松这句话，是挺有深意的。武松说的风吹草动指的是什么？是嫂子要跟自己行苟且之事？应该不只。武松其实是个很聪明的人，他已经看出了自己的嫂子是个什么货色，不知道在外面撩过多少人了，否则撩人的技术怎么会如此纯熟？那个年代可没有什么言情片可以学习。武松也直接把话挑明了，我武松不可能跟你乱伦，你也别想再干那些不守妇道的事，要是让我知道你做了对不起我哥哥的事（风吹草动），我绝饶不了你（拳头却不认得是嫂嫂）。

潘金莲勾引武松失败，很恼火，被武松揭穿了自己的面目，更是恼羞成怒。等武大郎回来，向武大郎发了一通脾气，诬陷武松调戏自己。

武松知道这事说不清，说清了哥哥太没面子，干脆也不分辩，收拾自己的行李搬到衙门里住了。潘金莲不住口地骂武松，武大郎想留武松却也不敢了。潘金莲说武松调戏自己武大郎信吗？说实在的，多半是不信的。自己媳妇的"光辉事迹"武大郎不是不知道，如果真是武松调戏潘金莲，两人早好得如胶似漆了。现在两人翻了脸，那肯定不是武松调戏潘金莲，八成是潘金莲调戏武松不成结了仇。可是，虽然武大郎能猜出事情的大概，但他既管不了潘金莲，也说不动武松，只能眼睁睁看着自己的兄弟搬出去住。想要趁着白天卖炊饼的时候去衙门找兄弟聊聊，又不知道该怎么说，自己太没有面子，干脆也就不见自己的兄弟了，自己过自己的日子。

这一场风波过去，日子风平浪静了一段时间。这一天，武松突然拿了不少酒肉果品来武大郎家做客。原来知县派武松去东京送一趟礼物，武松要出远门，这次来是跟哥嫂辞行。然而，武松不只是简单的辞行，还叮嘱武大郎以后要迟出早归，看好门户。又用言语敲打潘金莲："嫂嫂把得家定，我哥哥烦恼做甚麽？岂不闻古人言：篱牢犬不入？言语之间等于告诉哥哥，你这个媳妇不是省油灯，你可一定留心，又警告嫂子，你最好老老实实的。说实话，武松的心是好的，但是不得不说，对哥嫂的这几句话酿成了后来的悲剧。

武松没回来的时候，潘金莲在外面跟别人不清不楚，武大郎睁一只眼闭一只眼，相安无事，日子也过得去。武松这几句话一说，武大郎觉得自己有靠山了，天天回家看着潘金莲，把相安无事的平衡打破了，很快就要出事。至于潘金莲呢，没过几天，就找到新的相好了。谁？西门庆。

你道那人姓甚名谁？那里居住？原来只是阳谷县一个破落户财主，就县前开着个生药铺。从小也是一个奸诈的人，使得些好拳棒；近来暴发迹，专在县里管些公事，与人放刁把滥，说事过钱，排陷

232

官吏。因此，满县人都饶让他些个。那人覆姓西门单讳一个庆字，排行第一，人都唤他做西门大郎。——近来发迹有钱，人都称他做西门大官人。

西门庆是什么人？其实并非什么出身豪门，只是个土豪暴发户，也是破落户（地痞流氓）出身。穷人乍富，不知道自己姓啥了，在县里横着走，黑白两道的事都要管一管，仗势欺人。机缘巧合的机会，遇见了潘金莲，一见之下就起了非分之想，找到了一肚子坏水的王婆，王婆使了一系列手段，帮助西门庆很轻松地就把潘金莲勾引出轨了。这一段是《水浒传》非常经典的一段情节，想必大家都很熟悉，如果将来有机会讲王婆这个人物，我们再详细分析她手段的"高明"之处，这里不再详细描述。总之，潘金莲出轨了，瞒着武大郎每日里到王婆的茶坊里跟西门庆快活，慢慢地，街坊四邻都知道了，最后，一个小孩郓哥告密，潘金莲跟西门庆的事，武大郎也知道了。

其实潘金莲出轨，很可能这已经不是第一次了，之前在清河县跟一帮流氓打情骂俏，风流戏耍，勾引武松，武大郎是什么态度呢？惹不起躲得起，或者是睁一只眼闭一只眼，假装看不见。可是这一次得知自己的妻子出轨，武大郎怒了，为什么这次怒了呢？就像我们前面说过的，武大郎觉得自己已经有靠山了，有我兄弟武松给我做主，我腰杆可得硬起来了。因此，武大郎这次既不搬家，也不装不知道，而是跟郓哥设了个计，准备捉奸。

只见武大裸起衣裳，大踏步直抢入茶坊里来。那婆子见了是武大来，急待要拦当时，却被这小猴子死命顶住，那里肯放，婆子只叫得"武大来也！"那婆娘正在房里，做手脚不迭，先奔来顶住了门。这西门庆便钻入床底下躲去。武大抢到房里边，用手推那房门时，那里推得开，口里只叫得"做得好事！"那妇人顶住着门，慌做一团，口里便说道："闲常时只如鸟嘴卖弄杀好拳棒！急上场时便没些用！见个纸虎也吓一交！"那妇人这几句话分明教西门庆来打武大，夺路了走。西门庆在床底下听了妇人这几句言语，提醒他这个念头，便钻出来，拔开门，叫声"不要打"。武大却待要揪他，被西门庆早飞起右脚，武大矮短，正踢中心窝里，扑地望后便倒了。

武大到王婆的茶坊去捉奸，王婆大喊一声武大来啦，这时西门庆和潘金莲是什么反应呢？西门庆吓得躲到了床底下。潘金莲呢，顶着门说了一句，平时你那武功不挺厉害吗，来个纸老虎你怕啥呀，挑明了让西门庆来打武大郎。看得出来，就是西门庆这样地痞流氓出身的人，也还有点廉耻之心，知道自己被捉奸没脸见人，可潘金莲就不一样了，她是一点廉耻之心都没有，捉奸怕啥呀，你打他不就完了吗？果然，西门庆在潘金莲的挑唆之下，一脚把武大郎踢成重伤，夺路逃走。

经过了这一场捉奸风波，惊动了街坊邻居，潘金莲和西门庆老实了吗？当然不会。潘金莲把身受重伤的武大郎一个人撇在床上不理，仍然每天来王婆的茶坊跟西门庆快活。武大郎又搬出自己的兄弟吓唬潘金莲："我的兄弟武二，你须得知他性格；倘或早晚归来，他肯干休？你若肯可怜我，早早服侍我好了，他归来时，我都不提！你若不看觑我时，待他归来，却和你们说话！"潘金莲对武松倒是有点害怕，来茶坊跟西门庆和王婆商量对策，王婆出了个主意，一不做二不休，干脆把武大郎整死得了。西门庆和潘金莲都没有什么异议，就这样，三个人合谋，用砒霜把武大郎毒死了。

按照王婆的计划，把武大毒死以后，赶快一把火殓了，死无对证，武松回来了也说不出什么，即便有疑心，也没有证据，官府也不会过问。再过个一年半载，风声过去了，西门庆就能把潘金莲娶回家去了。这个计划看似很完美，但是，王婆错估了两点：第一点，王婆高估了西门庆，其实在阳谷县里，几乎人人知道潘金莲通奸杀夫，但王婆觉得以西门庆的威慑力，能镇住这些人的口舌，只要武大被灭了口，没人敢跟武松说。可是王婆想错了，公道自在人心，不是一个小小的西门庆就能颠倒黑白的。不但有人敢跟武松说，还有人偷了武大的骨殖，留下了重要的证据。第二点，王婆低估了武松，武松可不是个简单的莽夫，江湖经验非常丰富，很快就把整个事件调查清楚了。为兄报仇的决心也是不可阻挡的，官府不立案，武松自己动手，杀人报仇以后，去官府自首。宁可自己的命不要了，也要给哥哥报仇。

　　且说县官念武松是个义气烈汉，又想他上京去了这一遭，一心要周全他；又寻思他的好处，便唤该吏商议道："念武松那厮是个有义的汉子，把这人们招状从新做过，改作：'武松因祭献亡兄武大，有嫂不容祭祀，因而相争，妇人将灵床推倒；救护亡兄神主，与嫂斗殴，一时杀死。次後西门庆因与本妇通奸，前来强护，因而斗殴；互相不伏，扭打至狮子桥边，以致斗杀身死。'"读款状与武松听了，写一道申解公文，将这一干人犯解本管东平府申请发落。

　　这阳谷县虽是个小县分，倒有仗义的人：有那上户之家都资助武松银两；也有送酒食钱米与武松的。武松到下处将行李寄顿土兵收了；将了十二三两银子与了郓哥的老爹。武松管下的土兵大半相送酒肉不迭。

　　……

　　那刑部官有和陈文昭好的，把这件事直禀过了省院官，议下罪犯："据王婆生情造意，哄诱通奸，唆使本妇下药毒死亲夫；又令本妇赶逐武松不容祭祀亲兄，以致杀死人命，唆令男女故失人伦，拟合凌迟处死。据武松虽系报兄之仇，斗杀西门庆奸夫人命，亦则自首，难以释免，脊仗四十，刺配二千里外。奸夫淫妇虽该重罪，已死勿论。其馀一干人犯释放宁家。文书到日，即便施行。"

这件事情的结局，潘金莲和西门庆被武松杀死，王婆被判凌迟处死，武松呢？被判偿命了吗？没有，知府知县两级官员都有心维护武松，最后只是判了脊杖四十，刺配孟州。不但如此，县里的富户，纷纷拿出银子来资助武松，武松的部下也纷纷送酒送肉送钱送米。还是那句话，公道自在人心。

到这，武松的故事还没结束，但潘金莲的故事已经结束了。潘金莲最后死得很惨，被武松开膛摘心，五脏都被供在武大郎的灵前，最后人头还被割了下来。其实，即便武松不替武大郎报仇，潘金莲的下场也不会好。有一个细节要注意一下，武松到狮子楼去杀西门庆，西门庆身边坐着两个粉头。什么意思呢？西门庆已经开始找新的女人了。可能有人会问，按照王婆的计划，西门庆不是要和潘金莲长作夫妻吗？为啥西门庆又找新的女人了呢？我想，原因有两点：第一，西门庆这样的人，跟女人玩没什么真感情，潘金莲他已经玩腻了，准备找下一个目标了。第二，西门庆不傻，潘金莲今天能一碗药把武大郎毒死，明天就能一碗药把西门庆毒死，这样的人能娶回家吗？当然不能了。西门庆找新的女人了，武大郎死了，潘金莲自己没有营生，杀人的把柄攥在王婆这样的人手里，全县的人都知道她是心狠手辣的杀人犯。想想看，即便武松不杀她报仇，潘金莲的下场会好吗？

其实，从一开始，潘金莲的悲剧下场就已经注定了。那么，是什么原因造成潘金莲的悲剧下场的呢？古往今来的评论者给出了不同的解释，有的人认为是潘金莲自己的缺点造成的，因为她风流成性，贪得无厌，心狠手辣，所以造成了悲剧的结局。也有人认为是封建的社会制度造成的，潘金莲本来是个美女，却不得不嫁给一个三寸丁谷树皮，肯定有怨气，所以她的做法可以理解成报复社会，而不能简单看成她道德品质的败坏。当然，这两种说法各有各的道理，这里我谈一谈我的看法：

潘金莲生于等级森严的封建社会，出身社会底层，从小被自己的父母卖给大户人家做使女，也就落入了没有人身自由的贱民阶层。除了给主人干活以外，没有接受过任何礼义廉耻方面的教育。假如她姿色平平，或许将来主人把她嫁给一个家奴园工门子之类的，平平淡淡地过完一生。可是，就因为她颇有些颜色，找着了点众星捧月的感觉。没有是非观念的她突然觉得自己的美貌能换来自己想要的东西。"他倒无般不好，为头的爱偷汉子"就是从这来的。从这开始，她就不断用自己去跟人交换，甚至一度想成为主人的小妾。然而可想而知，这样的人，主人能喜欢吗？有人认为主人想强占她，她坚贞不屈所以去告主人婆得罪了主人，这种观点其实是不对的。就像我们前面所说，潘金莲属于贱民阶层，没有人身自由，主人如果真想强占她，她别说告主人婆，告官府大老爷也不好使。所以，主人也就是看她平时挺风流，想挑逗她一下，根本没有强占她的意思。她去告主人婆，其实是想让主人婆给主人传个话，纳我为妾得了。结果呢，主人不但没纳她为妾，反而把她嫁给了武大郎，主人的这一招特别狠。假如主人对她管束规劝教育，潘金莲绝不至于落得最后的下场，然而主人没有，从潘金莲嫁给武大郎那一刻起，她的悲剧就注定了。清河县的流氓、武松、西门庆，从未停下出轨的脚步，一旦脚步受到阻碍，杀夫是潘金莲必然的选择。最后被为兄报仇的武松杀死，我们前面分析过了，即便武松不杀她，她未来的日子也不好过，甚至可能不如被武松一刀杀了。我觉得潘金莲呀，就好比一个毫无投资经验的人，突然手里有了一笔启动资金，盲目地到市场上去投资，不懂市场的运行规则，结果不但启动资金赔没了，还欠了一大笔高利贷，最后被活活压死。

好了，潘金莲的悲剧到底是什么造成的，请君自品吧。

34.一次拙劣的跳槽
——地勇星病尉迟孙立

古语有云："良禽择木而栖。"对于一个人来说，除了自身的品德才能之外，发展平台也至关重要。隋唐中有一位好汉尉迟恭，学艺有成，投靠了大唐太子李建成，结果在李建成麾下得不到重用，就又投靠了定阳王刘武周，在刘武周手下日抢三关，夜夺八寨，立下了赫赫的战功。而后又投靠了秦王李世民，成为开唐功臣，位列凌烟阁二十四臣之一，与秦琼并列成为了民间家喻户晓的门神。水泊梁山上有一个人物的外号就跟尉迟恭有关，他就是地勇星——病尉迟孙立。

孙立的外号分为两部分，一部分是"病"，另一部分是"尉迟"。为什么是病呢？评论界有很多种说法，有的观点认为"病"是古文中的使动用法，也就是使尉迟病，言下之意就是孙立的本事比尉迟恭还大。也有的观点认为孙立面色蜡黄与尉迟恭的大黑脸不同，有三分病容，所以叫病尉迟。我个人对这两种观点都不是很认同，我认为"病"应该是毛病、缺陷的意思，也就是说孙立是有缺陷的尉迟恭。为什么不比别人，而比尉迟恭呢？不仅仅因为孙立跟尉迟恭一样，身披皂袍，手使铁鞭，而是孙立的经历同尉迟恭较为相似，然而因为他有缺陷，所以最后的下场与尉迟恭有天壤之别。

孙立是什么出身呢？最初是登州的兵马提辖。提辖是什么官？有的人考证过，大概类似于今天军营里连长或副连长一类的军官，也就是说孙立最初是登州驻军中的一个连长。他有一个小舅子是登州监狱的狱警，铁叫子乐和，也是公职人员。还有一个弟弟小尉迟孙新，一个弟媳母大虫顾大嫂。这个弟弟和弟媳不是什么好人，孙新和顾大嫂是开酒店的，可是酒店里设着赌场，聚众赌钱。要知道，十赌九千，但凡开赌场的，都是有些手段的，孙新与当地的土匪就有往来，结交了登云山的两个匪首邹渊和邹润两叔侄。由此可见，孙新在登州地面上是个黑社会老大，家里设着赌场，外面勾结着土匪。

孙立作为军官，自己的弟弟在家开赌场，混黑道，他知不知道呢？肯定知道。那他支不支持呢？不支持。否则为什么哥哥住在城里，弟弟住在城外呢，还有一个细节，孙立的小舅子乐和两个亲戚解珍解宝蒙冤入狱，眼看要性命不保，乐和想搭救他们俩，就去找孙新商量。试想一下，孙立武艺高，又是军官，能量肯定比混黑道的弟弟大得多，同时孙立又是乐和的姐夫，论亲戚关系，肯定比孙新亲近得多，为什么乐和不去找姐夫，却去找姐夫的弟弟呢？只有一种解释，乐和心里明白，去找姐夫肯定要碰钉子，姐夫一贯不太看得惯江湖上的人，黑道上的事，姐夫不支持，更不可能参与。总的来说，孙立这个人还是比较正派的，身在官府，自己的弟弟混黑道，虽然不能管束，但洁身自好，自己不参与聚赌斗殴之事。那么，孙立的官当得顺心吗？估计并不顺心，且看这一段：

邹润道："还有一件：我们倘或得了人，诚恐登州有些军马追来，如之奈何？"

孙新道："我的亲哥哥见做本州军马提辖。如今登州只有他一个了得；几番草寇临城，都是他杀散了，到处闻名。"

通过弟弟孙新的描述，大概了解孙立的状况。登州并不是太平地界，常有土匪来侵扰，而登州城里有本事的军官就孙立一个，每次土匪来犯，都得靠他去杀散。听上去倒是十分威风，但是细想来，孙提辖每次杀散土匪的时候，心里会不会有一种无形的压力？每杀一次土匪，就结下了不少的仇家，土匪源源不绝，而登州城里全靠自己一个。这次杀散了，下次呢，下下次呢，下下下次呢？况且孙立如此本事，州府官员对他器重吗？很显然不器重，如果器重，孙立会始终只做一个基层小官吗？人到中年的孙提辖不得不为自己的未来考虑考虑，如果继续在登州干下去，恐怕早晚得让土匪杀了，何况自己拿命去拼，换不来上级的封赏，甚至身边连个帮手都没有。说不定孙立早就有跳槽的想法了，而且他这个想法很可能他弟弟和弟媳都有所察觉。所以在乐和找孙新和顾大嫂商量劫牢反狱救解珍解宝的时候，孙新做出了一个大胆的决定——策反孙立。策反的过程是很顺利的：

顾大嫂道：伯伯在上。今日事急，只得直言拜禀：这解珍、解宝被登云山下毛太公与同王孔目设计陷害，早晚要谋他两个性命。我如今和这两个好汉商量已定，要去城中劫牢，救出他两个兄弟，都投梁山泊入夥去。恐怕明日事发，先负累伯伯；因此我只推患病，请伯伯姆姆到此，说个长便。若是伯伯不肯去时，我们自去上梁山泊去。如今天下有甚分晓！走了的到没事，见在的到官司！常言道："近火先焦。"伯伯便替我们官司、坐牢，那时没人送饭来救你。伯伯尊意如何？

孙立道："我是登州的军官，怎地敢做这等事？"

顾大嫂道："既是伯伯不肯，我今日便和伯伯并个你死我活！"顾大嫂身边便掣出两把刀来。邹渊、邹润各拔出短刀在手。

孙立叫道："婶子且住！休要急行。待我从长计较，慢慢地商量。"乐大娘子惊得做声不得。

顾大嫂又道："既是伯伯不肯去时，即便先送姆姆前行！我们自去下手！"

孙立道："虽要如此行时，也待我归家去收拾包里行李，看个虚实，方可行事。"顾大嫂道："伯伯，你的乐阿舅透风与我们了！一就去劫牢，一就去取行李不迟。"

孙立叹了一口气，说道："你众人既是如此行了，我怎地推得？终不成日后倒要替你们官司？罢！罢！罢！都做一处商议了行！"

顾大嫂的话说得很强硬，我们要去做犯法的事，哥哥你要么跟我们一起去，要么你就等着吃官司吧。你要是现在想抓我们，那咱们就拼个死活，言下之意你打死我们照样得吃官司。

反观孙立，虽然不愿意做劫牢造反的事，但是态度却飘忽不定，一会说我是军官怎能做这样的事，一会说考虑考虑，一会又说回家收拾行李。总的来说，确实有改变现状的念头，但对于落草为寇，啸聚山林还是不大愿意的。可最后还是决定劫牢造反投靠梁山了。人们常说逼上梁山逼上梁山，孙立是被谁逼上梁山的呢？自己的弟弟和弟媳。

这就是病尉迟的"病"。尉迟恭当年跳槽是有态度和立场的，寻找更好的平台，太子建成不能容自己，就投靠定阳王，定阳王没发展，就投靠秦王李世民，最后成就自己的事业。病尉迟孙立呢，虽也有跳槽的念头，但对未来特别的迷茫，没有什么可行的计划。再加上身边亲人的蛊惑和威逼，最后落草为寇了。槽是跳了，可是跳偏了，跳到贼窝里面去了。跳到贼窝里就能受到重用吗？事实证明不能，孙立到了梁山之后就立了一个大功，卧底到祝家庄，跟梁山里应外合大破祝家庄。孙立的本事在梁山上也不算小，能和五虎之一的双鞭呼延灼大战几十回合，本事大又立过大功，可是到了梁山排座次的时候，孙立不但不在五虎八骠之内，而且连三十六天罡都没进去，甚至连孙立带出来的两个小弟解珍解宝排名都在孙立之上，孙提辖也算够窝囊了。

孙立除了上梁山，没有其他的选择了吗？有，而且有很多。在登州干得不顺心，可以找机会调任到其他州府；不愿意为官，可以辞官不做，凭着一身本事可以去当教头，孙立的师兄栾廷玉不就是祝家庄的教师爷吗？祝家庄被打破了，栾廷玉不也全身而退吗？不愿意做教头，还可以隐居起来，《水浒传》开篇介绍的八十万禁军教头王进不就隐居起来了吗？安安稳稳度过余生。无论哪种选择都比跳槽到梁山泊这个贼窝要好。跳到贼窝里的孙立最后下场如何？表面上看是好的，征方腊一役孙立是幸存者，后来又回登州做官了，可是各位想想，一个跳槽的人，跳了一圈什么也没干好，带着一个当过贼寇的污点灰头土脸地回了原单位，他的日子会好过吗？

这里简单说几句，为什么孙立在梁山上的排名会比较低，很多评论家都给出过自己的解释，各有各的道理。我个人觉得，或许跟他当过卧底有关。他在祝家庄卧底，出卖的是自己的亲师兄，虽然是为了梁山的利益，可是在号称呼保义的宋江心目中，他的形象已经跌了，给他一个地勇星的称号，已经是不枉了。

总的来说，孙立这个人物给了我们不少警示，第一，人不是不可以跳槽的，但是跳槽时要擦亮自己的眼睛。第二，身为领导干部，一定要警惕不要被自己身边的人腐蚀。第三，做事情要有底线，不能为了利益连自己的亲友都出卖，虽然梁山上都是贼，但是大贼头的心里有本账。

35. 熊孩子必有熊家长
——天杀星黑旋风李逵

在当今社会，有一类孩子是很让人头疼的，他们不遵礼仪和规矩，专门调皮捣蛋，胡作乱闹，常常惹人讨厌。我们往往称他们为"熊孩子"。这类孩子有一个共同的特点，在他们背后有一个纵容他们的熊家长，任由他们胡作非为而不加管束，这些熊家长的纵容和庇护往往让熊孩子越来越熊。小的时候还好，无非是惹点小祸，搞点小破坏，熊孩子一旦长大了，就有可能危害社会。在《水浒传》中就有这么一个熊孩子，他是谁呢？就是呼保义宋江的铁杆拥护者——天杀星黑旋风李逵。

> 朱贵答道："小弟是沂州沂水县人。见有一个兄弟唤做朱富，在本县西门外开着个酒店，这李逵，他是本县百丈村董店东住；有个哥哥唤做李达，专与人家做长工。这李逵自小凶顽，因打死了人，逃走在江湖上，一向不曾回家。"

李逵出生在赤贫之家，没有父亲，只有母亲和一个哥哥。靠哥哥李达给地主家当长工养家糊口。都说穷人的孩子早当家，这一点用在李逵的哥哥身上还算合适，用在李逵身上却完全不符合。按说李逵生得五大三粗、孔武有力，出些力气养家应当不是什么难事。可是李逵从小就不务正业，打架斗殴，到处惹祸。为什么呢？书中没有明说，但我们可以推测，李逵的母亲偏爱小儿子，对李逵十分溺爱，不但不让他承担养家的重担，也从来不对他加以管束，任由李逵在外面胡闹，多半李逵在外面惹了祸，还是他母亲出去赔话，替他平事。时间长了，李逵在小混混的路上越走越远，渐渐成了熊孩子，李逵的母亲也就是熊孩子背后的熊家长。终于，李逵祸惹大了，打死了人，李逵的母亲当然平不了这么大的事，李逵只好畏罪潜逃，游走江湖。

惹出大祸的李逵会痛改前非，改邪归正吗？当然不会了，熊孩子的一大特点就是没有是非观念，他不会意识到自己的行为有什么不对，反而心里会埋怨自己的母亲，这回咋不能给我平事了呢？害得我到处流浪，要是有人能帮我把事平了多好，那我可就自由了，想干啥干啥，惹事了就有人帮我摆平。或许有人会觉得这种想法过于异想天开，怎么可能会有人连人命关天的大事都平了？如果有这么大能量的人，又怎么会给你李逵当熊家长？还真别说，李逵这个熊孩子真就又找到了一个熊家长，无论李逵惹多大的祸，哪怕是杀人放火灭人满门，都能帮李逵平了，这个人是谁呢？宋江。

李逵毛着宋江问戴宗道："哥哥，这黑汉子是谁？"戴宗对宋江笑道："押司，你看这怎么粗卤！全不识些体面！"李逵道："我问大哥，怎地是粗卤？"戴宗道："兄弟，你便请问'这位官人是谁'便好。你倒却说'这黑汉子是谁'，这不是粗卤却是甚么？我且与你说知：'这位仁兄便是闲常你要去投奔他的义士哥哥。'"李逵道："莫不是山东及时雨黑宋江？"戴宗喝道："咄！你这厮敢如此犯上！直言叫唤，全不识些高低！兀自不快下拜，等几时！"李逵道："若真个是宋公明，我便下拜；若是闲人，我却拜甚鸟！节级哥哥，不要赚我拜了，你却笑我！"宋江便道："我正是山东黑宋江。"李逵拍手叫道:"我那爷!你何不早说些个,也教铁牛欢喜!"扑翻身躯便拜。宋江连忙答礼,说道:"壮士大哥请坐。"

……

戴宗道:"这厮本事自有,只是心粗胆大不好。在江州牢里,但醉了时,却不奈何罪人,只要打一般强的牢子。我也被他连累得苦。专一路见不平,好好强汉,以此江州满城人都怕他。"

这是李逵在书中首次出场,正是结识宋江的场景。此时的李逵是江州节级院长戴宗手下的小弟。戴宗这个人不简单,黑白两道都有一定能量,在江州当着节级院院长(类似于今天的监狱狱长),同时与黑道上的人颇有联系,与水泊梁山上的军师吴用是好朋友。手下自然也养着一些混混,李逵就是这些混混其中之一。可见,戴宗暂时当了李逵的熊家长,戴宗自己也说,李逵喝醉了酒便跟人打架,还专打那些不好惹的,搞得自己也常常被李逵连累。可见,戴宗这个熊家长能量还是有限,比李逵的母亲是强出百倍了,但也不是什么事都能平,估计日常也会对李逵有一些约束。因此,李逵偶尔也会有投靠他人的想法,在江湖上听闻及时雨宋江是个仗义的人物,时常会有去投奔宋江的意思。今天宋江来到了眼前,李逵自然十分欢喜,当场就拜了宋江为大哥。就在拜宋江为大哥的当天,李逵就惹了三场祸,而宋江也不负李逵所望,把这三场祸一一摆平了。

第一场祸,李逵去赌场赌钱输了,却不认账。不但不认账,还抢别人的钱,把一起赌钱的人都给打了,引起了众怒,一群人追出来讨要,正好被宋江和戴宗遇上。宋江知道了事情的原委,向李逵承诺,没有钱尽管向我来讨,别人的钱咱们不要,还给他们吧。李逵还了钱,又赔钱给被打的人,把这一事件平息了。

第二场祸,李逵要买鲜鱼,鱼市有鲜鱼但并不出售。按说鱼是人家的，人家想卖就卖，不想卖你不能强买。但李逵不讲理惯了，你不卖，我上来就抢，结果他不会弄，鱼都被他放跑了，李逵又跟渔人打起来了。没想到渔市的老大浪里白条张顺也是个混黑道的，哪是好惹的。跟李逵动起手来，在陆地上不是李逵的对手，在水里可就占尽了上风。李逵这回可吃了亏，被浸在水里，灌了一肚子水。这时宋江赶紧出来喊：别动手，我跟你哥哥船火儿张横是好朋友，大家都是朋友，别伤了和气呀。在宋江的调解之下，张顺和李逵算是不打不相识了，李逵此时多半心里想的是，多亏宋大哥人脉广，认识人多，要不然今天非灌死我不可。

第三场祸，经历完不打不相识的风波，宋江等人回到酒楼喝酒。这时来了个卖唱的姑娘，李逵不爱听曲，上去一拳就把姑娘打晕了。姑娘的爹娘就在一旁，见女儿被打自然过来讲理。然而一见是李逵、戴宗等人，也知道这些人不好惹，哪里敢报官，只说了句："今日这个哥哥失手伤了女儿些个，终不成经官动司，连累官人？"言下之意，是想要私了。宋江自然舍得给银子，不过宋江却只字不提给姑娘赔偿，而是说："我与你二十两银子将息女儿。日后嫁个良人，免在这里卖唱。"一句话说中了姑娘父母内心深处最关心的问题，别让孩子卖唱了，拿着这些钱，找个好人家嫁了吧。姑娘父母赶快拜谢道："深感官人救济！"宋江轻轻巧巧一句话，就把李逵从肇事者变成了姑娘的大恩人。

总之，在结识李逵的第一天，宋江就充分发挥自己的智慧，灵活运用自己的金钱和人脉，帮李逵扛了三场祸。与李逵临别时，又拿出五十两银子给李逵。"兄弟，大哥的钱随便花。"此时的宋江在李逵心目中，简直可以说是神一样的存在。想必李逵下定了决心，这辈子我就跟宋江大哥混了。这条命交给大哥了。

却见十字路口茶坊楼上一个虎形黑大汉，脱得赤条条的，两只手握两把板斧，大吼一声，却似半天起个霹雳，从半空中跳将下来，手起斧落，早砍翻了两个行刑的刽子，便望监斩官马前砍将来。众士兵急待把去搁时，那里拦得住。众人且簇拥蔡九知府逃命去了。

……

这黑大汉直杀到江边来，身上血溅满身，自在江边杀人。晁盖便挺朴刀，叫道："不干百姓事，休只管伤人！"那汉那里来听叫唤，一斧一个，排头儿砍将去。

不久之后，宋江在浔阳楼题反诗，被定成死罪，要在江州城问斩。由于宋江在江湖上广施恩德，威望太高，先后来了四批人准备营救宋江。其中势力最大的就是晁盖率领的梁山众好汉，还有浪里白条张顺找来的揭阳三霸的队伍和在黄门山落草的摩云金翅欧鹏等人的队伍，第四批就是李逵，他没队伍，孤身一个人。要知道，在劫法场之前，李逵并不知道还有很多人来营救宋江，他只知道有自己一个。但就是孤身一个人，为了大哥也敢劫法场。可见，李逵对宋江的感情之深，为了大哥，可以不要自己的命。

这里简单分析一下，此时李逵和宋江相交时间并不长，感情为什么会如此深厚呢？前面说过，因为李逵好惹祸，宋江有钱有智慧能平祸，所以李逵愿意依靠宋江这个大哥。但我个人认为，这只是表面原因，还有更深层次的原因。李逵此时虽然年纪不小了，可是心理上还是个孩子，准确点说，熊孩子。有一点需要注意，李逵这个人从小没父亲，他小的时候惹祸，是他妈想办法平，后来闹出人命了，他妈根本平不了，李逵只好畏罪潜逃。畏罪潜逃的熊孩子李逵多半心里是埋怨母亲的，咋不能给我平事了呢？要是我爸在的话就好了，说不定能把我惹的事都平了。从小没有父亲或母亲的人，往往会在心里想象出一个父亲或母亲的形象，渐渐地根据这个形象给自己找一个心理寄托。李逵想象中的父亲，多半是神通广大，不管自己惹了多大的事，都能给自己摆平，永远庇护自己。

后来遇见的宋江，恰恰符合这一点。换句话说，李逵在潜意识里，把宋江当成了自己的父亲。父亲有难，当儿子的自然舍命相救。孤身跳楼劫法场就不难理解了。再分析一点，李逵为什么特别爱好杀人？仿佛杀的人越多越开心，连平民老百姓也不放过。多半也是一种心理补偿，当年我杀一个人，就闹得我有家难奔，到处流浪，现在我有靠山了，我可得杀个痛快。就这样，李逵渐渐成了个杀人魔王，晁盖能管住李逵吗？能管住就怪了。宋江能管住，但是宋江不管。为什么呢？我们后面再分析。

李逵和众好汉一起闹江州劫法场，救了宋江，还破了无为军，杀了黄文炳，给宋江报了仇。之后去哪呢？自然是一起上梁山了。

36. 以物喜者为物累
——天佑星金枪手徐宁

在范仲淹先生的《岳阳楼记》里有一句名言，不以物喜不以己悲。说的是不因自己得到的外物而喜，不因自己眼前的困境而悲。当然，这是古代仁人志士的大情怀，普通人是很难达到这个思想境界的。尤其是不以物喜，普通人或多或少都会对自己占有的财物有点自喜的感觉。尤其是那些珍宝重器、古董珍玩，掌握了这些宝贝的人，那肯定对这些东西格外地珍视喜爱。可是，以物喜者必为物所累，再贵重的东西毕竟也是身外之物，过分地珍爱身外之物，往往就要付出惨重的代价。水泊梁山上就有这么一位，因为格外地珍视自己家传的宝贝，为了宝贝不惜以身犯险，最终付出了高昂的代价。这个人是谁呢？就是我们今天要说的，天佑星金枪手徐宁。

话说当时汤隆对众头领说道：小可是祖代打造军器为生。先父因此艺上遭际老种经略相公，得做延安知寨。先朝曾用这连环甲马取胜。破阵时，须用钩镰枪可破。汤隆祖传已有画样在此，若要打造，便可下手。汤隆虽是会打，却不会使。若要会使的人，只除非是我那个姑舅哥哥。会使这钩镰枪法，只有他一个教头。他家祖传习学，不教外人。或是马上，或是步行，都是法则；端的使动，神出鬼没！说言未了，林冲问道：莫不是见做金枪班教师徐宁？汤隆应道：正是此人。林冲道：你不说起，我也忘了。这徐宁的金枪法，钩镰枪法，端的是天下独步。在京师时与我相会，较量武艺，彼此相敬相爱只是如何能赚得他上山？

双鞭呼延灼奉旨征讨梁山，摆下连环马阵，梁山吃了个大败仗。此时的梁山虽然也有一些武艺高强之人，但是擅长排兵布阵大兵团作战的将领却是没有。面对连环马阵，无人会破，吴用这个所谓的智多星也是束手无策。正在宋江一筹莫展之际，打铁出身的金钱豹汤隆站了出来，要破连环马阵，必须使用钩镰枪，而会使这钩镰枪法的普天下只有一人，就是汤隆的姑舅哥哥——金枪手徐宁。

有人看到这可能会说了，这连环马阵肯定能破了，破阵需要用钩镰枪，会使钩镰枪的是金枪手徐宁，这个徐宁又恰好是梁山好汉汤隆的表哥。俗话说得好，姑舅亲，姑舅亲，砸断骨头连着筋。汤隆所在的梁山有难，表哥徐宁肯定能仗义相助。只要把徐宁请上梁山，连环马指日可破。事情真有这么简单吗？当然不是了。徐宁可不是那么容易能请上梁山的。为什么呢？这得从徐宁这个人说起。

徐宁是什么人呢？首先来说，徐宁武艺非常高强。用林冲的话说，徐宁的金枪法，钩镰枪法，端的是天下独步。在京师的时候，徐宁跟林冲经常切磋武艺，互相佩服。林冲在书中算得上顶尖高手了，连林冲都佩服的人，那武艺肯定也是相当了不起，纵然不如林冲，也就是略逊一筹罢了，不会差得太远。而且跟林冲不同的是，徐宁的功夫带有垄断性，林冲所使的丈八蛇矛，并不是只有林冲一个人会使，只不过他使得比别人好而已。而徐宁擅长的钩镰枪法，普天下就徐宁一个人会使。同时，这钩镰枪又是铁甲连环马阵的克星，会使钩镰枪的徐宁想必也懂阵法，会布阵和破阵，这是林冲所比不了的。总体来说，作武将，徐宁的整体能力在林冲之上。

那么，徐宁担任什么职务呢？金枪班教师。同是教师，徐宁这个金枪班教师可比林冲这个禁军枪棒教头厉害得多。要知道，禁军枪棒教头在殿帅府级别并不高，以林冲的身份，进白虎堂的资格都没有。而金枪班是皇帝的贴身卫队，金枪班教师可是陪王伴驾的身份。说句实在话，太尉高俅能陷害林冲，他可未必敢陷害徐宁。皇上眼皮底下的人，就是高俅也得敬畏几分。而且常伴君王左右，发展的机遇也很好，只需做事勤勉，说不定哪天皇帝心情好，一句话就能赏个大官做。后文书中的东平府知府，最初不过是太师蔡京府的一个门馆先生。太师的门馆先生都能当知府，那皇上的贴身卫队的教师爷，当个指挥使、安抚使又有何难呢？总之，徐宁这个人，能力强，平台好，前途光明，家庭幸福，简直就是一个人生赢家。这样的人，你让他落草为寇，帮着梁山打官军，可能吗？简直就是不可能。所以林冲听汤隆介绍完徐宁以后，就提出了疑问：只是如何能赚得他上山？是呀，怎么才能让徐宁上山呢？汤隆接着说，有一样东西，能把徐宁钓上山来。

> 汤隆道：徐宁祖传一件宝贝，世上无对，乃是镇家之宝。汤隆比时曾随先父知寨往东京视探姑母时，多曾见来，是一副燕翎砌就圈金甲，这副甲，披在身上，又轻又稳，刀剑箭矢急不能透；人都唤做赛唐猊。多有贵公子要求一见，造次不肯与人看。这副甲是他的性命；用一个皮匣子盛著，直挂在卧房梁上。若是先对付得他这副甲来时，不由他不到这里。

什么东西能把徐宁这样的人生赢家钓到土匪窝里来呢？原来是徐宁家里的一件宝贝，祖传的一副燕翎甲，据说这副甲穿在身上刀枪不入，号称赛唐猊，果然是一件宝物。徐宁对这件宝物非常珍爱，珍爱到什么程度呢？把这副甲装在一个皮匣子里，挂在家里卧室的房梁上，天天看着才安心。这就有点不正常了，一般来说，家里有特别珍贵的宝贝，都会找一个隐蔽的位置妥善地收藏起来，不会放在明面上，这样既安全又稳妥，既不容易损坏又不容易招贼。但徐宁却不一样，不但把宝贝放在明面上，而且是放在一抬头就能看着的地方，好像有一会儿看不着这个宝贝，心里就没底。想想看，把宝贝挂在房梁上，安全吗？太不安全了！谁都知道你家有宝贝，谁都知道你家宝贝在哪，随便来个飞贼就给你偷走了。徐宁也算是个精明人物了，可为什么到了这个问题上糊涂起来了呢？只能说他对宝贝珍爱得过分了，以至于到了失去理智的地步。利用徐宁珍爱燕翎甲失去理智的这一弱点，想把徐宁钓上梁山，那就不是什么难事了。听了汤隆的介绍，智多星吴用马上定下一计，鼓上蚤时迁出马，盗走燕翎甲，金钱豹汤隆配合，赚徐宁上山。

吴用这一计划能成功吗？当然能成功了，时迁盗甲非常顺利，燕翎甲就在房梁上，对于时迁这样擅长飞檐走壁的飞贼来说，那真是像探囊取物一样容易。徐宁发现自己最珍爱的宝贝被偷了，像丢了魂一样，不知所措。这时候，金钱豹汤隆登场了，以串门的名义来到徐宁家，给徐宁提供了盗甲人的线索，在城东四十里的一个村店里见过一个人带着一个皮匣子，跟徐宁装燕翎甲的匣子一模一样。徐宁一听有线索了，那得赶紧追呀，连备马都等不及了，四十里地，撒丫子就追出去了，想象一下当时的画面，是不是挺滑稽。要说徐宁那可是个有能力有身份的人，算得上是个人中的俊杰，可是一牵扯到燕翎甲，徐宁的脑袋就短路。为什么会这样呢？就像我们前面说的，徐宁对燕翎甲珍爱得过分了，以物喜者必为物所累，再珍贵的宝贝也是身外之物，它是为人服务的，不应该比人本身更重要，人如果没了，物还能有什么用呢？金枪手徐宁就是过分珍爱自己的宝贝了，甚至把宝贝看得比自己都重要，那自然是要付出代价的。徐宁和汤隆一路追了下来，沿途早已经设好了各种诱饵，一步一步把徐宁引向了梁山，其实，只要徐宁稍微警觉一点都能察觉到自己进了人家的圈套了，可惜徐宁一丝一毫都没有察觉，心里光想着自己的燕翎甲了，最后进了梁山下朱贵的酒店，被蒙汗药麻翻抬上了梁山。

　　徐宁开眼见了众人，吃了一惊，便问汤隆道：兄弟，你如何赚我来到这里？汤隆道：哥哥听我说：小弟今次闻知宋公明招接四方豪杰，因此上在武冈镇拜黑旋风李逵做哥哥，投托大寨入伙。今被呼延灼用"连环甲马"冲阵，无计可破，是小弟献此"钩镰枪法"。——只除是哥哥会使。由此定这条计：使时迁先来偷了你的甲，教小弟赚哥哥上路；后使乐和假做李荣，过山时，下了蒙汗药，请哥哥上山来坐把交椅。徐宁道：是兄弟送了我也！宋江执杯向前陪告道：见今宋江暂居水泊，专待朝廷招安，尽忠竭力报国，非敢贪财好杀，行不仁不义之事。万望观察怜此真情，一同替天行道。
　　……
　　汤隆笑道：好教哥哥欢喜，打发嫂嫂上车之后，我便复翻身去赚了这甲，收拾了家中应有细软，做一担儿挑在这里。徐宁道：怎地时，我们不能够回东京去了。汤隆道：我又教哥哥再知一件事：来在半路上，撞见一伙客人，我把哥的雁翎甲穿了，搽画了脸，说哥哥名姓，劫了那伙客人的财物，这早晚东京已自遍行文书，捉拿哥哥。徐宁道："兄弟，你也害得我不浅！"晁盖、宋江都来陪话道：若不是如此，观察如何肯在这里住？随即拨定房屋，与徐宁安顿老小。

　　徐宁被抬上梁山，用解药救醒了，睁眼一看就明白了，也知道自己处境不妙。质问汤隆，你为什么要把我骗到这里来？这时候汤隆过来了，把事情前因后果说了一遍，请你上山坐一把交椅，帮忙破呼延灼的连环马。徐宁愿意落草为寇吗？咱们前面分析过，徐宁这样既有能力又有平台的人能愿意当强盗吗？可是进了人家的地盘了，也不敢直接拒绝，只是气急败坏地说了汤隆一句：兄弟呀，你可把我坑了。这时候宋江过来劝徐宁，梁山将来是要招安的，咱们一起替天行道吧。言下之意，咱们肯定不能老当强盗，将来还是有机会再回体制内为官的，你就入伙了吧。随后汤隆又说了，哥呀，我穿上你的燕翎甲冒你的名在东京做了一件大案，现在官府正通缉你呢，家眷细软都已经接上梁山了，你想回东京是彻底回不去了。

这时候的徐宁才知道梁山手段之狠毒，已经彻底把自己的后路给断了，都知道金圈燕翎甲只有自己才有，汤隆穿自己的宝甲作案，那自己恐怕是跳进黄河也洗不清了。怎么办，只有入伙梁山一条路了，好在宋江承诺了，将来梁山是要招安的，还有这么点入朝为官指望。最后徐宁愤愤不平的心情凝结成了对汤隆的一句话，你可把我坑得好苦呀。其实不难看出来，自始至终，徐宁都是不愿意入伙梁山的。想想也简单，能力强，发展平台也好，前途光明，家庭幸福的人，谁会愿意落草为寇当强盗呢？可徐宁为啥轻而易举地就被人家骗上梁山了呢？这就是徐宁过分珍爱自己的宝贝付出的代价，把物看得比身重要，以至于物找回来了，身陷入贼窝了，本来的光明前途一点没有了。到底是物重要，还是自己的身重要？我想这个时候徐宁应该想明白了吧。

可是徐宁想明白也没用了，因为他没有别的选择了，只能在梁山坐一把交椅了，教会了梁山好汉钩镰枪法，大破连环马阵，为梁山立下了大功。徐宁能力强，功劳大，又是铁杆的招安派，所以宋江是很器重徐宁的。梁山排座次，徐宁排在第十八位，在八骠之中排第二位，这个地位在梁山已经很高了。徐宁在梁山也常常随军出征，屡立战功，或许徐宁就是在等着招安的那一天，力争能够还朝为官。可惜的是，梁山招安以后，徐宁没能等到回京受封，而是在征方腊途中战死了。最后徐宁的死很耐人寻味，在杭州之战中，被流矢毒箭射中颈部而死了。所谓刀枪不入的宝甲能保护徐宁周全吗？根本不能。穿上宝甲，只能护住前胸后背，而敌军射箭恰恰射中了徐宁的脖子，宝甲干脆就没派上用场。好可叹徐宁，不惜自己的有用之身换回的宝甲，关键时刻一点作用也没起。不知道徐宁中箭的那一瞬间是何想法？

还是那句话，以物喜者必为物所累，再珍贵的东西也是身外之物。对于我们每一个人来说，最应该珍爱的还是我们的有用之身呀！

37. 李广难封
—— 天英星小李广花荣

在机关工作的人，级别的升迁往往是取决于多种因素的。能力、背景、资历、运气等都有可能影响一个人的升迁。几乎每个单位，都会有这样一种人，能力不错，资历也够，可就是因为一些特殊的原因，关键的级别升不上去，成为一生的遗憾，往往领导同事对这种人也会表示惋惜。

在中国历史上，有一个人才干过人，功勋出众，可是因为种种原因，一生未能封侯，千百年来一直为人们所惋惜。他就是有"龙城飞将"之称的飞将军李广。连汉文帝都叹息："惜乎，子不遇时！如令子当高帝时，万户侯岂足道哉！"司马迁更是称赞他"桃李不言，下自成蹊"。后世的文人墨客也纷纷表达对李将军的赞美和惋惜之情：王昌龄就曾经感叹："但使龙城飞将在，不教胡马度阴山。"王维也曾经认为："卫青不败由天幸，李广无功缘数奇。"王勃在《滕王阁序》里更是叹息"冯唐易老，李广难封"。可以说千百年来，人们一直在为李广鸣不平。那么，造成"李广难封"的原因到底是什么呢？是李广自己有什么问题？是当时人才封赏有失公允？还是真的只因为他运气不好呢？众说纷纭，莫衷一是。施耐庵先生在《水浒传》里塑造了一个"小李广"的形象，这个人物跟李广有相通之处，看看他的人生经历或许会有一些启示。他是谁呢？就是我们今天要说的——天英星小李广花荣。

花荣是什么人呢？起初是清风寨的副知寨。知寨是什么官呢？在宋朝，寨是县一级行政单位派驻在乡镇关卡要地的负责治安的机关。通常设有一文一武两个知寨，文官是一把手，为正知寨，武将是二把手，为副知寨。花荣就是清风寨的副知寨。不难看出，花荣担任的其实是个很小的官，顶多也就是乡镇一级的干部，还只是个副手。但是花荣的能力是很强的，作为一个武将，花荣武艺出众，尤其擅长弓箭，是《水浒传》全书有名的神射手。书中的赞诗称赞他：百步穿杨神臂健，弓开秋月分明。雕翎箭发迸寒星。人称小李广，将种是花荣。可见，花荣虽然只是一个底层的武官，身上却有几分名将的风采。所以，虽然暂时花荣级别不高，但是因为他有能力，是很有希望高升的。那么花荣的仕途发展顺利吗？

　　当日筵宴上，宋江把救了刘知寨恭人的事，备细对花荣说了一遍。花荣听罢，皱了双眉，说道："兄长，没来由救那妇人做甚么？正好教灭这厮的口。"宋江道："却又作怪！我听得说是清风寨知寨的恭人，因此把做贤弟同僚面上，特地不顾王矮虎相怪，一力要救他下山。你却如何恁的说？"花荣道："兄长不知：不是小弟说口，这清风寨是青州紧要去处，若还是小弟独自在这里守把时，远近强人怎敢把青州扰得粉碎。近日除将这个穷酸饿醋来做个正知寨：这厮又是文官，又不识字；自从到任，只把乡间些少上户诈骗；朝庭法度，无所不坏。小弟是个武官副知寨，每每被这厮呕气，恨不得杀了这滥污贼禽兽。兄长却如何救了这厮的妇人？打紧这婆娘极不贤，只是调拨她丈夫行不仁的事，残害良民，贪图贿赂。正好叫那贱人受些玷辱。兄长错救了这等不才的人。"宋江听，便劝道："贤弟差矣！自古道：'冤雠可解不可结。'他和你是同僚官，虽有些过

257

失，你可隐恶而扬善。贤弟，休如此浅见。"

宋江坐楼杀惜，犯了杀人罪，逃走在外，准备投靠自己的好朋友，也就是小李广花荣。在投靠花荣的路上发生了个小插曲，宋江被清风山的土匪抓上了山，结果清风山的三个匪首知道抓的是江湖上鼎鼎大名的及时雨宋江，自然没有加害，反而把宋江奉为上宾。宋江在清风山上住了一段时间，在此期间矮脚虎王英抓上山一个女子准备当自己的压寨夫人，这个女子是清风寨刘知寨的夫人，也就是花荣的上司的夫人。宋江寻思着自己即将投奔花荣，这个女子的丈夫既是花荣的上司，自己应该搭救一把。就劝几个头领，把女子放回去。几个头领当然得给宋江面子，就把这个女子放了。后来宋江来到了清风寨，跟花荣提起了救刘知寨夫人的事，结果花荣的反应却出乎了宋江的意料。

大哥，你不应该救这个女的呀。我这个领导可不是个好人呀，别说不是好人，简直连个人都不是。身为文官一个大字都不识，到任以后就知道贪污受贿，这清风寨地面强盗众多，都是他的责任。要是我当正知寨，早把这些强人平灭了。这女的也不是好人呀，天天撺掇她丈夫干坏事。大哥你就不应该救她，让她在土匪那受辱就对了。

这一段话是花荣对自己领导的评价，乍一看这个刘知寨确实是太差劲了。居然不认识字，那有什么资格当官呢？当官还是个贪官，就知道贪赃枉法，勒索受贿，实在是太过分了。但是如果我们细看下去，分析一下就会发现，花荣这一段话其实是有问题的。首先，刘知寨是识字的，后文中花荣给刘知寨写信，文中特意强调了刘知寨拆开封皮读信。如果他不识字，怎么能读信呢？可见，花荣说刘知寨不识字完全是他编造出来贬低刘知寨的。由此推论，花荣后面说的刘知寨是个贪官，勒索受贿，败坏朝廷法度恐怕也是有很大水分的。其次，花荣说清风寨地面土匪众多，都是刘高刘知寨的责任。当然，地方治安混乱，土匪猖獗，作为一把手肯定得负主要责任。那么花荣你作为副知寨就一点责任没有吗？刘高是文官，你是武官，剿灭土匪，维系治安，更多的应该是你的工作职责吧。怎么能说都是刘知寨的责任呢？

总的来看，花荣的这一段话可不是对自己领导的客观评价，而是一种情绪的发泄，一种夸张的贬低。在花荣心里，自己的领导简直就是十恶不赦，把他整死才好呢，领导的夫人让土匪玷辱了才好呢，我站一边看笑话。花荣为什么会有这种心理呢？大胆推测一下，花荣觉得自己的领导不如自己，觉得自己怀才不遇，对人事任用有一种强烈的不满。这种不满情绪积压在心里，越来越觉得自己特别厉害，越来越觉得别人都不行，渐渐地就失去了正确评价自己和他人的能力。所以，花荣才会觉得自己的领导特别差，人品和能力都差，甚至字都不认识。清风寨地区土匪猖獗都是因为刘高知寨不行，我花荣要当上正知寨，早把这些土匪消灭了。花荣心里是这么认为的，那么刘高和花荣真的较量起来，谁能力强一些呢？我们接着往下看。

很快，刘高和花荣的矛盾就激化了，起因就在宋江身上。在元宵节灯会上，刘知寨的夫人认出了宋江，清风山的三个土匪都管他叫大哥，那这个人肯定是土匪头子呀，刘夫人马上让自己的丈夫派人把宋江抓了。拷问之下，宋江怕杀阎婆惜的事暴露，不敢说自己的真名实姓，只说自己是郓城县混黑道的，名叫张三，外号郓城虎。这时花荣给刘高写的信到了，刘知寨读信就是这个时候。花荣信上说领导呀，你抓错人了，赶紧放了吧，那不是土匪，是我的一个亲戚，济州来的，姓刘。花荣这封信一写，可就等于不打自招了。宋江说自己是郓城来的张三，花荣却说宋江是济州来的刘丈。两下一矛盾，说明宋江的身份肯定有问题，身上没背案子，何必编造身份。刘高一气之下把花荣派来送信的人轰了出去，准备把宋江押解到州府审问。花荣一看，写信没管用，干脆披挂上马，冲到刘高的寨里抢人，花荣确实武功高强，箭术精湛，刘高手下虽然也有不少军士，但是抵挡不住花荣，花荣硬把宋江抢回自己寨里了。不但把人硬抢出来了，花荣还说了不少狠话，刘高呀，这是我一个表哥，你硬当贼抓了，你也太狂了，你就是个正知寨还真以为自己了不起了，你能把我花荣咋的。狠话放完了，花荣也知道刘高不能善罢甘休，这事真闹起来也是自己理亏，跟宋江一商议，这清风寨宋江暂时不能待了，让宋江连夜下山，赶紧去清风山矮脚虎王英那里去避一避。可是花荣没想到，刘高早就在山下设了埋伏，宋江一下山就被刘高抓回去了。这一下，人证物证俱全，花荣私通匪人，大闹山寨的罪名也坐实了。刘高直接派人给青州府送信，请青州府派兵派将捉拿花荣，于是青州知府派来了兵马都监镇三山黄信。黄信也知道花荣武功高强，凭自己的本事肯定拿不住，那怎么办呢？黄信有办法，花荣这样的人其实好对付，为啥呢？因为这样的人不禁忽悠。黄信来到花荣寨里，对花荣一顿吹捧，花知寨，你能力强呀，清风寨全仗着你了，知府大人特别重视你呀。花荣这样自认为怀才不遇的人，一旦被吹捧，马上人就飘起来了，一点戒备之心都没有了。结果中了黄信和刘高的埋伏，被生擒活捉，装进木笼囚车准备和宋江一起押往青州府受审。

这就是花荣和刘高斗争的整个过程，不难看出来，其实刘高做事远比花荣沉稳老练得多。花荣虽然武功高强，挺出风头，但是做事太冒失，欠周密。这个花荣一点也没放在眼里的上司刘高，论整体能力，其实比花荣高。这一场斗智斗勇，花荣败得很彻底，既没保护好宋江，自己也跟着栽进去了。刘高未必是个好官，但让刘高来当正知寨，似乎比让花荣来当更合适。

花荣和宋江被装进木笼囚车送往青州府受审，眼看命在旦夕，多亏清风山的三个寨主带着喽啰兵下山相助，打退了镇三山黄信，杀了知寨刘高，把花荣和宋江救上清风山。随后，在宋江的领导下，众人又收服了前来征剿的霹雳火秦明，劝降了镇三山黄信。事情闹大了，宋江知道清风山不是久守之地，建议众人投靠水泊梁山入伙，众人一齐响应，于是带着喽啰兵和投降的军士跟着宋江往梁山投奔托塔天王晁盖去了。在路上又发生了两件事，一件是遇见了吕方和郭盛相斗，花荣一箭射开双戟的绒绳，给两家解斗，劝得二人一齐投梁山入伙。另一件是快到梁山时，宋江收到了一封家信，说家中老父病故。宋江是个孝子，父亲病故自然要回家奔丧，也就不跟大伙一齐上梁山了，只给晁盖写了一封介绍信，介绍花荣等人入伙。宋江回家去了，花荣等人拿着宋江写的信投奔晁盖，晁盖是个讲义气的人，见有兄弟来投奔，又是故友宋江介绍来的，自然十分欢喜，大摆筵席欢迎众人。结果，就在宴席上，晁盖却把花荣得罪了。

当日大吹大擂，杀牛宰马筵宴。一面叫新到火伴，厅下参拜了，自和小头目管待筵席。收拾了后山房舍，教搬老小家眷都安顿了。秦明、花荣在席上称赞宋公明许多好处，清风山报冤相杀一事，众头领听了大喜。后说吕方、郭盛两个比试戟法、花荣一箭射断绒绳，分开画戟。晁盖听罢，意思不信，口里含糊应道："直如此射得亲切？改日却看比箭。"当日酒至半酣，食供数品，众头领都道："且去山前闲一回，再来赴席。"当下众头领，相谦相让，下阶闲步乐情，观看山景。行至寨前第三关上，只听得空中数行宾鸿嘹。花荣寻思道："晁盖却才意思，不信我射断绒绳。何不今日就此施逞些手段，教他们众人看，日后敬伏我？"把眼一观，随行人伴数内却有带弓箭的。花荣便问他讨过一张弓来，在手看时，却是一张泥金鹊画细弓，正中花荣意；急取过一支好箭，便对晁盖道："恰兄长见说花荣射断绒绳，众头领似有不信之意。远远的有一行雁来，花荣未敢夸口，这支箭要射雁行内第三只雁的头上。射不中时，众头领休笑。"花荣搭上箭，拽满弓，觑得亲切，望空中只一箭射去，果然正中雁行内第三只，直坠落山坡下，急叫军士取来看时，那支箭正穿在雁头上。晁盖和众头领看了，尽皆骇然，都称花荣做"神臂将军"。吴学究称赞道："休言将军比李广，便是养由基也不及神手！真乃是山寨有幸！"自此，梁山泊无一个不钦敬花荣。

在梁山欢迎花荣等人入伙的宴席上，大家谈笑之间说起了来的路上花荣一箭射断绒绳给吕方和郭盛解斗的事。晁盖听了，心想就算箭术高明哪有射得这么准的？于是就有几分不信。晁盖这个人，性格比较直，心里不信，嘴上也就说出来了。"直如此射得亲切？改日却看比箭。"这一句话可把花荣得罪了，要知道，自己觉得自己怀才不遇的人最忌讳的就是有人质疑自己的能力。你居然敢低估我的箭术，那我就得镇你一下。宴席结束后，众人到山寨里闲逛，花荣借了弓箭在手，对晁盖说："大哥，刚才说我一箭射断绒绳，我看你们有点不信哪。可不是我吹呀，看见那边飞来那一行大雁没有，我一箭就能射中第三只雁的雁头。"说着话，弯弓搭箭，果然把第三只雁射下来了，箭正中在雁头上。这一下，晁盖可有点下不来台了。多亏吴用在旁边说了句，花荣这箭法别说是李广，就是比养由基也不为过，算是勉强打了个圆场。可花荣上山第一天就给山寨的老大来了个下不来台，场面还是有点尴尬。从此，山寨里的人对花荣都十分钦敬，一方面是敬他本领出众，箭法高强，另一方面则是觉得花荣这个人个性太强，脾气不好。可尽管如此，在花荣心里晁盖的分量也是一落千丈，竟敢质疑我花荣的能力，这姓晁的跟刘高是一路货色，不是个理想的老大。理想的老大是谁呢？还得是宋大哥，及时雨宋江。

后记

《水浒人物漫谈》就要与读者见面了。当我从廷儒的遗作中把他最喜爱的这部系列文章整理并编辑完成的时候，我感到了一丝轻松、一丝欣慰。我把这些文字编辑发行，目的有三：

第一，这是廷儒最大的心愿。本来他想把所有的水浒人物评完，修改后再行发表的，但他没有等到这一天。我现在把他的这一心愿了却，让读者朋友分享他的成果，分享他的快乐。这也是对廷儒的告慰。

第二，这是我对廷儒的思念。他伏案的身影，每天都萦绕在我的心中，我尽快、尽早地把他用热情、用智慧、用心血换取的成果展示出来，是我对他浓浓的情、深深的爱。

第三，这是我留给我们女儿的精神财富。女儿圆圆刚满三岁。她还在襁褓中的时候，每每哭闹时，爸爸都会把女儿抱在怀中，在她耳边轻轻吟诵这部水浒系列漫谈或是赞颂水浒英雄的快板小段，女儿每每都能安然入睡，是那么的恬适、那么的幸福。我希望这本书如同爸爸陪伴在身边，能够一直陪伴女儿的成长。当她能读懂这些文字的时候，更能读懂爸爸，读懂爸爸学习的精神、钻研的精神、顽强刚毅的精神、乐观旷达的精神。爸爸的人生虽短，但却精彩。

我衷心地感谢祁海涛主席，感谢他对廷儒的鼓励、支持和教导。感谢对廷儒关心、关爱和帮助的老师、领导、同学、同事和各界朋友。

为保持作者创作原貌，本书未对原稿进行调整、修改和勘正。

郑雪梅

2021 年 4 月

264